LE CHAT BOTTÉ

Né à Paris en 1946, journaliste cofondateur d'*Actuel*, Patrick Rambaud a publié une trentaine de livres, notamment des parodies littéraires qui ont connu un grand succès. Il a obtenu le Grand Prix du roman de l'Académie française et le prix Goncourt en 1997 pour *La Bataille*.

Paru dans Le Livre de Poche :

L'Absent

La Bataille

Chronique du règne de Nicolas Ier

Comme des rats

L'Idiot du village

Il neigeait

PATRICK RAMBAUD

Le Chat botté

ROMAN

GRASSET

ISBN : 978-2-253-12116-9 – 1re publication LGF

A Tieu Hong avec amour
et aussi
A Voltaire avec délices
A Léo Ferré avec fraternité
A Jean Tulard avec complicité

PRÉLUDE

« Robespierre est tombé ! »

Parisiens d'occasion ou de toujours, vous qui marchez d'un bon pas vers le Palais-Royal sur le trottoir de la rue Saint-Honoré, attardez-vous devant le numéro 398, un immeuble étroit mais profond de six étages, presque en face de la rue Saint-Florentin. Passez le porche, avancez sous la voûte badigeonnée en beige ; au bout de vingt pas tournez à la droite des boîtes aux lettres. Vous êtes dans une courette en longueur. Oubliez la secrétaire aux jambes brunes qui allume une cigarette, assise sur les marches du perron, levez plutôt les yeux : cette petite pièce éclairée au néon comme un bureau, c'était la chambre de Robespierre, et en dessous, à la place d'un actuel restaurant, la salle à manger où, après le *benedicite* et une assiette de viandes froides, il épluchait son orange d'une seule main.

Laissez venir les fantômes.

Vous voici au matin du 27 juillet 1794, c'est-à-dire du 9 thermidor de l'an II selon le calendrier révolutionnaire. Il faisait à Paris une chaleur affolante, les boiseries craquaient, le soleil chauffait les vitres. L'immeuble n'avait alors qu'un étage et un toit pentu couvert de tuiles. La cour était encombrée de planches, avec un hangar pour remiser les bois de menuiserie découpés. Sur une corde tendue entre deux piquets, une paire de bas rayés et des chemises blanches pendaient, du linge déjà sec aux premières heures du jour. Pas un souffle d'air, pas un bruit : on avait étendu de la paille sur la chaussée, devant la maison, pour étouffer le grincement des roues qui aurait pu troubler le repos difficile de Robespierre. Dans sa cage, pourtant à l'ombre, même le perroquet semblait accablé ; cadeau d'un admirateur, l'oiseau agaçait d'ordinaire en estropiant les chansons patriotiques que lui apprenait Eléonore, la fille des Duplay qui hébergeaient par conviction le dictateur.

Il était neuf heures du matin.

En veste rouge et blanc sans revers, suant à larges gouttes sous son chapeau rond, un visiteur déboule dans la courette et va frapper au heurtoir la porte du fond. Un œil à la grille du judas ; les multiples serrures tournent, l'huis s'entrouvre sur Maurice Duplay ; ce menuisier vivait de ses rentes mais il avait repris du service en aménageant les Tuileries, d'où cet entassement de bois divers. Il a des favoris courts, de lourdes paluches, des yeux enfoncés dans un visage de porc, une étrange voix fluette qui détonne :

— Il s'impatiente, citoyen docteur.

Le docteur Souberbielle connaît le chemin. Il vient chaque matin. Duplay le précède dans une salle à manger décorée par des portraits, des bustes, des gravures qui chantent Robespierre. Ils montent à l'étage dans une chambre carrelée. Sans un mot, Souberbielle pose sa trousse sur la paille d'une chaise et s'approche du lit. Il écarte le rideau, un damas bleu à fleurs blanches taillé dans une robe de Madame Duplay.

Robespierre l'attendait couché.

Il avait la tête rehaussée par un monceau d'oreillers. Ruisselant, ses cheveux ras et châtain collés au crâne, il s'épongeait constamment le visage avec des mouchoirs de batiste vite trempés. Il ouvrit ses yeux flous de myope à la prunelle bleu pâle et, de sa bouche sans lèvres, dit à son médecin :

— Quelle effroyable nuit…

— Tu as si mal dormi ?

— J'ai essayé de dormir.

Il avait eu un sommeil très agité, coupé de hantises et de douleurs. La chaleur exagérait les ulcères de ses jambes. Il avait passé une grande partie de la nuit à ressasser les calomnies qu'on faisait courir. Ses ennemis prétendaient qu'il voulait épouser la fille de Louis XVI et accéder au trône, ou qu'Eléonore Duplay, si vilaine, était sa maîtresse, ou encore qu'il préconisait de faire suivre les armées d'immenses troupeaux de cochons : ces animaux voraces se nourriraient des cadavres laissés au combat et, devenus gras, alimenteraient nos soldats en jambons et saucisses. Balivernes ! mais Robespierre devinait des complots derrière le plus imbécile des racontars.

Le docteur Souberbielle leva le drap mouillé pour étudier les plaies purulentes des jambes ; il eut une grimace discrète, enveloppa les membres malades avec des bandelettes de charpie imprégnées d'alcool et de vinaigre. Robespierre se mit alors debout, il but d'un trait l'infecte potion qu'avait concoctée le médecin et qui lui tordait le ventre : du savon d'Alicante, de la poudre d'éponge calcinée, un sachet de cendres d'un scrofuleux récemment décédé, l'ensemble lié avec un sirop de racines.

La cérémonie du lever ne variait jamais.

Après les soins, le docteur aidait à enfiler les bas de soie qui cachaient et maintenaient les bandages, puis Robespierre, en chemise et peignoir devant la minuscule glace de sa cheminée, ajustait sa perruque blanche (très jeune, déjà, quand il était élève de rhétorique à Louis-le-Grand, il prenait un soin maniaque de ses perruques et de ses gilets). Avec une houppe il se couvrait de poudre, en mettait partout avant de se racler le visage au couteau. Ensuite, cuvette en main, il se lavait les dents et crachait par terre. Enfin il mettait sa culotte de nankin et son habit bleu ciel.

Sa popularité croissait dans le peuple depuis qu'une jeune fille, au printemps, avait voulu le poignarder. Il recevait de la France entière des lettres qui saluaient sa gloire, des lettres d'amour, des lettres de menaces. Ces papiers débordaient en vrac sur ses étagères de sapin et le dos de sa malle noire. En revanche il rangeait dans des cartons en tas les suppliques ou les rapports de ses mouchards. Robespierre se défiait de ses collègues du Comité de salut public ; il reportait leurs propos compromettants, datés, dans un calepin qui ne le quittait plus.

Robespierre chaussa ses lunettes vertes pour masquer et protéger ses yeux malades ; il regarda par la fenêtre. Dans la cour, le médecin croisait en s'en allant l'un de ses espions. Il allait monter, celui-là, cogner à la porte, livrer les dernières informations sur le climat de la Convention et des Comités. La veille, Robespierre avait parlé deux heures à la tribune devant une assemblée veule qu'il savait hostile. Il voulait se défaire des corrompus et des sanguinaires, en finir avec la Terreur et les guerres extérieures. En vérité, il voulait la paix.

Planté devant la porte qu'il avait refermée, l'agent Guérin tournait son bicorne à deux mains.

— Je t'écoute, lui dit Robespierre.

— Les conjurés se sont réunis chez Doyen, le traiteur des Champs-Elysées.

— Leur projet ?

— Que la Convention te déclare hors la loi.

— Les noms des scélérats ?

— Barras, Fréron…

— Mitrailleurs de Toulon ! pilleurs d'églises !

— Tallien…

— Trafiquant de subsistances et de passeports ! Profiteur ! Et ce rat de Fouché ?

— Il n'était pas avec eux.

— Où est-il ?

— Partout.

— Que fait-il ?

— Il rallie contre toi les députés.

— Comment ?

— En les effrayant. Il les a vus l'un après l'autre pour leur assurer qu'ils figurent sur ta liste de proscription.

— Hier j'aurais dû livrer des noms pour apaiser ces pleutres !

Robespierre devait retourner à la Convention. Il partit aussitôt vers les Tuileries, escorté de coupe-jarrets aux pantalons de grosse toile rouge, armés de gourdins, que le fils Duplay avait recrutés dans les bureaux du ministère de la Justice. En quittant cette chambre qu'il ne reverrait plus, il laissait quarante-six francs dans le tiroir de sa table et un exemplaire du *Contrat social* ouvert au chapitre 10 du livre 2 ; Rousseau y écrivait à propos de la Corse : « J'ai quelque pressentiment qu'un jour cette île étonnera l'Europe. »

A la grande époque, après l'exécution du roi, une population de boutiquiers occupait le grand vestibule des Tuileries, aussi large que le château : il y avait un tabac, une pâtisserie, un salon de coiffure, une mercerie, un marchand d'estampes républicaines et même un malin qui avait demandé l'autorisation de mendier, mais ces mercantis avaient aujourd'hui disparu. L'heure était grave. Depuis l'aube des conciliabules se tenaient par groupes. Manipulés par l'envoyé de Barras, Fouché, les représentants des royalistes, des modérés et des jacobins les plus outrés partageaient leurs peurs avec leur haine de Robespierre. Ils redoutaient la guillotine si ce dernier l'emportait tout à l'heure à la tribune. Un aristo à vieille perruque noire, en houppelande malgré la chaleur, trépignait :

— Il faut l'empêcher de nous nuire !

— Si on met sa condamnation aux voix, il perd, disait un grand député aux cheveux coupés en rond comme les anciens Grecs.

— Mais Collot d'Herbois va présider la séance !

— Et alors ? demandait un autre.

— Tu as perdu la mémoire ?

— Pourquoi ?

— Combien de Lyonnais a-t-il massacrés ?

— Il veut autant que nous la mort du tyran.

— Allons ! Il est pire que lui.

— Nous l'éliminerons plus tard.

— Courageux optimisme !

— De toute façon il a beaucoup moins de pouvoir que Robespierre. Hier soir, au club des Jacobins, il s'est fait conspuer.

— Comment le sais-tu, citoyen Delormel ?

— J'y étais.

Comme bien des représentants, Delormel pensait d'abord à lui. Trapu, boudiné dans sa redingote de drap bleu, ceinturé de tricolore, il portait une grosse cocarde à son chapeau de feutre gris pour afficher son amour de la République. Député du Calvados, il avait vu les bourgeois normands se coiffer du bonnet phrygien quand les commissaires politiques de Paris venaient chez eux en inspection : à leur image, aussi opportuniste que modéré, Delormel fréquentait les extrémistes les plus dangereux parce qu'il tenait à sa tête, qu'il rentrait d'ailleurs dans les épaules.

— Regardez, dit-il, le spectacle commence...

Tallien arrivait, avec son allure de fouine ; la masse des députés comploteurs s'ouvrait devant lui. Il avait les cheveux ébouriffés, des favoris qui lui mangeaient les joues, un long nez à bout carré, des yeux inquiets. Delormel remarqua le manche d'un poignard qui dépassait de sa poche. Sans se concerter, dans un mouvement naturel, les traînards passèrent à la suite de Tallien dans la salle des séances, sous une arche, en poussant la portière de drap vert. C'était naguère la salle de l'Opéra royal, aménagée en amphithéâtre pour la Convention. Les rangées de banquettes s'étageaient jusqu'aux gradins bourrés de public, appuyées sur la paroi gauche, côté jardin. Les murs jaunes imitaient le marbre, avec en médaillons les portraits peints à l'eau de Platon, Solon, Brutus ou Lycurgue, le législateur de Sparte. La salle était haute de vingt mètres, longue, étroite, en perpétuel brouhaha.

Saint-Just et Robespierre parurent ensemble. De sa place, Delormel considéra le désordre autour de la tribune où le président secouait sa sonnette comme un furieux. Il vit Saint-Just commencer dans le bruit la lecture d'un discours dont il ne comprit pas un mot, mais la première phrase courait de banc en banc, simplifiée, déformée. Delormel apercevait la silhouette de ce personnage redoutable qui revenait des armées du Nord pour affronter la tourmente. Saint-Just restait impassible face au tumulte qu'il avait soulevé par sa présence, son manuscrit à la main, pâle, isolé dans son élégance, sa longue chevelure parfumée, son habit chamois, les anneaux d'or de ses oreilles. Dans une bousculade, Robespierre lui succéda à la tribune. Delormel se leva en agitant son chapeau, d'autres l'imitèrent, puis tous, ils tempêtaient, tapaient du pied, hurlaient : « A bas le tyran ! » Réunis dans la vocifération ils avaient moins peur. Robespierre croisait les bras, il haussa les épaules, descendit à son tour de la tribune où Tallien s'élança en montrant son poignard dans un geste de mélodrame.

— Tu entends ce qu'il dit ?

— Pas plus que toi, cria Delormel à l'oreille de son voisin de travée. Je devine qu'il déclame des insultes très écrites.

— Il peut jouer le héros puisque Robespierre va tomber.

Robespierre tomba dans la journée : après des heures de vacarme, la Convention unanime le rejetait avec sa clique. La colère libérée et l'allégresse se conjuguèrent pour harceler les réprouvés désormais interdits de parole. Une joie mauvaise emportait tout ce monde qui avait longtemps tremblé, et le chaos avait gagné les tribunes du public où s'époumonait un jeune homme en redingote sans couleur. Il se nommait Saint-Aubin, remuait ses cheveux longs et en gesticulant montrait le poing ; clerc de notaire dans le quartier de la Cité, il avait obtenu une place dans la tribune des ambassadeurs grâce à un huissier auquel il avait rendu service. Quand les gendarmes emmenèrent les nouveaux hors-la-loi, il se rua vers la sortie avec un courant de foule, escalada les gradins, marcha sur des sièges, donna du coude pour passer, écrasa des escarpins de ses bottes.

Pressé dans la cohue sur le perron à double rampe qui montait aux Tuileries, en se haussant, Saint-Aubin vit passer les prisonniers au milieu de la cour, sous les huées, escortés par deux haies de gendarmes. On les conduisait près du château, à l'hôtel de Brionne, siège du Comité de sûreté générale. Robespierre et son frère Augustin, dit Bonbon, se tenaient le bras, derrière eux marchaient Saint-Just et le dévoué Le Bas, et Couthon le cul-de-jatte sur sa chaise roulante à manivelles, cette brouette tapissée de velours citron de la comtesse d'Artois qu'il avait raflée à Versailles. Saint-Aubin se faufila jusqu'au bas du perron pour s'esquiver, longea les bâtiments, rejoignit le quai, répandit l'heureuse nouvelle : « Robespierre a été arrêté ! » Sur les berges à l'herbe roussie, des bateliers incrédules tiraient leurs chevaux de halage ou surveillaient les poutres de bois qui flottaient sur la Seine depuis l'Yonne ou la Marne. « Nous sommes libres ! » braillait Saint-Aubin.

Devant la forteresse du Grand Châtelet, il rencontra l'ordinaire procession du soir : des charrettes venues du Pont-au-Change emportaient vers l'échafaud les condamnés, pas un seul marquis mais le directeur d'un théâtre et son épouse, un fleuriste, deux tapissiers, un quincaillier, des braves gens dénoncés. Saint-Aubin rameuta les passants et les marchands qui, sous des grands parasols de toile cirée peinte en rouge, vendaient du drap, des fleurs et de la ferraille. « Nous sommes libres ! Robespierre est en prison ! » Une petite foule entoure bientôt les charrettes et entrave leur progression ; Saint-Aubin saisit la bride des chevaux de tête, crie encore pour exalter ses nouveaux compagnons : « A bas la guillotine ! » Peu habitués à ce type de résistance, ignorant les derniers événements, les gardes sont débordés. Des costauds s'agrippent aux montants à claire-voie des voitures, ils veulent que les victimes du Tribunal s'échappent, mais celles-ci demeurent ahuries, ficelées, le cou bien dégagé, résignées.

Voici qu'un rougeaud éméché, le plumet de travers, sabre nu, surgit au grand trot avec un peloton de cavaliers en habits bleus. Saint-Aubin reconnaît ce nabot sans front, aux paupières qui clignotent : le général Hanriot ; ancien enfant de chœur, bonnetier sur les foires, devenu massacreur il commande désormais les sections des faubourgs, l'armée de Robespierre.

— Laissez passer les charrettes !

— Ton maître est en prison ! dit Saint-Aubin.

— Non !

Hanriot se retourne vers ses gendarmes :

— Dégagez la place !

Les gendarmes poussent leurs chevaux contre le rassemblement, bousculent, renversent, menacent de leurs pistolets. Frappé par un coup de bâton, un cheval se met à ruer. Des récalcitrants tentent de briser les roues des charrettes. La confusion règne. On court dans tous les sens, on s'éparpille dans les ruelles. Hanriot a remarqué le jeune Saint-Aubin qui essaie de regrouper les rebelles :

— Ramenez-moi cet ennemi du peuple !

Saint-Aubin s'enfuit par une venelle tordue vers la Vieille-Place-aux-Veaux. Les deux gendarmes à sa poursuite le rejoignent rue de la Triperie, si étroite qu'ils ne peuvent chevaucher de front. Dans ce quartier des abattoirs on égorge les animaux en pleine rue ou sous des petits auvents, le sang ruisselle et se fige entre les pavés, il y a des déchets partout. Même au pas, le premier cheval dérape sur des boyaux et s'effondre, son cavalier se brise la nuque contre le mur d'une maison. L'autre gendarme met pied à terre, dégaine son sabre, contourne avec prudence le cheval couché qu'agitent des tressaillements ; il aperçoit Saint-Aubin à l'angle de la rue de la Tuerie. Les bouchers qu'alerte ce raffut sortent des cours ou des porches, le gendarme les tient à distance en maniant son arme, voit enfin Saint-Aubin à quelques mètres, mais, trop tard, il n'a pas le temps de se garer du bœuf ensanglanté qui fonce, furieux de douleur, et l'encorne, le piétine, s'acharne, beugle, glisse, l'écrase. Arrivent d'autres bouchers qui achèvent l'animal au couteau en lui ouvrant la gorge. Saint-Aubin est parmi eux, il s'accroupit, les bottes souillées, rouges, veut récupérer le sabre lâché par le moribond. Il dresse l'oreille. Il entend dans les lointains battre des tambours, puis, il en est sûr, le tocsin sonne au beffroi de l'Hôtel de ville. Pour qui ? Pour Robespierre délivré par le peuple des pauvres ? Pour la Convention ?

La nuit descendait et le représentant Delormel venait de quitter la salle de la Convention où l'on avait allumé les lustres et les hauts lampadaires à quatre foyers, car la séance continuait. Delormel marchait vers l'autre extrémité du château. Le Comité de salut public s'y était installé à son aise dans les anciens appartements royaux. Aux abords, dans les jardins, les nombreux corps de garde ressemblaient à des villages de planches.

Les sentinelles étaient toujours en mouvement et des canons, mèches allumées jour et nuit, avaient été placés aux portes intérieures. Pas de promeneurs, aucun indiscret sous les fenêtres du Comité qui gouvernait la France ; Delormel était attendu : les fusiliers de la garde nationale, aux uniformes en lambeaux, avaient été prévenus par le soprano qui servait de secrétaire. Delormel entra en habitué dans un long corridor mal éclairé aux deux bouts par des lampes faiblardes, déboucha dans les salons du rez-de-chaussée. Sur des tapis de la Savonnerie riches et moelleux s'entassait un butin, objets en tous genres saisis pendant les arrestations, des pendules en or, des fauteuils, des glaces gigantesques, des bronzes, des candélabres. Les paquets non encore ouverts montaient contre les parois des couloirs, envahissaient les salles. Sous les quinquets blancs de la chambre aux colonnes, le député trouva les tombeurs de Robespierre ; autour de la grande table ovale chargée de papiers, ils terminaient un mouton rôti et un chapon au gros sel en buvant du bourgogne.

— Tout va mal ! dit un Delormel bouleversé.

— Citoyen représentant, raconte-nous dans le détail ce qui t'affole.

Barras se leva, le verre à la main. Il avait une grande taille, l'accent de sa Provence et les manières du gentilhomme qu'il était, une perruque poudrée qui bouclait aux épaules, le regard blasé d'un aventurier de quarante ans. Séducteur par nature, ferme par nécessité, il ne se laissait jamais démonter par les événements parce qu'il avait beaucoup vécu. Il finit son verre, très calme.

— Le concierge de la prison du Luxembourg n'a pas voulu de Robespierre, dit Delormel d'une voix lamentable.

— Le gaillard fait peur, cette peur nous a servis à la Convention, elle risque de nous desservir dans la rue…

— Justement ! Comme on le tenait prisonnier au Palais de Justice, la section des Amis de la Patrie l'a délivré.

— Alors il est libre, soupira Barras.

— Libre mais hors la loi, précisa le mélancolique Fréron en se servant une liqueur.

— Citoyens, poursuivait Delormel, le tyran s'est enfermé à l'Hôtel de ville. Vous avez entendu les tambours ? Et le tocsin ? La place de Grève est devenue un camp militaire qui déborde sur les ponts et sur les rives. Et les ouvriers ont des canons.

— Cette nuit, ce sera lui ou nous, dit une voix glaçante.

Billaud-Varenne venait de parler. Delormel ne l'avait pas vu parce qu'il était dans un coin de la pièce, étendu sur un matelas. Lui aussi effrayait et la crinière jaune de sa perruque ne faisait plus rire personne. C'était un homme sans émotions et sans désirs, un auteur de vaudevilles sifflés changé en buveur de sang. Il regagna la table du Comité :

— Il faut agir. Rassemblons nos bataillons de la garde nationale, les bourgeois, les artisans de la section des Piques, celle des Filles-Saint-Thomas, celle de la Butte-des-Moulins…

— Et si la Convention faisait retraite ?

— Où diable ?

— A Meudon…

— Grotesque !

— Serons-nous assez nombreux ? gémissait Delormel.

— Oui, affirmait Barras. Je vais envoyer des députés dans tout Paris, ils liront le décret qui proscrit Robespierre et réveilleront nos sectionnaires, mais il y a une chose que je ne comprends pas… Ses hordes, pourquoi Robespierre ne les lance-t-il pas sur la Convention ? Il sait le château mal défendu par des invalides sans discipline et une poignée de Marseillais…

L'Hôtel de ville était illuminé par un cordon de lampions qui courait sur la corniche de l'étage. A l'intérieur, dans la salle de l'Egalité, une cinquantaine d'hommes causaient debout. Robespierre était à une table éclairée de candélabres. Pensif, il avait repoussé son fauteuil en arrière, croisé les jambes, mis un coude sur les genoux et appuyé son menton dans sa main. Il détestait cette situation. Il ne voulait pas que ses partisans le libèrent, il voulait se défendre devant le Tribunal et être acquitté, porté en triomphe comme Marat : les jacobins, la Commune, les Parisiens l'auraient soutenu… A une heure du matin Couthon arriva par le grand escalier ; le gendarme Muron le portait sur son dos et le gendarme Javoir tenait sa chaise roulante.

— Nos partisans rentrent chez eux ! dit le cul-de-jatte.

— Ils savent qu'il ne se passera rien de la nuit, expliqua Hanriot qui leur avait fait distribuer du vin et promis un salaire. Ils ont faim, ils sont fatigués de rester debout depuis des heures.

— Demain ils seront reposés, dit Robespierre avec lassitude avant d'entraîner ses proches dans un salon plus calme.

— Il faut écrire une proclamation aux armées, dit Couthon en faisant rouler sa chaise jaune.

— Au nom de qui ? demanda Robespierre.

— De la Convention.

— La Convention nous bannit !

— Elle est où nous sommes.

— Pourquoi pas au nom du peuple français ?

Robespierre n'était pas doué pour l'action. Il hésitait. Il réclamait une légalité qu'on venait de lui retirer et qu'il avait refusé de conserver par les armes. Avec ses troupes populaires et leurs canons, un mot de lui aurait suffi pour investir l'assemblée et les Comités. Hanriot ne l'avait même pas proposé. Il y a quelque temps, Augustin avait insisté auprès de son frère pour qu'il remplace Hanriot, sans imagination ni vigueur, par un jeune général corse qu'il avait connu à Toulon : si Robespierre avait accepté ce Buonaparte, plus déterminé… mais au moment où ils se chamaillaient sur la meilleure formule pour s'adresser aux armées, ils entendirent une phrase sortie de cinq cents gorges : « Vive la Convention ! » Augustin se précipita à une fenêtre pour voir sur la place de Grève, aux flambeaux, les troupes bourgeoises que Barras menait en habit de général, avec son chapeau à plumes bleues, blanches et rouges. Une nouvelle clameur, plus proche, vint de l'escalier principal : une colonne avait contourné l'Hôtel de ville et faisait irruption dans les bâtiments. La porte du salon s'ouvrit à coups de bottes et le député Delormel entra dans un flot de gardes nationaux, baïonnettes au fusil. « Saisissez les hors-la-loi ! » dit un capitaine.

Avant que les assaillants ne s'emparent des rebelles, Le Bas se tire une balle dans le cœur, il s'écroule raide mort ; une mêlée se déclenche dans la demi-pénombre des salons et des couloirs, on s'empoigne, se cogne à des chaises renversées, piétine des lampes brisées, se distribue au hasard des coups de crosse ou de lame. Couthon a plongé sous une table et rampe, un sectionnaire l'a vu, il le tire par ses jambes estropiées, le traîne comme un sac, l'expédie dans l'escalier où sa tête heurte chaque marche. Robespierre a sorti de sa poche un pistolet chargé à plombs et s'apprête à imiter le geste de son ami Le Bas, mais Delormel l'attrape par la manche et le coup part, dévié ; Robespierre a la mâchoire fracassée, des bourgeois à cocardes le ceinturent, l'empêchent de tomber sur le tapis. Augustin profite du mouvement pour sauter par une fenêtre sur la corniche, ses chaussures à la main, mais d'en bas on lui crie de se rendre, il a le vertige, trébuche, tombe de l'étage sur le perron central : il renverse deux hommes et se brise la cuisse. Hanriot s'enfuit, le vice-président du Tribunal révolutionnaire le prend par le collet : « Incapable ! c'est à cause de toi ! » Ils se battent, Hanriot bascule par une croisée ouverte et s'écrase dans la cour sur un tas de bouteilles cassées.

Les principaux accusés une fois prisonniers et désarmés, un semblant de calme revient. Saint-Just n'a pas bougé, il se laisse conduire sans un mot. Delormel et l'un de ses collègues de la Convention assoient Robespierre qui défaille sur une chaise dont ils se saisissent comme d'un brancard et le descendent dans la rue. « Tenez-lui la tête plus haut, qu'il ne meure pas en route ! » Il a la cravate arrachée, la manche droite déchirée, le visage en sang ; éclairé par des torches pour que chacun le voie déchu, Delormel et des porteurs improvisés l'emmènent ensuite vers les Tuileries sur une planche, tandis que le général Barras rentre dans l'Hôtel de ville à cheval, le chapeau à la main, sous les acclamations : seul militaire présent au Comité, il avait été désigné pour conduire les opérations.

Dans tous les quartiers, les habitants de Paris avaient été prévenus de la prise de l'Hôtel de ville et du mauvais état de Robespierre. Une foultitude attendait autour des Tuileries et avait même submergé les corridors et les salles du château, jusqu'aux bureaux du Comité de salut public où l'ancien dictateur était couché sur une longue table, à la lumière des lampes à huile. La tête sur une boîte qui avait contenu du pain de munition de l'armée du Nord, il regardait le plafond et respirait fort. De temps en temps il étanchait son sang avec des bouts d'étoffe, du papier, et même un étui de pistolet en peau blanche timbré aux fleurs de lys, qu'on lui avait glissé par moquerie dans la main. Parfois il trempait une éponge dans une coupe de vinaigre pour s'humecter les lèvres. Des malveillants, juchés sur des chaises pour mieux le voir, surveillaient son agonie et l'accablaient :

— Votre Majesté souffre ?

— Tu as perdu la parole ?

— Elle est où, ta vertu ?

— Combien de crimes dans ton cœur ?

— Tu sens la mort ! dit le jeune Saint-Aubin au premier rang des curieux ; il avait bousculé Delormel pour mieux se rapprocher du gisant.

— Allons, citoyen ! dit Delormel. Tu ne respectes rien ?

— Tu veux que je respecte ce meurtrier ?

— Au point où il en est…

— Sur les pontons de Rochefort, les bagnards rongés de poux étaient réveillés le matin au cri de *Vive Robespierre* !

— Ce garçon a raison, dit un fort en gueule : à chacun son tour.

— Il en avait, de la pitié, ce cochon-là ? renchérit une mégère en crachant sur l'habit bleu ciel du cochon en question.

Delormel observa mieux Saint-Aubin, son air sauvage, ses yeux furibonds, le sabre sans fourreau qui pendouillait à sa redingote, passé dans une ficelle en guise de baudrier. Un chirurgien requis arriva, précédé de gendarmes qui lui ouvraient un passage.

— Sauvez-le, docteur, dit Saint-Aubin, qu'il survive jusqu'à la guillotine qu'il a tant aimée !

— Oui oui, dit le médecin en faisant asseoir Robespierre. Aidez-moi, plutôt…

Delormel maintenait Robespierre assis pendant que le chirurgien lui glissait une clef dans la bouche pour la garder ouverte, puis de la charpie, avant de retirer les dents brisées et des fragments d'os avec une pince ; il emmaillota la mâchoire fracassée dans un pansement. Le blessé eut la force de bredouiller à l'oreille de celui qui le soignait :

— Je vous remercie, Monsieur…

L'aube se levait maintenant sur une journée qui promettait d'être belle et chaude. Les cloches des églises se répondaient avec, ma foi, une réelle gaieté. Robespierre fut transporté sur une civière à la Conciergerie où il allait faire un court séjour dans une cellule voisine du cachot de la reine, qui servait de pharmacie ; Hébert et Danton y avaient passé leur dernière nuit. Saint-Aubin voulut suivre le cortège macabre mais Delormel le prit par le bras :

— Tu n'es pas un chien de chasse, laisse-le à son sort.

— Et que j'aille dormir ? Qui êtes-vous, d'abord ?

— Je m'appelle Delormel, je représente le Calvados ; je m'occupe aussi de ravitailler nos armées. Et toi ?

— Saint-Aubin, survivant.

Au début de la journée les faubourgs ne bronchaient toujours pas mais le cœur de Paris était en liesse. Il y avait de la légèreté dans l'air, les visages se détendaient, la parole se libérait, les citoyens s'embrassaient et se félicitaient sans même se connaître, toute méfiance avait disparu d'un coup, on entendait çà et là : « Ma femme, mon fils, mon voisin ne risquent plus de me dénoncer », tant la suspicion avait été forte sous le règne de ce Robespierre qu'on accusait maintenant d'horreurs en nombre ; des anecdotes circulaient sur son compte pour le noircir davantage : « Il avait demandé un projet de guillotine à neuf lames, pour exécuter plus vite… » Dans le jardin des Tuileries des femmes dansaient une ronde, une délégation d'enfants offrait d'énormes bouquets à Barras, à Fréron, à Tallien ; des jeunes gens à genoux baisaient les pans de leurs habits ; les héros du jour saluaient en sortant de la Convention, surpris d'une telle joie, dépassés par leur victoire mais jouant volontiers les sauveurs de la République.

Le représentant Delormel avait entraîné Saint-Aubin sur les quais. En passant devant les échoppes à ciel ouvert qui longeaient le Louvre, devant les guirlandes de harengs qui séchaient au soleil et les marmites bouillantes, posées entre deux pierres, où d'importantes cuisinières jetaient pêle-mêle du boudin, de la merluche et des œufs, Delormel demanda :

— Tu as faim ?

— J'en ai l'air ? répondit Saint-Aubin d'un ton pincé.

— Oh oui, tu en as l'air.

— J'ai faim.

— Tu m'as dit travailler pour un notaire, il ne te paie donc pas ?

— Quand il peut.

— Il ne peut plus ?

— Là où il est, non.

— Il a été arrêté, c'est ça ?

— En arrivant un matin à l'étude, je n'ai pas pu rentrer : il y avait des scellés sur la porte. Il avait été emmené dans une maison d'arrêt.

Sous la Terreur, les notaires avaient une réputation détestable auprès des Comités. Ne se mêlaient-ils pas d'héritage, ce fondement de la richesse bourgeoise ? Ne leur confiait-on pas de l'argent à garder en lieu sûr, quelquefois des fortunes ? N'étaient-ils pas les dépositaires des secrets de famille ? En politique, n'avaient-ils pas eu le malheur de rester neutres ? La plupart des notaires parisiens étaient donc en prison. Saint-Aubin, mis en confiance par son gros compagnon qu'il jugeait débonnaire, lui avoua :

— Depuis, je n'ai mangé que des épluchures, et j'ai bu l'eau de la Seine.

Delormel lui offrit pour trois sous une assiette de harengs grillés, arrosés de vinaigre et parsemés de ciboule, que le jeune homme avala sans se soucier des arêtes. Plus tard, dans une taverne, Delormel offrit du vin. Saint-Aubin lui raconta son histoire. Une bande de forcenés avait assailli son père et sa famille dans leur maison de Nantes ; la force publique avait fait cause commune avec les émeutiers :

— Trahi par la garde nationale, mon père a dû abandonner notre maison au pillage, et il a fui avec ma mère, mes sœurs, mes deux jeunes frères, avec des amis, des voisins… J'étais à Paris… Ils ont été arrêtés sur la route. Un enragé s'en est pris à mon père, il lui a ouvert le ventre d'un coup de sabre, il a fouillé ses entrailles avec ses mains pour en extirper le cœur qu'il a fiché au bout d'une pique. Ce n'est pas tout, Monsieur. Une fille publique qui suivait cette bande a pris le cœur tout saignant et l'a déposé dans un vase qu'elle a rempli de vin. Elle a bu la première…

Delormel n'osa plus poser une question et Saint-Aubin n'avait plus envie de s'expliquer ; il était blême, tremblait. Le député se leva, posa sa grosse patte sur l'épaule du jeune homme :

— Viens avec moi, nous allons voir passer l'ogre devant sa maison.

Ils marchèrent jusqu'à la rue Saint-Honoré, montèrent à l'étage d'un immeuble qui faisait face à celui du menuisier Duplay, près d'un couvent transformé en écuries. Delormel savait le parcours des charrettes qui allaient emmener Robespierre et ses complices à l'échafaud, cela se répétait d'ailleurs dans la ville ; dès trois heures de l'après-midi, les riverains proposaient de louer leurs fenêtres pour un tarif en augmentation permanente. Delormel avait payé cher une bonne place, avec une vue plongeante sur la rue. Ils attendirent pendant des heures, chacun dans ses pensées. La foule grossissait ; des hommes, des femmes, des enfants se pressaient à toutes les fenêtres et même sur les toits. Enfin on entendit des applaudissements et des cris ; le cortège fatal avançait avec lenteur, les tombereaux s'arrêtaient souvent, retenus par des citoyens : ils voulaient dévisager ces bêtes féroces qui les avaient gouvernés.

— Les voilà, dit Delormel à Saint-Aubin qui se raidissait.

Ils arrivaient en effet, pitoyables, attachés à leurs banquettes. Robespierre avait la tête enveloppée d'un bonnet, la mâchoire bâillonnée par des pansements, la chemise tachée. Quand il se trouva à la hauteur de la maison Duplay, un gamin trempa son balai dans un seau de sang de bœuf et en barbouilla les volets clos. Les huées redoublèrent :

— A bas le tyran ! hurla un meneur.

— A bas le tyran ! reprenait la foule.

Comme la charrette continuait sa route au pas vers la place de la Révolution, embarrassée par la multitude, Saint-Aubin, penché au rebord de la fenêtre, dit à Delormel d'une voix éraillée :

— Vous voyez celui qui gueule le plus fort ?

— Le petit en veste verte…

— Vous ne le connaissez pas ?

— Je ne connais pas tout le monde à Paris.

— Eh bien tout le monde le connaît à Nantes.

— Son nom ?

— Carrier.

— Ah oui…

C'était le bourreau de Nantes, sans doute l'assassin des parents Saint-Aubin, pensait Delormel. Là-bas, Carrier avait sous ses ordres une compagnie de tueurs professionnels, des repris de justice, des déserteurs allemands, des voyous venus des Antilles pour dépouiller, violer et noyer des femmes nues dans la Loire. Ses fidèles ? Le tailleur Héron qui gardait dans ses poches des poignées d'oreilles tranchées, ou l'adjudant Richard qui serrait dans une grande armoire les bijoux de ses victimes.

— Robespierre mort, dit Saint-Aubin, il reste encore bien des égorgeurs à égorger. Je m'en charge.

Chapitre Premier

Avoir vingt ans en 1795

Un groupe serré de jeunes gens marchait rue des Lombards, frappant le sol de ces gourdins plombés qu'ils avaient baptisés rosse-coquins. Coiffeurs, fils de négociants, commis parfumeurs ou garçons perruquiers, poètes, danseurs, fonctionnaires que réunissaient à Paris leurs vingt ans et une forte aversion des abus républicains, ils portaient des vêtements extravagants pour se démarquer du débraillé obligatoire voulu par la Révolution ; voyez leurs habits étriqués, vert bouteille ou couleur de crottin, aux basques carrées, taillées en queue de morue, voyez ces culottes moulantes, ces cravates de mousseline montées en tortillon jusqu'aux lèvres qui les faisaient ressembler de loin, disait-on, à des gros saucissons de Bologne. Ils se blanchissaient la peau à la pâte d'amandes, et comme ils s'aspergeaient de musc on les surnommait les muscadins.

L'un d'eux arrêta la troupe devant les marches de l'église Saint-Roch. Il avait les cheveux tressés en cadenettes, un bicorne en demi-lune posé à la tapageuse sur le sommet du crâne. Il ôta ses bésicles pour consulter le journal qu'il avait tiré de son gilet :

— C'est bien ici, Messieurs, impasse de la Convention ci-devant du Dauphin…

— Nous allons souiller nos escarpins, mon cher Saint-Aubin. L'endroit est ignoblement sale.

— Quand on chasse les rats, Davenne, on descend les débusquer dans l'égout.

— Saint-Aubin a raison, nous avons juré de corriger la jacobinaille, dit un sentencieux en bombant le torse pour mieux montrer les dix-sept boutons de nacre de son habit qui évoquaient l'orphelin prisonnier du Temple, le petit Louis XVII.

— Ce Dupertois habite ici, à l'hôtel Mirabeau, écoutez ce qu'en dit Fréron : « Il tannait la peau des guillotinés pour en faire des bottes » !

— Pouah…

— Allons lui tanner les fesses ! cria Dussault, le véritable auteur de l'article, un publiciste inventif qui écrivait aussi les discours de Fréron, leur protecteur.

Ils rangèrent les lorgnons qu'ils portaient tous pour ne pas les casser pendant l'expédition, mais ils n'en avaient aucun besoin, l'objet ne servait qu'à leur donner une apparente infirmité : elle leur permettait d'échapper au recrutement; les chouans de Bretagne et les Vendéens se soulevaient à nouveau au nom du roi et il n'était pas question de leur tirer dessus déguisés en soldats. Ils regardaient les trois étages enfumés de l'hôtel Mirabeau, et l'allée étroite, ouverte entre la boutique d'un perruquier et celle d'un rôtisseur :

— Horreur ! grimaçait Dussault, nous allons sentir la graisse !

Ils entrèrent dans l'immeuble en sautillant pour éviter une rigole d'eaux stagnantes, se retrouvèrent dans une cour occupée par un puits et un escalier à vis.

— Vous cherchez ?

Un gros joufflu aux yeux encapotés et à la voix traînarde les interpellait de sa fenêtre, ouverte au rez-de-chaussée.

— La chambre du citoyen Dupertois, dit Saint-Aubin.

— Vous lui voulez quoi, mes p'tits messieurs ?

— Nous venons juste le cabosser un peu.

— Et toi, curieux, qui es-tu ? demanda Dussault en lui plaçant le pommeau de son gourdin dans le gras du menton.

— C'est moi que j'suis l'logeur.

— Et encore ?

— Mon ami te demande ton nom, bougre d'âne !

— Rouget. Avant j'étais aide de cuisine chez Monseigneur le prince de Conti…

— Tu n'as pas honte d'héberger des jacobins dangereux ?

— Faut vivre, hein ?

— On ne peut pas pleurer sur ton sort, tu es trop rondouillard pour sauter un repas, pas vrai ?

— Oh, à six francs par mois la chambre…

— Tu ne connais pas le passé de tes locataires ? fit mine de s'étonner Saint-Aubin.

— Ce brave homme a raison, reprit Dussault en giflant le logeur. Le registre des meublés est moins bien tenu que celui de la Morgue.

— Soit, mais tu connais le présent de Dupertois, si tu ignores son passé. Dis-nous où il se niche.

— Là…

Le joufflu indiqua une fenêtre close, en haut, puis il ajouta sur un ton geignard :

— A c't'heure, doit être sorti.

— Tu as sa clef ?

— La sienne il l'a dans sa poche.

— Sois poli ! reprit Dussault en le giflant encore.

— Mais toutes les clefs, ici, elles ouvrent toutes les portes…

— Donne !

— Voici, voici messeigneurs…

Le bonhomme tendit une clef sommaire que Saint-Aubin lui arracha de la main. Il répartit les rôles :

— Je monte avec Dussault, Davenne, Roussel et Duval. Les autres, vous restez dans cette cour charmante, en vous bouchant le nez si vous voulez mais en ouvrant l'œil. Si Monsieur Rouget est malpoli, bien sûr, vous avez le loisir de lui distribuer quelques horions. Et puis, si Dupertois n'est pas dans son infecte chambre, et s'il revient à l'improviste, à vous de le rosser. Allez !

Une partie du groupe se dépêcha dans l'escalier jusqu'à la chambre désignée. La porte n'était pas fermée à clef, ils entrèrent ensemble dans la tanière du jacobin pour n'y trouver qu'une commère aux yeux mauvais, peignée comme une broussaille, et une jeunette qui tremblotait derrière elle.

— Hé ! nous cherchons un assassin et nous découvrons sa nichée ! dit Saint-Aubin en riant.

— Foutus gueux ! dit la mère Dupertois.

— Dussault, vous avez entendu comment elle nous parle ?

— Oui mon ami, cela mérite une sérieuse fessée.

Ils s'approchaient, leurs gourdins brandis pour repousser l'insolente vers son grabat. Dussault en profite pour attraper au poignet la jeune fille en chemise, les pieds dans des sabots.

— Si on la débarbouillait, la donzelle, elle serait peut-être mignonne…

— Touchez pas à ma fille ! dit l'autre furie.

Elle se débat, maintenue sur la paillasse par trois muscadins qui tentent de relever sa jupe pour la fesser. A cet instant un rustaud jaillit d'un angle de la pièce : Dupertois. Il tient un couteau.

— Les mistouflets comme vous, je les roule à coups de pied dans le cul !

Surpris, Saint-Aubin et les autres ne réussissent pas à l'empêcher de filer sur le palier. Ils abandonnent les deux femmes, la plus âgée qui vocifère et la plus jeune qui pleure. Dupertois dévale l'escalier. En bas, même stupeur chez les muscadins de garde, qu'il heurte avec brutalité.

— Houlà ! crie un apprenti chirurgien aux cheveux flottants mais enfarinés, il a failli me faire tomber sur ces pavés dégoûtants !

— Attends, dit un autre, il ne va pas faillir, lui !

Et il lance son gourdin dans les jambes de Dupertois qui courait vers la sortie. L'individu s'étale dans la rigole des eaux usées en perdant son chapeau et son couteau. Comme il est à terre, les jeunes gens peuvent lui appliquer une volée de coups sans que le jacobin puisse riposter, car il est taillé comme une armoire. Saint-Aubin et ceux de l'étage rejoignent le reste de la troupe. Dupertois ne bouge plus, étendu, le visage dans la bouillasse.

— Si on le jetait dans le puits ? propose Dussault.

— Très cher, vous tenez vraiment à cochonner votre habit ? dit Saint-Aubin.

Chaque jour des muscadins partaient corriger les jacobins dont les noms et les adresses paraissaient dans *L'Orateur du peuple* ; ils appelaient ces équipées des promenades civiques, puis ils retournaient de tout Paris à leur quartier général du café de Chartres, dans ce Palais-Egalité qui avait retrouvé son ancien nom de Palais-Royal. C'était une cohue, un bazar, une ménagerie humaine, une bousculade incessante de filous, de libertins, de curieux, de gourmands, d'agitateurs, de joueurs et de prostituées. Au centre du jardin, près du bassin, un groupe du sculpteur Jean Goujon figurait « l'Homme, la Prudence, la Probité et le Temps écrasant le Vice », et à côté de ce beau programme, sous les marronniers, vous pouviez admirer le pélican du cap de Bonne-Espérance ou le casoar des Grandes Indes dans des baraques de foire. A l'étage du café de Foy s'était posé un « bureau de bienfaisance et de félicité publique » qui promettait de vous enseigner les langues étrangères en deux minutes. Ici des automates aux joues roses battaient la mesure ; et une géante authentique venue du fin fond de la Prusse, et des faux Algonquins en pagnes, et un billard mécanique. Dans l'arrière-boutique de ce libraire éclectique, des bavards réunis en club se disputaient par plaisir. Jusque dans les ruelles avoisinantes, et sous les porches, des charcutiers et des crémiers accumulaient leurs provisions : dindons pendus par les pattes, gigots, têtes de cochons aux regards brouillés, mottes de beurre, fromages, colliers de saucisses. Même le cocher de Robespierre tenait un établissement, le café du Sauvage. Le café de la Liberté conquise nichait passage de Valois. Velloni exposait ses glaces en briques et servait du chocolat à la tasse. Le citoyen Lasablonnière mijotait une soupe de tortue à quinze sous la jatte. Chez Corselet vous achetiez des truffes au champagne et chez son voisin des gaufres à la flamande.

Saint-Aubin et ses semblables ne s'étonnaient plus de cette profusion, ils étaient ici chez eux, dînaient d'une poitrine de mouton aux haricots dans la salle du café de Chartres ou faisaient les flambards sous les arcades. Ils préparaient leurs faits d'armes du lendemain, choisissaient leurs victimes, rédigeaient des textes féroces, causaient théâtre. Parmi les muscadins, costumés comme eux, il y avait quelques policiers du Comité de sûreté générale, mais plus pour les encadrer que pour les espionner ; personne ne s'en souciait.

— Voyez ce que nous venons d'arracher à l'instant !

Saint-Aubin montrait une affiche aux muscadins qui sirotaient des limonades sous la galerie de Beaujolais. Il continuait :

— D'abord le titre, écoutez un peu : *Peuple réveille-toi, il est temps*.

— Voilà qui pue le jacobin !

— Je vous lis le texte : « Va voir nos gouvernants, chez les traiteurs-restaurateurs du Palais extrêmement royal, tu verras leur table fournie abondamment de très belle viande, et tu peux à peine atteindre aux légumes ! »

— C'est excellent, de manger des légumes.

— Les cannibales ont besoin de viande !

— Il faut que l'indignation publique les poursuive !

Les muscadins se félicitaient à voix haute que des émeutes réactionnaires aient éclaté à Toulon, Amiens, Rouen, que des Lyonnais flanquent dans les tourbillons du Rhône ces jacobins qu'ils pourchassaient. Des massacres nouveaux répondaient en province aux massacres anciens. A Tarascon, devant un parterre de spectateurs qui battaient des mains, des excités avaient précipité soixante républicains par dessus les murailles. Des royalistes brûlaient les prisons et sabraient sans distinction leurs occupants, comme à Aix, à Sisteron, Nîmes, Saint-Etienne, Bourges, Lons-le-Saulnier, Sedan. La Vendée s'embrasait.

Attablés sous les arcades du café de Chartres, deux hommes aux chapeaux ronds écoutaient ces joyeuses proclamations avec des mines renfrognées. Le plus grand avait une beauté épaisse et une toilette négligée. Le second, en redingote de drap gris très commun, à l'inverse de son compagnon était maigre comme un fil, avec un visage pointu, des joues creuses, la peau jaune tendue sur les os ; ses cheveux noirs, fragiles, gras, pendaient en oreilles de cocker, ramassés en arrière par un catogan ; on le sentait très agacé par le voisinage de ces élégants qui glorifiaient le désordre. N'y tenant plus, à une plaisanterie de Saint-Aubin sur les affamés, d'abord mendiants, qui se constituaient dans les campagnes en bandes de pillards, il se dressa d'un bond, renversa sa chaise :

— Foutriquets ! Nous arrivons de Provence et la situation est trop grave pour qu'on en rie ! Les loups reviennent dans les hameaux ! Les diligences sont attaquées ! Les routes impraticables ! Les ponts cassés !

Interloqués par la tirade de ce gringalet, les muscadins restèrent un instant muets, puis Saint-Aubin s'approcha de l'audacieux pour le toiser. Qui était-il, avec ses bottes poussiéreuses, sa redingote râpée et son accent d'étranger ? Sous le croisé du manteau on apercevait le col rouge des artilleurs, mais cela ne voulait pas dire grand-chose : les vêtements militaires vendus et revendus, modifiés, reprisés, n'indiquaient plus une condition. Peut-être était-ce un déserteur ? Ils se cachaient à Paris, ceux-là, dans les auberges ou les garnis à trois sous, pour éviter la guerre qui repartait tous les printemps : ils n'avaient aucune envie de finir estropiés, parce qu'on n'avait même plus de quoi fabriquer des jambes de bois pour l'armée.

L'homme parlait avec une autorité gênante, et puis, surtout, il fascinait quand ses yeux bleus vous fixaient.

— Ne restons pas ici, général, dit son compagnon en lui posant une main sur l'épaule.

— Un général ! dit Saint-Aubin.

— Tous les soldats ne mitraillent pas nos frères en Vendée ? s'étonna un muscadin.

— Le général refuse d'y aller, jeta le grand homme au chapeau rond, et il entraîna son ami qui l'approuva :

— Tu as raison, Junot, partons.

— Qui êtes-vous, Monsieur le général, pour refuser la Vendée ?

— *Non importa*…

— Comment ?

— Vous ne me connaissez pas.

— Dites quand même.

Mais le général Buonaparte s'en allait.

Eh oui, le général de brigade Buonaparte ne voulait pas combattre la rébellion vendéenne, plus politique cette fois que religieuse, attisée par les royalistes et les Anglais, non par conviction (en avait-il ?) mais parce qu'un artilleur ne peut commander sans honte un bataillon d'infanterie, le seul poste qu'on lui offrait ; alors, pour ne pas être radié par le Comité de guerre, il avait obtenu un congé grâce à Marquis, un officier de santé complaisant.

Bras dessus bras dessous avec Junot, il s'éloignait des muscadins dans la foule dense des jardins vers la galerie de Valois. C'était à l'étage du café Borel qu'Andoche Junot avait pris ses habitudes en peu de jours ; il restait souvent jusqu'à l'aurore aux tables de roulette ou de trente-et-quarante. Son général l'accompagna dans un large escalier de pierre, au seuil des jeux. Un portier prit le chapeau de Junot, l'accrocha au plafond avec une perche et lui remit une fiche.

— Je vais spéculer, dit l'aide de camp.

— Bonne chance et rapporte-nous de l'or, répondit Buonaparte.

Il jeta un œil aux salles en enfilade, aux tables entourées de banquettes où des femmes attendaient les gagnants. Lorsque Junot recevait de l'argent de sa famille, des Bourguignons enrichis, il en versait les trois quarts à son général et jouait le reste. Buonaparte n'était pas pauvre, il touchait sa solde et six rations de vivres par jour, sans compter les frais de route pour monter de Marseille à Paris, mais il redoutait de manquer.

Il descendit sous les arcades.

Ses principes hérités de Rousseau le poussaient à désapprouver cette débauche mais il en était ébloui, s'attardait, regardait, lisait, écoutait ce qu'on proposait au chaland pour des pièces d'or. Le plafond de ce salon à l'orientale s'ouvrait, des déesses nues tombaient du ciel dans un char doré. Ailleurs des hétaïres vous massaient dans une baignoire de vin.

Parce que les filles étaient partout.

Elles rôdaient par centaines sous les arcades et les galeries de bois qui les prolongeaient. Les unes déguisées en marchandes vantaient leurs soupers froids, d'autres promenaient des enfants de location pour attendrir. D'autres vous appelaient, au-dessus du café des

Aveugles, avec leurs chapeaux noirs à glands d'or, les pieds dans des ballerines de satin. Au nom de la pureté des mœurs, sous la Terreur, on avait voulu interdire leur commerce, mais les Comités craignaient plutôt qu'elles ne reçoivent des espions anglais ou des émigrés car, au chapitre de la morale, quelques-uns des principaux pourvoyeurs de la guillotine comme Barère ou Couthon, vertueux en public, possédaient des lupanars en privé, le premier à Clichy, le second à Bagatelle. Les filles du Palais-Royal s'étaient sauvées par l'humour : au général Hanriot qui les avait réunies dans les jardins, elles avaient juré en riant qu'elles ne recevaient que des sans-culottes. Elles avaient quinze ou cinquante ans. Elles se nommaient Betzi la mulâtresse, Sophie Beau-Corps ou Lolotte, Fanchon, Sophie Pouppe, la Sultane…

Une brunette enveloppée dans un châle découvrait savamment une épaule ronde et lisse ; elle aborda le général :

— Regarde, mon joli, regarde…

Elle lui montrait des gravures où des messieurs en perruques à rouleaux culbutaient des dames potelées sous un baldaquin. Buonaparte détourna les yeux.

— Mais regarde ! Tu veux pas qu'on les vive en vrai dans mon boudoir ?

Il repoussa la brunette, eut du mal à se dégager d'une délurée qui soulevait ses jupes, d'une plus mondaine qui lui prit le bras. Buonaparte n'avait pas l'esprit frivole, ce soir-là, et il voulut s'échapper en empruntant le passage du Perron. Il y fut assailli par une autre population. Des agioteurs en bonnets de renard mâchonnaient leurs cure-dents, ils encombraient les escaliers, proposaient des crayons anglais ou des fourchettes en argent.

— Vous voulez des gants ?

— Le citoyen cherche peut-être du sucre ?

— J'ai des bottes à votre taille.

— Des diamants ? du poivre ? du charbon ?

— Non ! répétait Buonaparte. Je ne veux rien !

— Citoyen, lui dit une repasseuse, je vous propose cent paires de souliers…

— Je n'ai que deux pieds !

— Même pour quatre cents livres ?

— Ils sont décousus, vos souliers, ils vont prendre l'eau.

— Ce ne sont pas des souliers pour porter mais pour vendre. Vous me les prenez et je vous les fais revendre à quatre cent dix francs, vous y gagnez mille francs.

— Mille francs ?

— Vous les revendez à un citoyen qui, tout à l'heure, va les revendre et gagner lui aussi mille francs, et ainsi de suite.

— Non ! Non !

Buonaparte n'avait passé qu'une nuit dans un logis à puces, rue de la Monnaie, en face de la poste aux chevaux qui desservait Dreux, pour habiter rue de la Huchette dans un hôtel étroit mais plus propre, *Le Cadran Bleu*. La chambre était convenable. Des murs écaillés tout de même, noircis depuis des hivers par le poêle à charbon, une cuvette, un broc de terre, un pot de chambre dont le locataire vidait le contenu par la fenêtre en criant « Gare ! », un lit de sangle, un coffre, une pièce à peu près nue qui sentait le fauve, mais pas question d'ouvrir la fenêtre en ce mois de mai : Buonaparte était un Méridional frileux et, pour la saison, le temps demeurait frais et humide.

Avant la mort de sa bougie, il s'empare d'un volume lu et relu de Plutarque. Paoli, le meneur des indépendantistes corses, qui venait de passer aux Anglais, lui disait naguère : « Napoléon, tu n'as rien de moderne, tu appartiens à Plutarque. » Il en frétillait d'aise. Il s'imaginait en héros de Rome, il sentait monter en lui l'énergie de Mucius Scaevola tenant son poing fermé sur la braise, ou d'Horatius Cocles arrêtant seul les armées de Porsenna sur le pont Sublicius. Buonaparte feuilletait son Plutarque et les noms de ses modèles défilaient, Lycurgue, Alcibiade, Caïus Marius, Sylla… Sylla ! Le général Sylla ne s'était jamais mêlé de politique que pour obtenir des commandements, comme Buonaparte, prêt à vendre son épée, mais mieux encore que Sylla notre général aimait le pouvoir sans limites.

Regardez-le, les coudes sur la table et les poings dans les joues. Ses cheveux maigres tombent balayer les pages. Son profil danse en ombre sur le mur. Il rêve. Voici Alexandre le Grand entouré de devins, son exemple et son double, qui préférait ses généraux à ses femmes, lui-même piètre soldat, administrateur d'abord, romantique déjà, visionnaire, parfois cruel, parfois tendre, superstitieux, séduisant, *rapide*… Et Philippe son père, borgne, l'épaule brisée, un bras et une jambe tordus au combat, toujours enclin à rompre ses promesses : il savait que gouverner impose de mentir et de tuer… Buonaparte ferma les yeux. Ses lectures entretenaient son espoir sur fond de rage. Alexandre était roi à vingt ans et il en avait vingt-cinq. Déjà cinq années de gâchées ! Combien de temps allait-il attendre ? L'impatience le minait. Il avait toujours été pressé. Sa mère avait à peine eu le temps de le voir naître : avant d'arriver au lit pour accoucher, Napoléon lui était sorti du ventre, comme ça, et il était tombé sur les motifs mythologiques du tapis grec, hurlant, saignant comme un quartier de bœuf.

En France, il le savait, sans protections on n'a rien. Pour lui, tout s'était mis en place au siège de Toulon. Comme il avait la chance de servir sous les ordres de généraux inaptes, il n'était pas bien difficile de remarquer ses talents d'artilleur ; en bombardant la flotte anglo-espagnole au large du mont Faron, il avait rencontré ses premiers protecteurs solides, des représentants en mission, les hommes qui régnaient maintenant sur la Convention et sur Paris : Barras et Fréron.

Il irait les visiter dès demain.

Pique-assiettes et quémandeurs se répétaient l'adresse du vicomte Paul de Barras, rue Neuve-des-Petits-Champs. Ils s'y précipitaient car l'homme le plus courtisé de Paris y tenait table ouverte, « et même couverte », ajoutait-il en riant. Comme les cuisiniers des nobles et des archevêques, sans travail depuis les fortes heures du Tribunal révolutionnaire, avaient décidé de s'installer à leur compte et ouvraient les premiers restaurants, désireux de s'assurer la clientèle de Barras, ils venaient chacun à son domicile pour s'occuper d'un service de bouche quotidien et somptueux. On servait le déjeuner à midi, selon le nouvel usage. Autour de la longue table prenaient place des hommes et des femmes en vue ou qui espéraient l'être. Monsieur Delormel en était. Le député du Calvados avait grossi mais devenait coquet avec ses chemises en toile de Hollande et ses cravates mousseuses. Barras appréciait sa présence, sans doute à cause de sa fortune, mais surtout à cause de Madame Delormel, beaucoup plus jeune, épousée l'hiver dernier : Rosalie Fournereau avait exercé sous les arcades du Palais-Royal, mais à dix-huit ans elle n'avait fréquenté que des personnes huppées et avait ainsi appris les manières. Au goût du jour, elle était peu vêtue d'une tunique à l'athénienne, un nuage de linon, et penchait sa tête coiffée de petites mèches courtes qui ondulaient. Le vicomte la fit asseoir à côté de lui.

On avait réduit l'apparat, les invités se servaient à leur guise, mais les maîtres d'hôtel annonçaient les plats qu'ils déposaient sur la nappe :

— Vol-au-vent de blanc de volaille à la béchamel !

— Ci-devant saint-pierre sauce aux câpres !

— Filets de perdrix en anneaux !

— Goujons du département !

Barras s'amusait de la gloutonnerie de Delormel, de la maladresse de cette dame enguirlandée de colliers qui laissait tomber son vol-au-vent sur ses genoux en gloussant. Et il parlait. De quoi ? De lui. Pourquoi ? Pour en imposer aux hommes en évoquant son amitié avec Mirabeau, ses mésaventures avec Cagliostro, ses souvenirs de tenancier de tripot, pour séduire les femmes de son accent chantant et de ses yeux émeraude, parce qu'il avait de l'allure, le vicomte, parce qu'il n'aimait du pouvoir que les douceurs, le velours des sièges, la transparence des robes. Ce jour-là il semblait ne parler qu'à Madame Delormel ; elle l'écoutait en battant des cils.

— J'avais un peu plus de vingt ans et je partais rejoindre ma garnison à Pondichéry, que les Anglais menaçaient…

— Ah, les Anglais ! dit un banquier.

— … mais en plein océan Indien notre bateau donne sur un banc de sable et un ouragan le malmène. Le capitaine, un Marseillais, se lamente et prie ; le pauvre Blanchard ! ses prières étaient bien ridicules ! La quille était brisée, les mâts craquaient, il faisait nuit noire… Nous avions deux passagères à bord, Madame Chevreau et Mademoiselle Goupille, très jolies, d'ailleurs, voilà pourquoi je me souviens de leurs noms. Très jolies, disais-je, et très court vêtues pour la nuit. Elles se pendent à moi, qui suis en chemise et caleçon, imaginez le tableau !

— J'imagine, dit tout bas Madame Delormel.

— Elles, on les affuble de pantalons de toile et de gilets de marins, et nous voilà naufragés, échoués sur une île des Maldives. Au matin, nous voyons le bateau sombrer. Eh bien nous y sommes restés un mois, sur cette île…

— Seul avec les jeunes femmes ? demanda Madame Delormel entre deux bouchées de goujons frits.

— Seul ? Oui, enfin presque. Il y avait des rescapés de l'équipage.

— On se croirait dans *Paul et Virginie*, vicomte, dit une langoureuse.

— Croyez-vous ? Il a fallu se défendre des indigènes avant qu'un navire de Chandernagor nous délivre… Qu'y a-t-il ?

Un laquais apportait une lettre sur un plateau d'argent :

— C'est une espèce de militaire, Monsieur, qui demande à vous voir.

— Une espèce de militaire ?

— Un petit homme peu soigné avec des bottes poudreuses qui grincent.

Barras lut la lettre, puis, à ses convives :

— C'est bien la première fois, mes amis, que pour me rendre visite on se fait précéder d'un mot de recommandation !

Cela fit rire sur plusieurs tons, du rire franc au rire de politesse. Barras poursuivait :

— Je connais le signataire de cette lettre, mon brave Pierrugues, chargé des fournitures de viande à Toulon. T'en souviens-tu, Fréron ?

— Parfaitement.

— Il m'écrit de Nice pour me recommander un général que nous avons côtoyé là-bas. *(Au laquais :)* Faites venir le général ! *(Aux invités :)* Il va vous surprendre.

Buonaparte surprit, en effet, dans la grande salle à manger. Il avait la mine décavée, des cheveux raides comme des baguettes, des galons de laine jaune à sa veste d'uniforme. Il ressemblait au pauvre qu'il n'était pas.

— Une chaise et un couvert pour le général ! criait Barras en tapant dans ses mains.

— Viens t'asseoir parmi nous, proposait Fréron.

Buonaparte s'installa entre ce dernier et Madame Delormel qui semblait peu apprécier la proximité d'un officier aussi mal attifé, poussant sa chaise plus près de Barras auquel Buonaparte demanda, avec un abominable accent italien :

— Tu ne m'avais pas oublié, citoyen Barras ?

— Je n'ai pas oublié le siège de Toulon, et toi, aux avant-postes, qui me suivais partout…

— Nous étions proconsuls, précisait Fréron pour les autres convives.

— Tu étais capitaine d'artillerie, disait Barras à Buonaparte, et tu voulais décrocher des subsides pour ta famille…

— Elle ne m'est plus à charge, rassure-toi. Les patriotes corses exilés touchent des subventions.

— Vous êtes donc corse ? dit Delormel qui commençait à s'assoupir, à cause du vin.

— Tu pestais contre tes supérieurs, reprenait Barras. Nous avions justement mission de les remuer : ils étaient incapables de soumettre les villes révoltées de la côte…

— J'avais raison, citoyen Barras. Le général Carteaux n'était qu'un barbouilleur de tableaux, il ne connaissait rien à la guerre, et sa femme Catherine se mêlait de stratégie. Le général Dopet ? Un avocat trop vite nommé. Tout ce que je leur proposais était écarté.

— Ce capitaine m'avait donc exposé son projet…

— Il fallait s'emparer de deux redoutes qui surplombaient la rade. De là on menaçait la flotte ennemie pour la contraindre à la fuite.

— J'ai appuyé le projet, dit Barras, et deux jours plus tard nous avons repris Toulon.

— Bravo ! dit une invitée, et tous se mirent à applaudir.

Barras se tourna vers Buonaparte :

— Que viens-tu me demander, cette fois ?

— L'armée me boude.

— Il faut reconnaître, dit Fréron, que tu as une farouche réputation de jacobin.

— Je l'étais moins que toi ! Tu voulais raser Marseille.

— Le vent a tourné et j'ai tourné avec, dit Fréron.

— Et puis tu avais composé une brochure très révolutionnaire, dit Barras, tu m'en avais donné quelques exemplaires en m'affirmant, je te vois encore : « Marat et Robespierre, voilà mes saints ! »

— Si tu répétais cette phrase aujourd'hui, tu prendrais des coups de trique, dit Fréron.

— Eh bien aujourd'hui je dirais : « Barras et Fréron, voilà mes saints ! »

On rit beaucoup de cette repartie. Le petit Corse mal fagotté était admis dans le cercle de Barras. Il le comprit et en profita :

— Je veux un poste digne de mes qualités.

Les maîtres d'hôtel déposaient encore des plats :

— Tronçons d'esturgeon à la broche !

— Anguilles à la tartare !

— Culs d'artichauts à la ravigote !

Un cabriolet jaune canari passa le portail monumental d'un hôtel de la rue des Deux-Portes-Saint-Sauveur. Les Delormel rentraient chez eux. Elle babillait et lui, engourdi par un abus de vin, répondait d'une voix molle.

— Je ne vois pas ce que le vicomte trouve à ce petit général pouilleux. Il n'a pas de tenue, peu de conversation, il ne mange pas, il chipote, et cet accent ! je ne saisissais qu'un mot sur trois.

— Barras a ses raisons, disait Delormel.

— Peut-être, mais nous nous amusions avant son arrivée. Moi, il me donne des frissons. Il a l'air méchant, non ?

— Au physique, c'est vrai, il ressemble à Marat…

Le cocher arrêta ses chevaux dans la cour, devant le perron principal. Delormel avait acheté cette demeure, à la façade un peu abîmée mais très noble, grâce à la vente massive de tonneaux de viande destinés à l'armée. La Révolution avait favorisé les plus astucieux. Delormel avait bâti une vraie fortune en peu d'années. Ancien couvreur en chaume, il avait profité de la vente aux enchères des terres épiscopales de Touques, en 1791, pour s'approprier dix-neuf hectares qu'il n'avait pas payés tout de suite, par connivence. Il se mit à vendre du fourrage aux armées, du fourrage en roseaux de marécage au prix de l'avoine. Ensuite il réussit à vendre au double de la farine pour le ministère de la Guerre, où il s'était découvert un vague cousin de Lisieux. Il suffisait de se vanter et d'avoir des relations aux bons endroits pour emporter des marchés profitables. Dès qu'il fut élu député du Calvados, en flattant les jacobins de sa région, il s'installa à Paris, près de ses clients officiels, jouant le modeste dans un garni.

La mort de Robespierre le délivra, il n'avait plus à se cacher d'être riche : à Paris, tout était à vendre, les consciences, les corps, les objets, les renseignements, les églises, les lustres, les pendules, les armoires qu'on montrait aux passants à même le pavé et jusque dans les ruisseaux. Voilà pourquoi le valet qui courait lui ouvrir la portière était vêtu d'une livrée ducale que Delormel avait trouvée à son goût, un jour où il achetait une cargaison d'eau-de-vie des caves du duc de Mazarin.

— Des messieurs vous attendent depuis plus d'une heure.

— Peste ! J'avais oublié ce cher Tallien ! Il n'est pas venu seul ?

— Il y a aussi un artiste peintre, Monsieur, avec son matériel.

— Ah oui…

— Dépêchez-vous, mon ami, dit Madame Delormel.

— Me dépêcher ? S'ils m'ont attendu jusque-là c'est qu'ils ont plus besoin de moi que moi d'eux. Je pèse lourd, Rosalie.

Il pesait lourd au propre et au figuré, en posant un soulier verni sur le marchepied :

— J'ai bien peur d'avoir trop soupé, Rosalie.

— Et trop bu.

— Sans doute…

Le valet l'aida à gravir son perron et à entrer dans le grand vestibule du rez-de-chaussée qui ressemblait à un magasin. Des pains de sucre montaient en piles sur les commodes, à côté d'un mur de barriques, d'un empilement de cartons d'où sortaient des dentelles. Tallien et le peintre Boilly, hirsute mais sanglé dans une redingote grise, attendaient au salon. Le premier était assis sur un tombereau de pruneaux, le second considérait une pipe turque en bois de jasmin tirée d'un lot.

— Suis-je en retard ou étiez-vous en avance ? dit Delormel aux deux hommes. Que voulez-vous ! On ne peut pas manger en dix minutes à la table de Barras !

— A votre service, dit le peintre en se courbant.

— J'ai une bonne affaire à vous proposer, Jean-Mathieu, dit Tallien.

— Bien. Passons au salon, nous y serons mieux.

Le salon du rez-de-chaussée n'était pas moins surchargé que le vestibule. Sous un plafond décoré d'amours et de colombes, une cinquantaine de miroirs étaient pressés entre quatre armoires dos à dos. Des consoles dorées, des vases de porphyre cachaient la cheminée. Delormel se laissa tomber dans un fauteuil en tapisserie ; tandis que son valet lui passait des pantoufles, il expliqua au peintre ce qu'il espérait de lui :

— Vous voyez ces portraits au mur ?

— Assurément, Monsieur. On dirait des portraits de famille.

— C'en est.

— Ce chevalier au regard d'aigle est de vos ancêtres ?

— Hélas non, ce sont des portraits que j'ai négociés sur les quais, mais je voudrais que vous y ajoutiez mon propre portrait, dans le même genre d'attitude.

— Cela fera plus vrai, dit Tallien en souriant.

— C'est ce que je cherche.

— Facile, dit le peintre. Vous avez une physionomie intéressante.

— Cela prendra du temps ?

— Deux heures de pose.

— Ressemblant ?

— Vous direz : « Ce n'est plus un portrait, c'est un miroir ! »

— A la bonne heure ! Combien ?

— Soixante livres.

— Une bagatelle !

— En numéraire.

— Evidemment, les assignats ne valent même plus le prix du papier dont ils sont faits.

— Et quand puis-je commencer ?

— Tout de suite.

Le peintre prépara sa toile et ses couleurs, indiqua à son modèle la façon dont il devait s'asseoir face à la lumière des portes-fenêtres ouvertes sur le jardin. Sans bouger, donc, Delormel demanda à Tallien quelle sorte d'affaire l'amenait.

— Une montagne de savon.

— Hé hé !

— Le limonadier qui détient les savons m'en propose une somme très honorable, mais…

— Il faut avancer la somme.

— Vous avez deviné.

— On les revendrait à qui, ces savons ?

— J'ai déjà un acheteur à l'armée du Rhin. Il accepte de les payer quatre fois notre mise.

— Pas mal !

Ils s'étaient appréciés à la compagnie Ouen, sur la rive gauche, une société de fournitures et de subsistances militaires. Tallien était déjà spécialisé dans le savon et les bonnets de coton. Toujours sans bouger, Delormel vit au fond de la pièce son épouse qui bâillait.

— Monsieur le peintre, un autre jour vous reviendrez pour le portrait de Madame Delormel. Je la voudrais en nymphe.

— En nymphe cela s'impose, dit le rapin d'une voix obséquieuse, et dans un décor champêtre.

— Mon jardin ?

— Par exemple.

— Je vais acheter demain des statues ou des colonnes brisées pour renforcer le caractère antique de la scène.

— Excellent.

— Et cette composition, comme pour mon portrait ?

— Pardon…

— Soixante livres ?

— Cent livres.

— Ce sera plus cher que pour moi ?

— Forcément, à cause du décor plus fouillé.

— Je vais me reposer, soupira Madame Delormel que ce marchandage ennuyait.

— Mais oui, dit son mari en conservant la pose. Tu seras mieux en forme pour le bal de ce soir au pavillon de Hanovre.

Madame Delormel fila par le grand escalier. Elle était moins fatiguée qu'elle le laissait entendre ; plus elle montait les marches, plus elle était légère. Elle relevait sa tunique vaporeuse jusqu'aux genoux, pour aller plus vite, dévoilait trois bracelets d'argent à sa cheville droite, des sandales dont les lanières imitaient des serpents. Au second étage elle courait presque dans les corridors, frappa de sa paume à l'une des portes sculptées que Delormel avait récupérées dans un château pillé. Elle ouvrit avant qu'on lui réponde.

— Rosalie, où as-tu abandonné ton gros mari ? dit Saint-Aubin que son ami Dussault aidait à nouer une cravate compliquée.

— Il négocie des savons avec Tallien et garde la pose pour un peintre. Nous avons le temps.

— Toi oui, dit Saint-Aubin en la prenant à deux mains par la taille, mais pas nous.

— Tu ne viens pas ce soir au pavillon de Hanovre ?

— Impossible ! On donne à l'Ambigu-Comique un spectacle qui nous ridiculise, nous partons l'empêcher.

— A force de donner des coups, tu vas en prendre.

— Nous sommes nombreux.

— Mon cher Saint-Aubin, dit Dussault par discrétion, je vous attends dans la voiture.

— J'arrive…

Delormel avait offert un appartement dans son hôtel au jeune homme rencontré le jour de l'arrestation de Robespierre. Par une sorte d'affection paternelle, il lui avait aussi procuré un emploi : une belle écriture avait suffi pour qu'on l'embauche à la Commission chargée des plans de campagne. Saint-Aubin n'y mettait jamais les pieds, sauf le jour de la paie. Quant à Rosalie, Delormel l'avait trouvée, on pourrait dire acquise, en épluchant *L'Indicateur des mariages*, un journal qui paraissait le mardi et le vendredi, où l'on choisissait son conjoint parmi les annonces comme à la loterie. Une première visite de Rosalie avait suffi : Delormel voulait parader au bras d'une ravissante épouse, il la montrait donc et se moquait du reste. Peut-être même était-il satisfait de la liaison qu'elle entretenait sans se cacher avec Saint-Aubin, puisqu'elle semblait joyeuse entre ses deux hommes qu'elle aimait de façons différentes ; l'un pour l'amour, l'autre pour l'argent.

Devant l'entrée en colonnade de l'Ambigu-Comique il y avait un embouteillage de chevaux et de voitures chic. Reconnaissable à sa perruque blonde, à son allure efféminée et à l'habit bleu clair qui lui battait les mollets, Stanislas Fréron traversait la foule bourgeoise et populaire massée sur les escaliers puis aux guichets. Il était accompagné d'une jeune femme aux cheveux relevés et en vrilles, déshabillée comme Diane chasseresse avec une tunique courte, transparente, et d'un petit homme sec, sans âge, sans doute jeune, que son air sombre, sa mauvaise redingote, la canne qu'il tenait comme un sabre distinguaient des autres spectateurs. Fréron avait donc convié le général Buonaparte et une gourgandine à cette comédie dont on parlait beaucoup à Paris sans l'avoir encore vue, *La Folie du jour*. Au foyer où ils s'étaient donné rendez-vous, les muscadins brandissaient leurs gourdins en acclamant Fréron, et quand celui-ci entraîna ses invités dans l'escalier des loges, ils entonnèrent *Le Réveil du peuple*, une sorte d'anti-*Marseillaise* mise en musique par Gaveau :

Guerre à tous les agents du crime !
Poursuivons-les jusqu'au trépas,
Partage l'horreur qui m'anime :
Ils ne nous échapperont pas !

Buonaparte entra dans la loge derrière Fréron et son amie. Le lustre à triple couronne était descendu, la rampe de bougies allumée comme les candélabres de l'avant-scène. La salle se remplissait ; les bourgeois dans les loges, avec quelques muscadins, le peuple au parterre, et ce monde caquetait, se saluait, s'invectivait déjà.

— Je prévois une forte houle, dit Fréron en s'asseyant.

— Une forte quoi ? demanda la fille.

— Une bagarre, dit Buonaparte en inspectant la salle.

— Ils viennent tous pour en découdre, regardez-les…

La fille s'appuya au rebord en velours de la loge pour mieux voir un groupe de muscadins occuper le fond de la salle. Le rideau se leva et un demi-silence s'établit. Sur la scène, une caricature de muscadin au visage enfariné sous un chapeau géant, des lunettes comme des loupes au bout du nez et la cravate jusqu'aux lèvres, zozotait en déclamant :

— D'entrée ze vous l'affirme, ze suis malade en sortant du Palais-Royal.

— La Vendée te réclame ! répliqua un matamore costumé en gendarme.

— La Vendée ? Quelle horreur ! Mais où est-ce ?

— Qu'on envoie ces fantoches en Vendée ! cria un spectateur du parterre.

— En Vendée ! En Vendée ! hurlèrent ses voisins.

Une chaise lancée des balcons assomma deux braillards et donna le signal de l'assaut. D'autres chaises volèrent, on se renvoyait des chapeaux, des cannes, des souliers, les bourgeois s'accroupissaient dans leurs loges pour éviter les projectiles. Une bande de muscadins s'élança dans les travées en bastonnant au hasard. Saint-Aubin grimpa le premier sur la scène, suivi par une dizaine de ses amis, arracha le texte des mains du souffleur, le déchira, le piétina, en jeta des pages dans la salle qui hurlait toujours :

— En Vendée, les godelureaux !

— Revoilà les privilèges !

Saint-Aubin chanta *Le Réveil du peuple*, repris en chœur par ses partisans ; le peuple y répondit par une *Marseillaise* sonore.

— Stanislas, dit la fille à l'oreille de Fréron, je suis curieuse de ce jeune homme.

— Saint-Aubin ? Je vous le présenterai, ma beauté.

— Après le spectacle ?

— S'il n'a pas trop de bosses.

— Vous l'inviterez chez le vicomte, demain ? J'y serai.

— S'il veut bien.

— Vous aussi, général, vous serez chez Barras ? Oh, il a disparu.

Fréron se retourna à son tour :

— Ce genre de bataille ne doit pas convenir à un artilleur.

Buonaparte était parti au moment où le commissaire de police de la section du Temple, avec son écharpe, menaçait d'évacuer le théâtre, mais la représentation ne pouvait pas continuer, remplacée par les injures, les chants et les coups de bâton.

Buonaparte n'avait aucune affection pour les Français et il détestait Paris. Vue de loin, la capitale avait de la gueule, avec son assemblage de dômes et de tours. Vue de près elle faisait peur. Franchis les octrois, où désormais on ne payait plus le droit de passage, vous pataugiez dans une boue noire et collante, le mélange nauséabond de mille ruisseaux, égouts à ciel ouvert, eaux grasses des cuisines, et vous marchiez là-dedans, avec des bornes de grès où se réfugier d'un bond lorsque survenait un fiacre rapide, sans le recours des trottoirs sauf rue de l'Odéon. Les ruelles suivaient les parcours fantaisistes des anciens sentiers, qui se détournaient pour un arbre ou évitaient un champ, elles étaient étroites, rétrécies encore par la manie qu'avaient les boutiquiers d'installer dehors des tablettes pour présenter leurs marchandises. Partout des affiches cachaient les murs, partout des fontaines sans eau, des arbres de la Liberté qui n'avaient pas supporté l'hiver et se dressaient comme des plumeaux. Il fallait se méfier des bandes de chiens errants, efflanqués, sales animaux aux yeux de fauves. Nulle part un abri. Nulle part le silence. Paris sentait l'urine, le savon noir et la crasse. Le Quai à la Ferraille empestait le hareng. La rue se prolongeait dans les immeubles, dans les couloirs, sur les paliers, l'intimité n'existait que pour les riches, sinon il fallait subir les regards, le vacarme, les cris des cochers en guêtres et des marchandes, les disputes, le bruit des moulins du Pont-Marchand, les chansons, cette odeur de pourriture qui s'insinuait dans les immeubles à tel point qu'on mit trois mois à s'apercevoir que le citoyen Mique, vendeur de têtes de veau, était mort seul dans sa chambre ; il avait fallu la putréfaction de son cadavre, et les cafards, pour alerter les autres locataires.

Dans ce fouillis agressif Napoléon enrage, il maudit cette ville étourdissante qu'un ambitieux ne peut éviter. Que faire d'autre ? Où aller ? Qui écouterait ce maigrichon mal nippé et râleur, méchant comme une teigne, enjôleur s'il le faut, pourtant, quand il lorgne les dames de son regard bleu ? Sortant du théâtre, cette nuit-là, ce même regard se posait sur le malheur.

Des misérables attendaient en file à la porte encore fermée d'une boulangerie, pour être les premiers dans quelques heures à toucher leur ridicule portion de pain noir et gluant. Buonaparte en estima le nombre, sans doute un millier. Ailleurs ils faisaient la queue pour de l'huile, des chandelles, du charbon ; silencieux, fripés, gris, c'étaient des ouvriers sans ouvrage, des femmes sans espoir, des rentiers ruinés qui avaient déjà vendu leur vaisselle et leurs meubles, les employés au chômage des administrations ou des manufactures. Tout à l'heure, une citoyenne qui n'avait rien à donner à son enfant l'a attaché à son côté et s'est jetée à l'eau. On en retrouvait chaque jour dans la Seine, quand ils ne mouraient pas d'inanition au coin des rues. Depuis la fin de Robespierre ils n'avaient plus de maître. La plupart des chefs jacobins avaient été éliminés, Carrier guillotiné, Billot-Varenne et Collot d'Herbois relégués en Guyane, Fouché se cachait à cause des massacres qu'il avait ordonnés à Lyon. Le peuple préférait les convaincus, même sauvages, se disait Buonaparte, aux corrompus du gouvernement qui les affamaient.

Le prix des pommes de terre avait triplé en deux mois, il fallait multiplier celui de la viande par dix-sept. L'argent n'existait qu'à peine : le papier-monnaie, ces assignats que la Convention imprimait à tour de bras, on pouvait se moucher dedans, et si un louis d'or valait deux cent cinquante francs en mars, il en valait mille aujourd'hui. L'hiver avait été rude, la Seine avait gelé, le bois et le charbon manquaient. Tout manquait sauf autour de Barras. Les grains s'entassaient pourtant à

Paris dans des greniers très surveillés mais sans air : comme on l'avait ramassé tout humide de pluie, le blé germait avant de pourrir. L'Agence des subsistances était responsable des hausses : les farines vendues à Paris, très chères, étaient réexpédiées en province encore plus chères. Cela se savait. Cela se répétait. Cela se changeait en colère. Les citoyens s'entretenaient de la rareté des marchandises, de la friponnerie des agioteurs, de la cupidité des marchands, des laboureurs qui exigeaient d'être payés en or.

Buonaparte se mêlait aux groupes formés devant les boutiques dégarnies ou au milieu des rues. Le ton montait :

— Qu'est-ce qu'il en fait, le gouvernement, des grains qui arrivent à Paris ?

— Il les garde en magasin pour nourrir les troupes.

— Tu parles !

— Il faut se venger de ces coquins !

— Ils nous trompent depuis trop longtemps !

— Il y a un an nous avions du pain !

En regagnant son logis, très songeur, le général Buonaparte vit une femme à quatre pattes qui essayait d'arracher son os à un chien jaune.

CHAPITRE II

Les deux France

« Il en était ainsi à cette étrange époque : on recevait la mort sans crainte, comme on la donnait sans émotion. »

(Alexandre DUMAS,
Les Compagnons de Jéhu, chapitre XXXIX.)

Buonaparte et son aide de camp Junot allaient visiter Barras, rue Neuve-des-Petits-Champs, quand ils se heurtèrent à de nombreux cavaliers qui barraient le passage. Les deux hommes reconnurent des militaires à leur façon arrogante de se tenir en selle, les mains sur le pommeau, mais de quel régiment avaient-ils été détachés ? Seule leur buffleterie était réglementaire. Ils portaient des vareuses déteintes par les pluies, des casques ennemis coiffés comme des trophées, des sabots au lieu de bottes ou des bottes aux semelles en carton, rafistolées avec de la corde. Un grand moustachu sans galons, mais il devait être au moins caporal, s'adressa d'un ton sec aux nouveaux arrivants :

— Tournez les talons, citoyens.

— Je suis le général Buonaparte !

— Connais pas.

— Mais moi je connais Barras !

— M'en fiche.

— Il nous attend.

— M'étonnerait.

— Laissez-les passer, dit Barras qui sortait de chez lui en uniforme avec son panache tricolore.

Suivi par Junot, Buonaparte s'avança vers le vicomte :

— Tu t'en vas ?

— A Lille.

— Pour en ramener l'armée ?

— Pour ramener un gigantesque convoi de farine. Je sens la guerre civile, général. Après l'hébétude, après les larmes rentrées, j'entends un grondement sourd. Tu n'entends donc rien ? Tu ne vois rien ? Tu ne croises pas tous les jours des enterrements ?

— J'ai des yeux et des oreilles, citoyen Barras.

— Moi j'en ai cent. Les rapports de mes agents augmentent mon appréhension. Jamais les groupes n'ont été aussi nombreux et aussi échauffés, des bruits dangereux se répandent, on dit que les carabiniers et les gendarmes vont être remplacés par des Allemands, et cette sale rumeur, je m'en souviens, elle courait au printemps 1789. On dit que les représentants se sont augmentés et touchent leur indemnité pour moitié en numéraire, que les muscadins se gavent de brioches quand les boulangers n'ont plus de farine. On dit que l'armée va investir Paris pour protéger la Convention…

— Et cette escorte ? dit Buonaparte en montrant les cavaliers.

— Je n'ai fait venir de Gonesse qu'un régiment de chasseurs, et je pars avec un escadron réquisitionner du blé dans nos campagnes.

— Au carreau de la Halle, dit Junot, j'ai vu ce matin des centaines de voitures de légumes.

— Elles ne suffisent pas ! Le faubourg Saint-Antoine grogne et je n'aime pas ça.

Barras tira une brochure de sa poche de redingote et la tendit à Buonaparte :

— Ce libelle a été diffusé hier à cinq cents exemplaires. C'est un appel à l'insurrection pour obtenir du pain.

Le vicomte mit le pied à l'étrier et se hissa avec élégance sur le cheval qu'on lui tenait.

— Et moi ? dit Buonaparte.

— Toi…

— Qu'est-ce que je fais ?

— Rien.

— Comment ça ?

— Tu n'as pas d'emploi.

— Mais je peux être utile !

— Va en persuader le Comité de guerre.

Le vicomte partit au trot avec ses chasseurs dépenaillés, laissant Buonaparte à son amertume. Nerveux, le général en congé tapotait sa botte avec sa canne. Dès que les cavaliers disparurent au bout de la rue, il commanda à son aide de camp désœuvré comme lui :

— File au Palais-Royal, Junot, écoute et rends-moi compte de l'esprit public. Je serai chez les Permon.

— Je t'y rejoins dans une heure, général.

Donner un ordre, même à Junot, le soulageait un peu, lui qu'on réduisait à l'état de spectateur. Ils repartirent ensemble, puis Junot tourna sur la droite vers le Palais-Royal ; Buonaparte remonta la rue Vivienne pour gagner la rue des Filles-Saint-Thomas où Madame Permon, une amie d'enfance de sa mère, vivait au second étage d'un établissement meublé, l'*Hôtel de la Tranquillité*. Entre cour et jardin, l'appartement était devenu le rendez-vous des immigrés corses et un tripot : Madame Permon, qui prétendait descendre des empereurs de Trébizonde, y organisait de furieuses parties de cartes car elle percevait un droit sur les enjeux. On venait surtout chercher des nouvelles du pays. Buonaparte avait ainsi appris que les Anglais du 50e d'infanterie occupaient sa maison familiale d'Ajaccio ; il y avait un dépôt d'armes au rez-de-chaussée, un lieutenant Ford avait pris ses quartiers dans les chambres dévastées.

— Le Chat botté ! Le Chat botté !

Laure Permon, onze ans, venait d'apercevoir Buonaparte qui traversait la cour ; elle avait quitté le balcon, prévenait sa mère et les invités du jour : l'abbé Arrighi, Aréna, Maestracci. Buonaparte n'ignorait pas le sobriquet. Cela remontait à plusieurs années. Quand il était sorti de l'école militaire de Brienne, il était venu montrer son premier uniforme chez les Permon. Comme il avait des jambes grêles et de trop grandes bottes, Laure et sa sœur aînée Cécile avaient éclaté de rire en le traitant de Chat botté. Il ne goûtait guère la plaisanterie mais la subissait. Quant à ses bottes, elles mettaient Madame Permon en fureur : si elles étaient sèches, elles craquaient sur le plancher avec un bruit crispant ; si elles étaient mouillées, et qu'il les présentait au feu, elles empestaient ; cette pauvre Madame Permon était alors obligée de tenir un mouchoir parfumé contre son nez. Elle avait trouvé une solution, et par vilain temps, dès le vestibule, une femme de chambre était chargée de décrotter les bottes à revers du général. Aujourd'hui, par temps sec, les maudites bottes se contentaient de grincer.

— Napoléon, c'est le cœur ou l'estomac qui vous amène ?

— Le cœur, très chère Madame Permon, le cœur, le cœur qui me pousse à fermer cette fenêtre. Je ne sais pas ce que mijote votre Mariette dans sa cuisine, mais le fumet que je sens risque de vous faire dénoncer comme profiteuse par des voisins jaloux.

— Allons donc ! dit l'abbé Arrighi.

— Et on m'arrêterait pour un trafic de poularde ?

— Une poularde que j'ai achetée moi-même en province, reprit l'abbé.

— Il faut se méfier de tous et de tout. Je quitte Barras à l'instant, il m'a dressé un tableau bien noir des faubourgs. Madame Permon, vous devriez charger votre berline et rejoindre votre mari à Bordeaux. A Paris, plus rien n'est sûr.

— Ah oui alors ! dit la petite Laure. Hier j'ai eu une grosse peur.

— Racontez pourquoi à votre Chat botté, Mademoiselle Loulou.

— J'étais sortie avec Mariette, on voulait acheter des rubans et de la gaze et maman n'a pas voulu qu'on y aille à pied, alors on a demandé un fiacre, mais sur le boulevard des femmes ivres hurlaient « A bas la Convention ! Qu'on nous rende nos patriotes ! ». Et les mégères, elles ont demandé à notre cocher d'ouvrir sa portière, il résistait, il les éloignait avec son fouet, et moi je lui ai dit de faire ce qu'elles demandaient. J'avais préparé dans ma main un assignat de vingt francs, mais une énorme furie a ouvert la portière et elle m'a pris dans ses bras, j'étais pâle, je tremblais…

— Mais Mademoiselle Laure n'a pas pleuré, dit la bonne Mariette en apportant une poularde blonde.

— C'est par vanité, dit Buonaparte pour se moquer. Mademoiselle Loulou n'aura pas voulu pleurer devant des poissardes.

— Bref, coupa Madame Permon, ces femmes ont laissé passer le fiacre et l'affaire s'est terminée sans mal.

Elle poussa ses invités vers la table où l'abbé, couteau en l'air, considérait en stratège la poularde à découper.

— Je ne plaisantais pas, dit Buonaparte en s'asseyant.

— Nous savons que vous ne plaisantez jamais, dit Aréna en se nouant une serviette autour du cou.

— Vous prenez des risques, Madame Permon, à chercher des provisions au-delà des barrières. D'abord celui de vous faire attaquer en route.

— Tout est prévu, Napoléon, ne vous tracassez pas.

— Je me tracasse tout de même.

— Nous n'allons quand même pas manger du chien !

— Ils sont trop maigres, dit Laure en riant.

— Ou ces poissons du marché Martin, place Maubert, reprenait l'abbé en détachant un pilon : on y vend des poissons morts depuis belle lurette et à moitié pourris.

Madame Permon était une finaude, Buonaparte le savait. Elle faisait venir en fraude de la farine blanche du Midi, ses amis corses lui apportaient des poissons de Nogent, des légumes frais. Déjà, sous la Terreur, à Toulouse, elle recevait des nouvelles de la capitale par des billets cachés dans des pâtés, des cuisses d'oie, des caisses de fleurs artificielles, la doublure d'un chapeau. Elle changea d'un coup le fil de la conversation :

— Et vous, Napoléon, avec vos supérieurs ?

— Supérieurs en grade, voilà tout.

— Où en êtes-vous ?

— Nulle part. Je suis ce qu'on veut, Chinois, Turc, Hottentot. Je veux aller en Turquie ou en Chine, tenez, c'est dans ces lieux qu'on attaquerait efficacement la puissance des Anglais.

Dehors on tirait des coups de feu. Cela ne dura pas, on se remit à déjeuner en silence jusqu'au moment où une course dans l'escalier interrompit le repas. Quelqu'un montait au deuxième étage, cogna à la porte.

— J'ouvre ? s'inquiétait la bonne Mariette.

— Ouvre, dit Madame Permon.

— Les gens dangereux ne frappent pas aux portes, dit Buonaparte, ils les ouvrent à coups de pied.

Mariette ouvrit et Junot entra, la cravate dénouée, rouge d'avoir couru :

— L'émeute !

Après avoir recommandé à Madame Permon de se barricader chez elle, chapeau sur les yeux, canne sous le bras, Buonaparte descendit dans la rue avec Junot et l'abbé. Ils n'eurent pas à marcher longtemps pour constater les incidents. Une meute de citoyens en colère s'en prenait aux volets d'une boulangerie. Les femmes étaient enragées, elles excitaient de la voix les loqueteux qui frappaient la devanture avec des barres de fer. D'autres se faisaient la courte échelle pour atteindre les fenêtres de l'étage, qu'ils brisèrent en les secouant, puis entrèrent dans l'appartement, reparurent en tenant un homme qui gigotait. « C'est le boulanger ! » cria une femme. Des insultes et des poings levés, des bouches mauvaises réclamaient sa tête :

— Tu caches ta farine !

— Mais non, je vous jure que non…

— On va bien voir !

— Menteur !

— Tu augmentes tes prix tous les jours !

— Je n'y peux rien, moi…

— Affameur !

Sous les coups, les volets finirent par craquer et la boutique fut investie par une masse de citoyens.

— Pourvu qu'ils ne trouvent rien, marmonnait l'abbé.

— Vous ne voulez pas qu'ils mangent ? dit Junot.

— S'ils trouvent des sacs de farine ils vont étriper ce pauvre bougre.

— S'ils trouvent des sacs de farine, dit Buonaparte, le boulanger est un voleur et il mérite son sort.

L'abbé tourna la tête vers le général, très pâle :

— Vous ne vous sentez pas bien, Napoléon ?

— Moi ? Si, je vais très bien, c'est la France qui va mal.

Buonaparte ne supportait pas les foules, impossibles à maîtriser, qu'il nommait avec mépris la populace. En 1792, le 10 août, il avait assisté à la prise des Tuileries et en gardait un terrible souvenir. A l'époque il préférait s'intéresser à la spéculation immobilière qu'à la Révolution, et recherchait des maisons à louer pour les sous-louer avec bénéfice. Ce jour tragique où le peuple avait envahi le château il était aux premières loges chez Fauchet, un parent de son condisciple Bourrienne, qui vendait des meubles au Carrousel. Il rageait : si on lui avait donné le commandement de la place, la canaille n'y aurait jamais pénétré. Il s'était contenté de sauver un garde suisse que la foule voulait écharper. La même foule, aujourd'hui, s'en prenait à un boulanger. Qu'y pouvait Buonaparte ? Le Comité de guerre se méfiait de lui, son ami Barras n'intervenait pas en sa faveur, alors il regardait sans bouger. Tout à l'heure, au Palais-Royal, Junot avait entendu dire que les sections populaires des faubourgs s'armaient. Eh bien qu'elles s'arment, qu'elles marchent contre la Convention, qu'elles pillent, qu'elles incendient : Buonaparte resterait à l'écart. Le boulanger avait basculé de sa fenêtre et il était livré aux mains des affamés qui le malmenaient.

— Nous n'avons rien à faire ici, dit Buonaparte.

Il prit le bras de Junot et s'éloigna le long des murs.

— Hé ! couinait l'abbé Arrighi. Attendez-moi !

— J'en ai assez vu. Ce genre de scène va se multiplier dans Paris et dégénérer. Tu avais raison, Junot, c'est une émeute qui se prépare.

L'abbé les avait rejoints :

— Où allez-vous ?

— Chez Madame Permon, dit Buonaparte. Nous n'avons pas fini votre poularde.

Le serrurier Dupertois fit irruption dans le jardin du Palais-Royal à la tête d'une centaine d'ouvriers et d'artisans, pour la plupart anciens jacobins ; ils avaient écrit à la craie sur leurs chapeaux : « Du pain ! » ou « La Constitution de 1793 » comme s'ils pouvaient ressusciter Marat et Robespierre. Crocs, alènes, coutelas, marteaux : leurs outils, voilà leurs armes. Cette intrusion effraya les filles qui tournaient sous les arcades, elles s'égaillèrent dans les étages. Les restaurateurs fermaient leurs grilles, les boutiquiers ajustaient en catastrophe leurs volets de bois plein. Pas assez rapide, un marchand de volailles se sentit soulevé par le col et projeté dans sa vitrine. Des ouvriers dégagèrent de leurs bâtons le verre brisé pour décrocher les poulets qui se pavanaient en devanture, gras comme des notables, tandis que d'autres sortaient le pélican de sa baraque foraine pour l'assommer à coups de marteau avant de le plumer. La pagaille était complète. Des bourgeois couraient sous les marronniers ; les filles assistaient au spectacle, tassées à toutes les fenêtres et sur les balcons de pierre des immeubles qui fermaient le jardin.

— Là ! cria Dupertois.

Il montrait du doigt le café de Chartres où s'étaient groupés des muscadins derrière une ridicule barricade de tables et de chaises renversées.

— Tu vois le blondin sur la droite de c'troupeau ? dit Dupertois à un grand aubergiste qui tenait une broche.

— Celui qu'est fin comme une anguille ?

— Ce morveux commandait les p'tits messieurs qui sont venus me rosser chez moi.

— Quand on est nombreux, font pas l'poids.

— A bas la Convention !

— A bas les chignons et les peignes ! hurlait Dupertois aux muscadins.

Conduits par le serrurier et son ami aubergiste, les émeutiers se précipitèrent en nombre au café de Chartres. Ils bousculèrent les chaises et les tables, assommant quelques jeunes gens qui ne s'étaient pas garés à temps. Dupertois ne quittait pas des yeux Saint-Aubin. Il se rua. Le jeune homme faisait des moulinets avec sa canne noueuse, que le serrurier saisit comme une brindille et brisa contre un pilier. Saint-Aubin avait ramassé une chaise et s'en servait de bouclier, mais le serrurier y donnait de sévères coups de galoche qui obligeaient le jeune homme à reculer. Dussault vint à son aide, la canne levée ; il frappa Dupertois dans le dos mais l'autre se retourna :

— T'es pas content ?

— Non ! répondit Dussault en prenant une posture noble.

Le géant l'attira par le collet et lui lança son genou dans l'estomac. Le muscadin se plia, perdit sa canne, chancela, tomba comme une masse. Une fois par terre, traîné par les cheveux jusqu'au bassin, il poussait des cris de goret. Saint-Aubin avait profité du répit pour filer vers le passage du Perron et quitter le Palais-Royal, mais des ouvriers l'attrapèrent par les basques comme il grimpait l'escalier, et le portèrent avec brutalité devant le café de Chartres dont les vitres venaient d'exploser sous un lancer de chaises. C'était partout la chasse aux petits messieurs parfumés, sur le sable, sur les carreaux cassés, contre les arbres ; les émeutiers s'amusaient en riant fort à les décoiffer, à arracher les peignes, à trancher les cheveux en cadenettes avec leurs couteaux avant de les expédier dans le grand bassin. Saint-Aubin n'y échappa que pour recevoir le poing de Dupertois dans l'œil ; sonné, il titubait ; un croche pied le déséquilibra, il s'affala sur le sol.

— Arrêtez !

Une patrouille de la garde nationale accourait au pas de charge sous la galerie de Beaujolais, baïonnettes en avant. Dupertois donna le signal du repli en râlant devant le corps inerte de Saint-Aubin :

— On l'reverra pour l'achever, ce foutriquet.

— J'te passerai ma broche, dit l'aubergiste.

Ils partirent en courant à demi, se fondirent parmi les ouvriers qui détalaient en emportant leur butin, le pélican plumé, des poulets, des colliers de saucisses autour du cou, une tête de veau au bout d'un bâton. Les muscadins épargnés, parce qu'ils avaient su se cacher à l'intérieur du café ou au foyer voisin du théâtre Montansier, sortirent sous les arcades et assistèrent leurs amis blessés.

— Allez ! rentrez tous chez vous ! ordonnait l'envoyé du Comité de sûreté générale qui conduisait les gardes nationaux.

Saint-Aubin se mit à quatre pattes. Son œil gauche était en feu, il voyait floue la guêtre du sergent qui lui prenait le bras pour le relever :

— Les brigands vous ont bien abîmé, Monsieur…

— Mais je saigne ! s'exclama Saint-Aubin.

Il avait porté une main à son visage.

— Ben oui, Monsieur, vous êtes tombé sur des débris de verre, et le verre, hein, ça taillade.

— Un mouchoir ! de l'eau !

— Y'a l'eau du bassin et votre cravate.

— Rentrez chez vous ! répétait l'homme du Comité aux éclopés. Rentrez chez vous !

Des muscadins dégoulinants rampaient sur la margelle du bassin, se levaient, partaient en claudiquant, se tenaient les uns les autres par les épaules. Saint-Aubin avait déchiré la mousseline de sa cravate, il l'avait trempée dans l'eau, appuyait cette compresse sur son œil gauche et grimaçait.

Le tocsin réveilla le représentant Delormel. Il faisait encore nuit. Quelle heure pouvait-il être ? Dans l'obscurité, à tâtons, il trouva son bougeoir et un briquet sur la table de chevet, alluma, enfila lui-même ses pantoufles et s'avança vers la pendule de la cheminée. Cinq heures du matin. L'affaire devait être sérieuse. Il retourna vers son lit à baldaquin dont il était fier, éclaira la forme d'un corps recroquevillé sous le drap de soie, toucha la dormeuse à l'épaule, elle ronchonna, elle s'étira, il la secoua un peu :

— Rosalie, Rosalie…

— Qu'est-ce qu'y a, Monsieur ? répondit une voix très endormie.

— Christine ! Que fais-tu là ?

— On est mardi, Monsieur, je remplace Madame qui dort au-dessus chez Monsieur Saint-Aubin.

— Mardi ? Ah oui ! suis-je bête…

Christine était la plus jeune des femmes de chambre des Delormel, une petite brune au nez en trompette et aux seins de nourrice. Delormel, debout, inquiet, sa bougie à la main, lui demanda :

— Tu entends le tocsin ?

— Les cloches, ah ça oui, pour sûr que je les entends, Monsieur.

— Le tocsin avant l'aube, tu réalises ?

— Quand c'est pas les cloches, c'est le tambour, Monsieur, on prend l'habitude.

— Passe-moi ma robe de chambre.

Christine s'assit en bâillant, puis elle se guida dans le noir les mains en avant, décrocha la robe de chambre de sa patère, aida son maître à la passer.

— Je vais me renseigner, dit-il, et toi, ouste ! dans ta chambre.

— Peux pas terminer ici ma nuit, Monsieur ? le lit il est plus doux et j'ai encore sommeil après vos galipettes.

— Mmmm…

— Et puis je suis pas un secret, Monsieur, si c'est pas Madame, si c'est pas moi, c'est Lucie ou Marie, ou une dame que vous amenez du dehors.

— Bon. Dors !

La femme de chambre se recoucha et Delormel sortit dans les couloirs avec sa bougie. Il heurta sur le palier des poteries remisées en vrac ; une porcelaine tomba et éclata sur les dalles au pied du grand escalier.

— Qui est là ! menaçait une voix ferme.

Un homme, lui aussi en chemise, braquait un pistolet de duel en direction de la bougie.

— Ce n'est que moi, Nicolas.

— Pardonnez-moi, Monsieur le représentant.

— Tu as raison de rester vigilant. Tiens, j'augmente tes gages.

Le tocsin n'arrêtait pas de sonner aux clochers.

— Prépare-moi un repas solide et de quoi m'habiller, la journée s'annonce rude.

— Alors je charge vos pistolets ?

— Oui, Nicolas, oui, moi je monte chez Monsieur Saint-Aubin avant de me rendre aux Tuileries. Fais également atteler mon cabriolet.

— Le jaune citron ?

— Mais non ! L'autre, le noir, le plus discret.

Une fois ces instructions données au maître d'hôtel, il prit l'escalier, un corridor, entra dans l'appartement de Saint-Aubin en soufflant sa bougie. Le salon était éclairé par trois flambeaux. Delormel savait y retrouver son épouse, et il l'y trouva avec le jeune homme, mais pas comme il le prévoyait.

— Que s'est-il passé ?

Rosalie ne portait que ses bijoux, penchée sur l'œil de Saint-Aubin qu'elle nettoyait avec un mouchoir imbibé de camomille. Le muscadin se cramponnait aux accoudoirs de son fauteuil, enveloppé dans un drap comme dans une toge.

— Aïe ! faisait-il lorsque Rosalie tamponnait son œil blessé.

— Il y a eu une bataille au Palais-Royal, expliqua-t-elle à son mari, regarde dans quel état ces porcs de jacobins ont mis notre pauvre ami.

— Pas joli, en effet, mais tu pourrais t'habiller un peu pour le soigner.

— Nous sommes entre nous, mon minet.

— Arrête de m'appeler *mon minet* en public.

— Nous sommes entre nous…

— Ouille ! gémissait Saint-Aubin.

Delormel posa son bougeoir éteint sur le marbre vert d'une console, un bon achat, et il soupira :

— Quand même, Rosalie, on se croirait dans un boudoir de maison chaude…

— Mais j'en viens et tu le sais.

— Passons. Le tocsin avant l'aube ne vous étonne pas ?

Non, dit Saint-Aubin. Les jacobins des faubourgs s'apprêtent à descendre sur la Convention.

— Rejoins-moi dans la salle à manger.

— Vous allez aux Tuileries ? demanda Rosalie. Oui ? Un jour vous réussirez à vous faire tuer, et qu'est-ce que je deviendrai, moi ? Egoïstes !

— Les sans-culottes ! Ils arrivent !

Un député très nerveux (la plume de son chapeau en tremblait) prévenait ses collègues réunis en séance dans la longue salle bruyante de la Convention. Quelques-uns quittèrent leur banc, traversèrent les vestibules où bruissaient des huissiers et les muscadins prêts à défendre cette assemblée qui les employait comme une milice. Delormel croisa Saint-Aubin qu'il avait mené tout à l'heure en cabriolet. Le représentant avait deux pistolets à la ceinture tricolore qui lui comprimait l'estomac ; le jeune homme avait un bandeau noir sur l'œil gauche, cela lui donnait un air vaguement corsaire, et il avait mis une redingote couleur puce, moins extravagante que celle déchirée la veille, un chapeau plat à large bord, et pris un fouet de poste au lieu de canne. Delormel le laissa pour sortir dans la cour du château, il s'avança avec d'autres députés vers la grille récemment apportée de Rambouillet ; elle coupait en deux la place du Carrousel. Au corps de garde central, un pavillon coiffé d'un dôme, des carabiniers veillaient, et à côté, un peloton de dragons en loques.

Les émeutiers allaient surgir en face, devant la façade dégradée du Louvre où des tuyaux crachaient leurs eaux sales ; les sculptures étaient souvent masquées par les gaines en brique des cheminées, par des cabanes ou des maisonnettes en planches collées aux murs. Depuis Henri IV les artistes campaient dans les galeries du Louvre, on apercevait des poulaillers sur les terrasses, du linge séchait à des ficelles entre deux fenêtres sans vitres.

On ne voyait encore rien.

Delormel percevait cependant le bruit sourd et lointain des milliers de sabots qui battaient le pavé, le son enflé, orageux, des voix dont il devinait la férocité sans en saisir un mot. Bientôt il comprit ce que scandaient ces colonnes qui convergeaient vers les Tuileries : A bas la Convention ! Du pain ! Soudain le député vit surgir des guichets du Louvre et de la rue des Orties les premiers rangs de ce brutal cortège.

— Des femmes…

Des milliers de femmes en cheveux ou en bonnets rouges affluaient place du Carrousel ; elles en occupèrent l'espace en peu de temps, elles se pressaient car il en venait toujours. Elles montraient le poing, poussaient des hurlements sauvages. Elles touchaient aux grilles et les meneuses s'y accrochaient. Elles étaient parties des faubourgs et avaient en chemin mobilisé les femmes des quartiers qu'elles parcouraient, les femmes des boutiquiers qui laissaient leurs boutiques sans marchandise, les impétueuses, les infortunées, les malingres au ventre vide, des mères avec leurs enfants maigres, des souillons qui levaient des piques ou des fourches. Les grilles allaient sans doute se renverser sous la poussée. Avisant Delormel et les députés interdits qui restaient plantés dans la cour, une mégère cria :

— Les voilà, ces coquins, les scélérats qui nous font mourir de faim !

— Qu'ils sont gras ! reprenait une autre.

Puis, comme des muscadins s'étaient risqués en haut du perron pour étudier l'émeute, la mégère reprit :

— A bas la jeunesse de Fréron !

— Ce soir nous aurons leurs belles chemises, promettait une rousse en furie.

— Leurs têtes feraient un bel effet au bout des piques !

Delormel fut le dernier du groupe des députés envoyés en observation à tourner le dos pour rentrer aux Tuileries. Il s'arrêta un instant devant les dragons impassibles, dit à leur capitaine :

— Essaie de contenir cette foule en dehors des grilles.

— On verra, dit l'officier.

— Tu verras quoi ?

— On peut pas charger dans le tas, vont nous mettre en bouillie, ces malheureuses, et puis, entre nous, citoyen représentant, elles ont faim.

— Hélas ! je le comprends…

— Ça suffit pas de comprendre. Nous aussi on a faim, mes hommes et moi, on s'est rien mis sous la dent depuis trente heures.

— Je m'en occupe, capitaine.

— Y'a intérêt, citoyen.

Préoccupé, Delormel rejoignit ses camarades sur le perron. Il n'avait pas confiance. Ces dragons venaient de la banlieue, ils avaient été volontaires à l'armée du Rhin ou à celle de Sambre-et-Meuse, ils avaient tenu tête à l'Europe coalisée contre la Révolution, ils n'avaient pas vécu à Paris la Terreur qu'ils pensaient nécessaire pour étouffer les traîtres qui voulaient livrer la patrie aux étrangers et aux royalistes. Ils avaient aimé Marat, ils avaient lu *Le Père Duchesne* de l'ordurier Hébert. Obéiraient-ils à la Convention ou au peuple ? Le représentant regarda de loin les dragons : leurs sabres restaient au fourreau. S'ils pactisaient avec les émeutiers ?

Les cris n'avaient pas cessé, des roulements de tambours s'y ajoutaient. Là-bas, derrière la masse des femmes, Delormel vit les sections populaires qui tiraient des canons attelés.

La grille de la cour céda en début d'après-midi. Alors les femmes, les ouvriers, les sectionnaires des faubourgs envahirent les Tuileries. Celles et ceux qui entraient pour la première fois dans ce palais n'avaient pas le temps de s'émerveiller des dorures, des lustres, des tapis qu'ils foulaient ; ils se formaient en courants, et, par la force de leur nombre, s'introduisaient partout. Ils vociféraient, se côtoyaient, menaçaient, fraternisaient, se mélangeaient aux bourgeois des sections parisiennes, aux soldats qu'ils repoussaient en les englobant. On ne distingua bientôt plus les assiégés des assiégeants. Les gardes nationaux des beaux quartiers et ceux des faubourgs portaient les mêmes uniformes, plus ou moins entretenus, chasseurs bleus aux épaulettes vertes, fusiliers aux revers rouges. La confusion était totale. Culbuté dans le grand escalier, un général décoiffé fut englouti par cette multitude. Le grand Dupertois, qui participait à l'invasion, souffla au général, en plein visage :

— T'as un beau sabre.

— Il coupe trop, dit un flandrin à bonnet rouge. Tu vas te faire mal.

Dans un tourbillon d'hommes et de femmes, Dupertois tira le sabre du général, un autre défit son ceinturon, un troisième chipa son mouchoir et un galopin son portefeuille, laissant étourdi le pauvre militaire qui étouffait presque et n'avait pas la place de riposter. Un député des Pyrénées, Féraud, voulut le secourir, porté par cette foule qu'il avait du mal à fendre :

— Laissez tranquille le général Fox !

— Qui c'est, ce chien ? demanda Dupertois à la cantonade.

— Féraud ! gueula une marchande de tabac qui avait tenu son commerce dans le grand vestibule du château.

— Fréron ? répéta Dupertois. Le chef des jeunes poudrés ?

A cause de cette méprise, Dupertois arracha de la main d'un bourgeois son pistolet chargé et tira une balle dans la gorge de Féraud. La multitude, en se contenant, laissa au député un espace pour qu'il s'effondre au bas de l'escalier de marbre. Dupertois dégringola trois marches, entouré par son bataillon de jacobins ; il se pencha sur le cadavre et, avec le sabre volé, en poussant un *ahan !* de bûcheron, lui trancha le cou. Il prit la tête par ses cheveux longs et la leva. Le sang coulait sur sa manche, il éclatait de rire :

— Robespierre, tu es vengé !

— Une pique ! Donnez-lui une pique !

Une harpie passa la sienne et Dupertois y embrocha la tête de Féraud pour que tous la voient. Il y eut des applaudissements et des cris d'effroi, puis une procession s'improvisa derrière le serrurier qui brandissait le dégoûtant emblème, et la foule s'ouvrait. Au bout du grand vestibule, devant la portière de drap vert qui fermait la salle des débats, Dupertois se retourna :

— A bas la Convention !

— A bas la Convention ! reprenaient les émeutiers.

Suivi par les plus décidés, Dupertois entra le premier dans la salle. Les députés se levèrent, horrifiés à la vue de cette tête au bout d'une pique, celle de Féraud, leur collègue chargé du ravitaillement de Paris. Au pied de la tribune, Delormel caressa les crosses de ses pistolets inutiles. Les députés ôtèrent leurs chapeaux et le président Boissy d'Anglas, assis à son perchoir, comme Dupertois lui présentait la tête du représentant assassiné, la salua en baissant le front. Un flot de peuple était entré dans la salle en chantant *La Marseillaise*, que des députés craintifs ou complaisants reprirent en chœur. Dupertois partit comme il était venu, protégé par les femmes et les hommes du faubourg Saint-Antoine, en prévenant d'une voix forte qu'on entendait résonner malgré le tapage :

— Il faut dissoudre cette assemblée de riches !

— Il n'y a ici que des citoyens ! s'égosillait un petit député suant qui occupait à ce moment la tribune.

— Hou ! hou !

Dupertois, sa pique et la tête de Féraud avaient disparu. Les huées remplaçaient l'hymne mais, sans se démonter, l'orateur insistait :

— Il n'y a pas ici de riches et de pauvres !

— Menteur !

— Hou ! hou ! hou !

Delormel poussa le petit député pour prendre sa place et tenter d'apaiser les émeutiers en épousant leurs thèmes pour mieux les retourner.

— Tu as un ventre de riche ! lui cria une femme de la Halle.

— Et toi, citoyenne, tu es riche ? lui demanda Delormel.

— Pour sûr que non !

— Ton ventre vaut bien le mien.

— Ça veut rien dire, ça !

— C'est bien ce que je pense.

Il y eut, enfin, des rires qui firent baisser la tension. Delormel avait la parole, il la garda :

— Moi je viens du Calvados. J'étais un simple couvreur en chaume et la Révolution m'a élevé. Me voici devant vous, comme vous, puisque je viens du peuple.

— T'en viens mais t'y es pas resté !

— Tais-toi, vaurien ! tais-toi ! Chez moi, en Normandie, les familles n'ont pour survivre que de l'herbe bouillie…

— Nous aussi !

— Tu connais pas la soupe aux racines, citoyen ?

— Je connais, dit Delormel. Je sais aussi que le général Barras est parti réquisitionner en province de quoi nourrir Paris. D'énormes convois de grains, à cette heure, s'acheminent de Nancy, de Compiègne, de Chartres.

— On n'a plus le temps !

— Que voulez-vous ? Du pain ? Il arrive.

— On veut la suppression des Comités, lança un gaillard qui agitait une hache.

— Au vote ! cria un député des premiers rangs.

— Que mettrez-vous à la place ?

— Une commission avec des hommes nouveaux, et qu'on recense les grains et les farines, qu'on mette les patriotes en liberté, que nos sections se déclarent en permanence !

— Soit, dit Delormel, surpris par les revendications du gaillard. Au président de décider.

Il leva les yeux vers Boissy d'Anglas qui se taisait.

— Il est usé, ce président !

— Un autre ! un autre !

Les parlotes allaient s'éterniser, pensait Delormel, mais les sans-culottes se lasseraient. Ils voulaient des promesses ? Pourquoi pas. Réfléchissant ainsi, il remarqua Tallien qui passait l'arche de la porte pour sortir.

Peu avant l'assaut des Tuileries, le Comité de sûreté générale avait fait évacuer par prudence les muscadins ; ils excitaient trop la haine des émeutiers qui les auraient massacrés. Ils se prélassaient donc au bout des jardins, étendus sur le gazon à l'ombre des arbres, entre les plates-bandes. On leur avait distribué de l'argent et des fusils en consignant leurs noms et leurs adresses dans un registre de police ; les plus méfiants avaient refusé de figurer sur cette liste, dont Saint-Aubin et son ami Dussault ; ils se contentaient de regarder un lieutenant de gendarmerie expliquer aux volontaires le maniement du fusil, car beaucoup n'avaient jamais tiré un coup de feu. Saint-Aubin s'amusait de la mine exaspérée du lieutenant face à des recrues qui préféraient les mots aux armes.

— La charge du fusil se fait en douze temps…

— Douze ? Pourquoi douze ? demanda un muscadin aux cheveux montés en chignon.

— Parce que c'est le règlement ! Je reprends. Ouvrez le bassinet…

— Le quoi ?

— Ici, bougre de péquin !

— J'ouvre. Hé ! j'ai failli me casser un ongle.

— Prenez une cartouche…

— Où diantre ? dit un autre élégant.

— Dans la giberne.

— Je ne vois pas…

— Elle est vide, la giberne qu'on vous a remise ?

— Ah non… Mais sa lanière déforme ma redingote.

— Qu'est-ce qu'il y a dans votre giberne ? disait l'officier cramoisi.

— Deux paquets en papier.

— Eh bien ce sont vos cartouches, nigaud ! Deux paquets de quinze cartouches !

— Ne criez pas, lieutenant…

— Prenez une cartouche, déchirez-la…

— Je n'ai pas de couteau, se lamentait un maigrichon en habit vert.

— Moi non plus, lieutenant.

— Avec les dents !

— Mais nous aurons de la poudre plein la bouche.

— Quel affreux parfum, lieutenant !

Tallien s'avançait dans l'allée en agitant les bras. Il avait rendu compte aux Comités et venait prévenir les deux cents jeunes embrigadés :

— Les émeutiers dictent leur loi ! Ils ont amené les canons de leurs sections ! Ils ont assassiné le député Féraud et terrorisent l'Assemblée !

— Féraud…

— Le représentant des Pyrénées. Ils l'ont confondu avec Fréron.

— Allons leur briser les reins, proposa Saint-Aubin en se levant d'un bond.

— Non non ! Du calme ! disait Tallien.

— Les Comités refusent de nous utiliser ?

— Il faut attendre le moment opportun, expliquait Tallien. Votre heure viendra.

— Elle tarde à venir, notre heure, Monsieur Tallien.

— Si on ne veut pas de nous, je vais dîner, dit Saint-Aubin en faisant claquer son fouet de poste qui décapita une rangée de roses.

— Bien parlé, dit le muscadin Davenne, mais les restaurants doivent être fermés…

— Pas tous, affirmait Dussault. J'ai traversé notre Palais-Royal, ce matin, et Beauvilliers s'apprêtait à ouvrir ses salles.

— Allons chez Beauvilliers, décida Saint-Aubin.

Ils partirent à trente se payer un festin avec l'argent du Comité de sûreté générale, firent un détour pour éviter le palais d'où sortaient des hurlements, croisèrent plusieurs patrouilles de la garde nationale et les saluèrent, débarquèrent enfin sous les arcades de la galerie de Valois et s'attablèrent chez Beauvilliers.

— Rien avalé depuis l'aube, dit Dussault.

— Mon cher, dit Saint-Aubin, j'ai moi-même une sorte de creux dans l'estomac.

On leur donna la carte dînatoire, récemment inventée, une feuille où les plats proposés étaient écrits les uns à la suite des autres. Cela faisait grogner les gourmands qui commandaient un poulet, comme à l'auberge, mais ne voyaient venir qu'une aile, ou une cuisse, et s'estimaient floués.

— Buyaudière… De quoi s'agit-il ?

— C'est un plat bourguignon, Monsieur Saint-Aubin, expliqua le maître d'hôtel. Il consiste en morceaux de bœuf bouilli que l'on fait frire à la poêle dans de la graisse d'oie, avec des oignons émincés, du sel, du poivre, du vinaigre…

— Va pour la buyaudière !

— Moi aussi, cela doit tenir au ventre.

— Même chose pour moi.

— Et du bourgogne, un tonneau de bourgogne.

Ils commencèrent à boire à la mémoire du député Féraud, puis à la santé de Fréron. Dussault proposa qu'ils rédigent ensemble un article vengeur que Fréron signerait le lendemain.

— Messieurs, soyons théâtraux comme à la tribune, commençons par *O Féraud*.

— Cela va de soi.

— Il faut qu'on sache très vite que Fréron seul était visé par le meurtrier.

— Bien sûr.

— *O Féraud, la confusion de nos deux noms m'associe à ton trépas…*

— Voilà qui sonne bien.

— J'ajouterai *illustre* avant trépas.

— Oui, il faut magnifier Féraud.

— J'aimerais ensuite le mot *barbares* pour qualifier les buveurs de sang.

— *Cannibales* irait mieux.

— Déclamons, pour l'oreille : *Les cannibales ont cru prendre ma tête en prenant la sienne*…

— Non, *la tienne*. Fréron s'adresse à Féraud. C'est le genre qu'il faut tenir.

Dans la galerie, sous le restaurant Beauvilliers, des gens passaient en courant et appelaient aux armes. Saint-Aubin et Dussault se mirent à la fenêtre de leur salle, au premier étage :

— Qu'y a-t-il de neuf ?

— Le serrurier qui a assassiné Féraud…

— Il a été arrêté, nous l'avons appris.

— La canaille l'a libéré et le porte en triomphe !

— Nous retournons aux Tuileries, Saint-Aubin ? demanda Dussault.

— Vous autres, si cela vous chante.

— Cette nuit encore, les haines vont fermenter.

— Et les Comités se moquent de nous, nous lanternons dans les jardins, nous espérons un ordre d'attaque qui ne vient jamais. Moi je vais dormir.

Après une courte nuit dans les bras de Madame Delormel, qui s'inquiétait de son mari retenu à la Convention au milieu des périls, Saint-Aubin mit des bottes à l'écuyère, choisit une redingote plus ample et à peu près classique, prit une canne plombée dans son coffre, laissa une Rosalie enfin assoupie mais qu'agitaient des rêves pénibles. Sous le bandeau noir, son œil restait douloureux et il avait mauvaise conscience d'avoir quitté ses amis, la veille au soir, d'une façon si cavalière. Il descendit à pied vers le Palais-Royal, côtoya rue Vivienne les dragons poussiéreux cantonnés aux environs de Paris et qui rentraient en force. Les jardins et les galeries reprenaient leur allure habituelle, l'effervescence des jours de paix, car l'émeute paraissait ce matin confinée dans les faubourgs. Aux Tuileries, des troupes de ligne bivouaquaient sur les terrasses. Saint-Aubin retrouva les muscadins, dont le nombre avait augmenté pendant la nuit, disposés à l'entrée de l'hôtel de Brionne et sous les fenêtres du Comité de salut public. Les jeunes gens causaient avec violence :

— Terminons-en avec ces pouilleux de jacobins !

— Qu'on les bascule dans la Seine !

— On nous a donné des armes, qu'elles servent !

Saint-Aubin avisa un muscadin au bicorne imposant ; celui-ci tenait son fusil comme un parapluie et raconta comment les émeutiers avaient été refoulés dès la nuit et comment il avait participé, avec son groupe, au nettoyage de l'Assemblée si longtemps envahie. A dire vrai : il ne restait plus grand nombre de braillards et c'était un plaisir de les chasser à coups de crosse. Une voix connue, derrière Saint-Aubin : « Il s'agissait bien d'un nettoyage ! »

Le gros Delormel sortait du Comité, les traits tirés mais heureux du rôle qu'il disait avoir tenu à l'Assemblée. Il poussa Saint-Aubin à l'écart :

— La Convention l'a emporté.

— Comment pouvez-vous en être assuré ?

— Tu as vu ce régiment ?

Il montrait la terrasse des Feuillants occupée par les hommes du général Kilmaine.

— J'ai vu des dragons rue Vivienne…

— Les trois mille cavaliers de Montchoisy. Eh bien nous allons nourrir et payer tous ces garçons pour qu'ils nous aiment, ne restera plus qu'à pacifier les faubourgs qui récalcitrent. Les Comités ont bien joué.

— A quel jeu ?

— Un jeu politique, cher ami. A la tribune, je devais faire traîner les choses pour fatiguer les émeutiers et pour que les députés se dévoilent : ceux qui penchaient vers la révolte viennent d'être arrêtés en bloc. Belle manœuvre, pas vrai ? Continuons donc à épurer, voilà ce que disaient Fréron et Tallien. Ils ont passé la nuit, avec Legendre…

— Le boucher Legendre ?

— Attention, boucher de boucherie, hein, c'était son métier, un métier honorable que celui de nourrir les gens, oui, Legendre, parce que c'est un puissant orateur. Ils partent dans les sections qui nous demeurent acquises, reconstituent des bataillons fidèles à la Convention, la Butte-des-Moulins, LePeletier, Fontaine-Grenelle… Ils confient le commandement de cette garde nationale à Menou, un baron qui avait été naguère l'élu de la noblesse aux Etats généraux (pour te préciser son aversion des jacobins)…

— Vous avez l'air satisfait de vous.

— Je me suis senti utile, figure-toi, c'est pour moi un sentiment nouveau, mais enfin, je n'ai pas réussi une fortune pour la perdre si vite à cause de va-nu-pieds sanguinaires. Et puis je pensais à Rosalie… Elle doit se morfondre.

— Elle a mal dormi.

— Avec toi ?

— Oui…

— Je pars la rassurer.

— Et moi essayer d'achever votre travail.

— Bonne chance.

Le jeune homme revint dans les parages du Comité de sûreté générale : les muscadins y manifestaient leur volonté de combattre. Fréron se montra. Tous le reconnaissaient à sa perruque blonde qui flottait. D'un geste il arrêta les acclamations et se mit à haranguer cette jeunesse qu'on disait à lui et que par ses écrits, par ses discours, il avait lancée contre les jacobins depuis des mois :

— La Convention compte sur vous ! Vous êtes une troupe d'élite. Je sais que vous êtes résolus à défendre l'Assemblée, en cas de massacre.

— Tu entends ce qu'il dit, Saint-Aubin ?

— Il dit que nous allons agir.

Saint-Aubin avait retrouvé Dussault dans la foule des jeunes gens que grossissaient des bourgeois bien mis, le sabre au poing. Dussault souligna :

— Il a dit *en cas de massacre*.

— C'est pour nous enflammer. Delormel vient de me certifier que les faubourgs seront balayés sans peine.

— Par qui ?

— Mais par nous, voyons !

Quand Fréron referma sa fenêtre après avoir encouragé les jeunes gens, très contrarié, il se confia à Tallien et à Legendre :

— Les sections populaires sont en ébullition, si on envoie nos écervelés dans les faubourgs ils vont se faire tailler en pièces. Enervés par cette victoire facile, les ouvriers vont fondre sur les Tuileries, et l'offensive de demain, avec la troupe, sera impossible. Or, si on laisse nos muscadins désœuvrés, ils sont capables des pires idioties malgré nos discours.

— J'ai une idée, dit Legendre.

— Nous t'écoutons.

— Nos agents pensent avoir repéré les chefs de la révolte. Ils seraient dans la maison du brasseur Santerre, à l'orée du faubourg Saint-Antoine…

— Et après ?

— Nous prévenons nos deux ou trois cents loustics que dès l'aube ils partiront cueillir ces meneurs au saut du lit. Nous leur affirmons que cela suffira à briser l'émeute, ils se croiront importants, se tiendront paisibles, l'armée pourra prendre position. De nouveaux bataillons doivent arriver ce soir.

— Comment va-t-on les occuper jusque-là, nos jeunes gens ?

— A de menues opérations de police autour du palais.

Pour les muscadins, la journée se passa donc en rondes de surveillance aux alentours des Tuileries. Saint-Aubin et ses amis, costumés comme pour un bal, le gourdin sous le bras, marchaient place du Carrousel ; ils dévisageaient les badauds et les ouvriers qui s'attroupaient en discutant de la situation avec ardeur.

— Cet individu en veste bleue…

— Avec le nez pointu ?

— Celui-là même, précisait Dussault. J'ai la forte impression de l'avoir souvent croisé près de la Conciergerie, l'année dernière.

— Ça me revient ! Comment l'oublier ? Il a été juré au Tribunal révolutionnaire, un féroce.

— Topino-Lebrun ! s'exclama Saint-Aubin.

— Voilà ! c'est bien lui.

Les muscadins encadrèrent le suspect et le saisirent par les bras. Le bonhomme, effaré par ces manières brusques, ne se défendait pas, il se laissa soustraire sans un mot aux ouvrières avec lesquelles il maudissait le prix du pain. Saint-Aubin l'interrogea :

— Ton nom ?

— Vincent…

— Ton vrai nom !

— Vincent, je vous dis.

— Tu es Topino-Lebrun.

— Pas du tout, je m'appelle Vincent et je suis peintre. Allez vérifier chez mes voisins.

— Où habites-tu ?

— Rue de Lappe, n° 28.

— Rue de Lappe ? s'étonnait Davenne, mais cela se niche dans les faubourgs.

— Ben ouais.

— On t'emmène au Comité.

— Où ça ?

— A la sûreté générale, et de là, en prison.

— Mais je suis peintre et je m'appelle Vincent !

Ce genre de scène se multipliait çà et là dans l'indifférence. Le peuple qui se regroupait ne protestait pas, comme s'il attendait le moment de régler leur compte à ces petits messieurs. Les muscadins remirent leur proie à la police, improvisèrent des preuves irréfutables et le peintre innocent fut mis en état d'arrestation sans procédure. Saint-Aubin et ses compagnons retournèrent au Carrousel ; passant dans la cour des Tuileries devant les soldats rangés en bataille du général Kilmaine, ils plaisantaient à voix haute :

— A quoi servent ces militaires ?

— Très cher, ils ne servent à rien puisque nous sommes là.

— Je me le disais aussi.

— Ils se sont sans doute bien battus à nos frontières, mais dans les rues de Paris ?

— On ne règle pas une émeute comme une charge de cavalerie en plaine.

Un sergent-major avait entendu ces moqueries, il marcha droit sur les insolents :

— Je ne vous permets pas !

— Nous n'avons pas besoin de permission, répliqua Saint-Aubin.

— Paltoquets !

— Aiment-ils la Convention autant que nous, vos soldats ?

— J'en réponds !

Les muscadins faisaient cercle autour du sergent-major furieux.

— N'insultez plus l'armée ! grondait-il. Ou l'armée vous dispersera à coups de bottes !

— Du calme !

Alerté par la dispute, Tallien avait descendu en hâte l'escalier du Comité ; il courait éviter l'incident et répétait :

— Du calme, citoyens !

Le sergent-major retroussa par nervosité sa moustache :

— Ces godelureaux nous narguent.

— Pas le moins du monde, dit Tallien, mais ils brûlent d'intervenir et que la paix civile règne à nouveau.

— Voudrais bien voir ça, citoyen représentant.

— Tu le verras, sergent.

— Savent pas tenir un fusil.

Tallien écarta les muscadins du sous-officier grincheux et leur confia :

— Demain, très tôt, vers trois heures du matin, soyez tous sur la terrasse des Feuillants pour une nouvelle distribution de fusils et de cartouches. La Commission des armes et poudre est prévenue. De là, avant que les faubourgs se réveillent, vous avez pour mission d'entourer la maison du brasseur Santerre où se cachent les traîtres qui échauffent le peuple.

— Dans les faubourgs ?

— A la limite entre les boulevards et le faubourg Saint-Antoine. Vous aurez des guides. Maintenant, prévenez les vôtres et d'ici là reposez-vous. N'oubliez pas que vous êtes l'avant-garde de la Convention.

— L'avant-garde ? Nous en étions conscients, dit Dussault en haussant les sourcils.

Ensommeillés mais combatifs, voire enthousiastes, armés de neuf, pommadés, bottes cirées, empestant le musc, les jeunes gens se trouvèrent à trois cents place du Carrousel avant le jour ; le fusil à l'épaule ou au creux du bras comme à la chasse aux lapins, ils se prenaient pour des guerriers, fanfaronnaient avant l'affrontement désiré. Appelés par un sous-officier dont le baudrier blanc et croisé brillait sous la lune, ils allèrent en désordre, comme à la promenade, sur le quai où les attendait un détachement de cavalerie légère et le général Kilmaine en personne, Kilmaine au visage cuit des grands buveurs, Kilmaine de Dublin, qui avait connu bien des batailles au Sénégal et en Amérique, pas commode, professionnel, ronchonnant à l'idée de conduire cette escouade de pitres.

— Saint-Aubin, dites-moi, ce sont là les guides que Tallien nous a promis ?

— J'en ai peur, très cher.

— Vous allez voir que ces rustres vont nous dérober notre victoire.

— Silence ! grondait Kilmaine pour éteindre les chuchotis. Rangez-vous sur trois colonnes et marchez sans bruit, ou je vous flanque sur le dos de vrais uniformes !

— Je ne sais pas où il les dénicherait, raillait Dussault à voix basse.

— Silence !

Sans un son, sans un feu, l'armée des muscadins suivit dans l'obscurité les cavaliers qui avançaient au pas ; les sabots des chevaux avaient été emmaillotés de chiffons pour qu'ils ne claquent pas sur le pavé. Avant l'Hôtel de ville ils tournèrent par des rues étroites pour parvenir avec discrétion jusqu'à la rue Saint-Antoine. A cinq heures, aux premières lueurs de l'aube, ils atteignirent la place de la Bastille. Des gens du peuple, certains tenaient des piques, les regardaient passer avec malveillance mais sans bouger, debout contre les murs noirs de leurs maisons. Comme ils longeaient des cultures maraîchères et que l'air était doux, le vent portait une odeur d'herbe fraîche. La maison de Santerre n'était pas loin, Kilmaine et ses cavaliers l'enveloppèrent, puis, armés de carabines et de sabres, abandonnant leurs montures, ils cassèrent la porte et s'engouffrèrent à l'intérieur.

— Et nous, alors ? râlait Saint-Aubin.

— Je vous l'avais dit, ils veulent la victoire pour eux seuls, ces foutus militaires !

En soupirant, les muscadins visitèrent les potagers et Dussault demanda à une paysanne ce qu'elle portait dans son panier.

— Des raves, Monseigneur…

— Des raves ? Et cela se mange ?

— On mange la racine.

— Tu me les vends ?

— Si vous y tenez…

— Combien, pour ce panier ?

— Cent sous…

— Tiens, voilà vingt francs.

— Ah, on voit que vous valez mieux que ces gueux de jacobins !

Le pensait-elle ? Ou bien, devant le billet, se disait-elle que ces bourgeois étaient trop riches ?

— Votre trouvaille est pleine de terre, dit Saint-Aubin en prenant une rave dans le panier.

— Il n'y a qu'à laver ces légumes.

Ils traversèrent la place jusqu'à une grande déesse égyptienne, une Isis de plâtre qu'on avait édifiée pour la fête de la Régénération ; elle avait survécu aux hivers et aux pluies, ressemblait encore à une fontaine et l'eau coulait en filets minces de ses mamelles écaillées. Ils n'étaient pas les seuls à nettoyer leurs légumes. Inemployés, les muscadins distribuaient leur argent aux paysans pour une salade ou un chou qu'ils allaient manger cru. A côté, la vieille forteresse, symbole absolu de la Révolution française, se réduisait à un chaos de pavés, de broussailles, de ronces et de fleurs sauvages qui poussaient aux flancs de ses fossés ; les pierres du donjon avaient été emportées et servaient à bâtir un pont entre les Tuileries et la rive gauche.

Les muscadins patientèrent ainsi deux heures, et Kilmaine revint avec ses cavaliers, mécontent, sous les quatre rangées de marronniers du boulevard Saint-Antoine. Il passa sans la regarder devant la maison à l'italienne du citoyen Beaumarchais, vieux mais toujours vif, exilé à Hambourg, et, à l'entrée du jardin fou, truffé de grottes et de labyrinthes, *propriété nationale* où nos muscadins avaient souvent dansé, trônait la statue de ce Voltaire qu'on aimait à nouveau.

— Qu'avez-vous fait des rebelles, général ? osa un muscadin en gilet rouge et or, les mains en porte-voix.

— La maison était vide. On rentre.

— Par le même chemin ?

— Non, par la rue de la Roquette. Voyons l'état des faubourgs, puisque nous y sommes. Marchez devant, cette fois.

Les jeunes gens déboulaient rue de la Roquette ; ils entonnaient de leurs voix mal rythmées *Le Réveil du peuple*, mais le peuple était ce matin très réveillé et droit au sommet d'une barricade de poutres et de chariots consolidés par les pavés défaits de la chaussée. Ces hommes et ces femmes levaient des piques, des tranchoirs, des marteaux de forgerons ; ils beuglaient contre les muscadins devenus pâles et muets :

— Venez, petits, venez qu'on vous ouvre la gorge !

— On va vous écorcher vifs !

— Une moisson de têtes pour une forêt de piques !

Kilmaine poussa son cheval gris au premier rang :

— Détruisez cette barricade !

— Au nom de qui ? rugit une matrone édentée.

— Au nom du régiment qui vient nous rejoindre et des canons qu'il va pointer pour débarrasser cette rue !

Les deux camps se menaçaient, mais aucun coup de feu n'avait été tiré. Les muscadins qui avaient oublié de charger leurs fusils restaient comme des godiches, l'arme au pied, sauf un garçon imprimeur qui mit en joue des ouvriers, au hasard, ce que Kilmaine remarqua aussitôt :

— Hé ! le grand imbécile !

— Moi ? dit le garçon imprimeur.

— Tu t'es reconnu. Pose ton fusil.

Les négociations se poursuivaient avec les gardes nationaux de sections populaires qui se mêlaient aux facticux, et, une heure plus tard, la barricade s'ouvrit ; par ce passage, les cavaliers et les muscadins entrèrent rue de la Roquette. Aux fenêtres les jurons ne cessaient pas, des enfants lançaient des pots de fleurs, des filles leurs sabots ; sous une averse de projectiles variés, incapables de se défendre, quelquefois blessés par un tabouret, leurs chapeaux tombés, les muscadins virent cent mètres plus loin, rue de Charonne, une barricade encore plus haute composée d'objets renversés, pareillement défendue par une multitude de femmes et d'hommes fous de colère ; plus dangereux, ils avaient hissé des canons sur la crête des pavés et portaient des mèches allumées.

— Si nous rebroussions chemin ?

— Cher Dussault, je déplore que le piège se referme.

Plus ils avaient peur, moins ils le montraient. Une pile d'écuelles se brisa à leurs pieds ; Saint-Aubin se baissa, ramassa un éclat qu'il rangea dans son gousset :

— Pour le souvenir, si nous vivons toujours ce soir...

On peut en douter.

— Ah oui, vous avez raison, dit Saint-Aubin en se retournant.

La barricade s'était reconstituée derrière eux, ils étaient entre deux murailles, exposés à ce qui leur tombait sur la tête, car ils étaient plus visés que les cavaliers de Kilmaine. Le général reprenait ses pourparlers, cette fois avec des commissaires du quartier qui voulaient éviter le bain de sang, et des sectionnaires sans-culottes plus irascibles :

— Laissez-nous les jeunes pommadés, disaient-ils, et vous sortirez sauf, général, avec votre escadron.

— Il n'en est pas question.

Comme les palabres précédentes, celle-ci n'en finissait pas, et la patience est bien difficile à exercer quand on reçoit sur le crâne des planches, des pots, des pierres lancées par des gamins mauvais.

— Sortons en nombre ! lança un acteur du Théâtre-Français en habit vert, et il se gonflait comme pour une tirade.

— Essayons, Monsieur ! enchaîna un petit muscadin qui se bourrait le nez de tabac pour se donner du cœur.

— Allons ! dit Saint-Aubin, évitant une carafe de justesse.

Une poussée de jeunes gens voulut escalader le point faible de la barricade, constitué d'armoires, dans l'angle mort des canons. Ils commencèrent à grimper, la crosse de leurs fusils en avant comme des massues, mais ils retombèrent dans la rue, certains de tout leur long, parce que les ouvriers hérissaient l'endroit de leurs piques longues sur lesquelles on ne pouvait que s'éventrer. La tentative avait échoué et Kilmaine ne décolérait pas :

— Bougre d'idiots !

— On veut vous aider, général…

— Vous me desservez !

Il fallut demeurer stoïque et se garer des projectiles qui tombaient dru des fenêtres. Dussault reçut une chaise de paille qui lui déboîta l'épaule, le fils d'un marchand de soie eut un bras cassé. En face, un grand nègre de Saint-Domingue, qui avait participé naguère au massacre de la prison des Carmes, cela se savait, approcha sa mèche enflammée du canon qu'il servait, mais un garde national des faubourgs se jeta dessus pour l'éteindre. Les révoltés se disputaient maintenant entre eux, et, une fois encore, après une heure d'épuisantes discussions voilées de menaces, une brèche s'ouvrit pour laisser filer Kilmaine et ses cavaliers, puis une autre brèche, plus étroite, un couloir en chicane que les jeunes gens durent franchir sans gloire en baissant le nez ; ils se faufilaient entre les moellons et les meubles empilés, comme des voleurs, sous les moqueries :

— A bientôt, les mains blanches !

— Bon voyage, mes p'tits délicats !

— N'y r'venez plus !

Les émeutiers arrachaient au passage quelques armes. Une virago vola le chapeau de Saint Aubin et s'en coiffa ; elle se dandinait sur son tas de pavés pour imiter les muscadins dans une danse grotesque. La colonne n'était pas encore sauve mais elle se rapprochait des boulevards, cette limite entre le faubourg et la ville. Avant d'y parvenir se dressait devant elle une troisième barricade.

Dans son salon du rez-de-chaussée, Delormel sortait des bibelots fragiles d'une caisse pleine de paille, et il les alignait sur le sol avant de leur trouver un rangement. Pensif, il soupira :

— Si Barras ne peut rien pour vous, je vais me heurter aux mêmes refus…

— Vous avez peut-être d'autres arguments que le vicomte, d'autres entrées dans les ministères ?

Buonaparte, enfoncé dans un grand fauteuil, tapotait le plancher de ses semelles avec agacement.

— Vous êtes artilleur, votre affectation dépend d'Aubry…

— Je suis allé le voir. Il me hait.

— Il vous prend pour un terroriste, à cause de vos anciennes fréquentations à Toulon. Vous savez que c'est un ancien girondin.

— Je sais qu'il s'est nommé tout seul général d'un trait de plume.

— Il se méfie des jacobins et veut leur faire payer ses angoisses passées, mais…

— Mais ?

— Il ne sera pas toujours inspecteur général de l'artillerie.

— En attendant, dégottez-moi un poste officiel dans l'un des ministères avec lesquels vous travaillez, avant qu'on me destitue. Mon congé touche à sa fin.

Delormel ne savait trop quoi répondre, il fut sauvé par l'intrusion dans la pièce du jeune Saint-Aubin très exalté :

— Nous avons conquis les faubourgs ! A l'heure qu'il est le calme est revenu.

— Vous et vos amis ? demanda Buonaparte avec une pointe d'ironie.

— Mais oui ! Une salve tirée en l'air a suffi pour chasser les défenseurs de la troisième barricade qu'on nous opposait.

— Une salve tirée par qui ?

— Eh bien, nous allions attaquer et enlever cette barricade, comme les deux précédentes, lorsque, venu du boulevard, le général Menou est arrivé avec les régiments de la garnison de Paris…

— La situation est cocasse, dit Buonaparte : l'armée sauve des insoumis qui allaient se faire massacrer par la populace.

— Je vous connais, dit Saint-Aubin en regardant de près le général. Nous nous sommes déjà vus au Palais-Royal.

— C'est possible.

— Vous ridiculisez notre action mais vous n'y étiez pas, ce matin, dans le faubourg ! Qu'auriez-vous fait ?

— De quel côté ?

— Du côté de la populace, comme vous dites.

— Je n'aurais pas coupé la tête d'un député mais de dix, de vingt, j'aurais investi le Comité de salut public pour y arrêter tous ses membres, je me serais emparé du Comité de sûreté générale et ses mouchards auraient travaillé pour moi. Cette révolte n'était pas conçue. Il n'y avait pas de véritables chefs. La plupart des révoltés ne voulaient pas le pouvoir, mais du pain. Menou va régler cette affaire assez vite, la guillotine va fonctionner à la barrière du Trône, les prisons vont se remplir de jacobins et les quartiers populaires ne bougeront plus de sitôt. Ce n'est pas l'estomac qui mène les révolutions, c'est le cerveau.

Et Buonaparte se frappait le crâne de l'index.

— Merci de la leçon, Monsieur le général en civil. *(à Delormel :)* Rosalie est réveillée ?

— Sans doute, il est onze heures.

Saint-Aubin prit le grand escalier et ne se demandait même pas ce que fabriquait ce petit général italien dans le salon des Delormel. Il dépassa trois valets aux livrées de couleurs différentes qui montaient des seaux pesants, entra dans le boudoir où Rosalie essayait des perruques qu'avait apportées un coiffeur maniéré :

— Celle-ci vous va à merveille ! s'extasiait le coiffeur.

Rosalie portait une tunique à l'athénienne, un anneau d'or fin autour du cou.

— Je te quitte brune, je te retrouve blonde, dit Saint-Aubin en approchant.

— Oh ! je ne t'avais pas entendu. Qu'est-ce que tu as fait, avec ton habit froissé et tes bottes grises de poussière ?

— Nous avons maintenu l'ordre faubourg Saint-Antoine.

— Ah bon ? Le principal c'est que tu sois entier.

— Dussault a eu l'épaule abîmée, je l'ai conduit chez un médecin.

— Tu préfères peut-être celle-là ?

Rosalie n'écoutait pas, elle avait changé de perruque et s'admirait dans la glace. Les valets entraient à leur tour et versaient leurs seaux de lait d'ânesse dans une baignoire en forme de conque. Le coiffeur risqua une question :

— Je vais vous laisser à votre bain, Madame, mais laquelle voulez-vous ? La perruque blond clair ?

— Je les prends toutes les six. Monsieur Delormel va vous payer. Charles !

L'un des valets, qui repartait avec ses seaux, s'arrêta sur le seuil.

— Charles, conduisez Monsieur chez Monsieur.

Dès qu'elle fut seule avec Saint-Aubin, Rosalie ôta sa tunique et dénoua ses cothurnes pour enjamber la baignoire de lait où elle plongea jusqu'au menton.

— Apporte-moi une éponge, mon héros préféré.

— Tu plaisantes, Rosalie, mais tu ne crois pas si bien dire. La matinée a été héroïque.

Saint-Aubin alla prendre une grosse éponge de Venise, que Madame Delormel faisait acheter par dizaines chez Erambert :

— J'ai vécu une bataille dangereuse, tu sais.

— Raconte-moi mais frotte-moi, dit-elle en se levant, et le lait coulait sur sa peau.

Saint-Aubin quitta sa redingote, roula sa chemise au-dessus des coudes et, frottant une Rosalie en courte perruque blonde, il exagéra ses exploits, ou mieux, il les inventa :

— Nous sommes intervenus dès l'aube dans un faubourg où nous attendait une armée d'enragés derrière de terrifiantes barricades. Ils nous jetaient des pierres, montraient leurs piques, mais face à notre résolution ils ne pouvaient pas grand-chose.

— Vous aviez des fusils ?

— Bien sûr ! mais il suffisait de tirer en l'air pour les effrayer. Ils n'avaient aucune méthode puisqu'ils n'avaient pas de véritables chefs.

Il resta un instant l'éponge à la main avant de réciter la leçon de Buonaparte d'un ton pénétré :

— Ils ne voulaient pas le pouvoir, pour la plupart, mais du pain, or, ce n'est pas l'estomac qui mène les révolutions, c'est le cerveau.

CHAPITRE III

Les arrivistes

Les faubourgs une fois réduits et les prisons bondées de jacobins hostiles à la Convention, les clarinettes remplacèrent le tocsin et les tambourins les tambours. Malgré une pénurie persistante, malgré les prix exorbitants du pain, de la viande, du bois, qui augmentaient parfois d'heure en heure, les Parisiens se remirent à vivre comme des frénétiques. Ils se battaient pour des billets de théâtre. Partout des bals. On dansait dans les églises, on dansait dans les cimetières, dans les jardins, dans les couvents ; on dansait en sabots des farandoles aux carrefours, des quadrilles, des valses dans les salons ; les tapissiers dansaient avec les couturières, les parvenus entre eux : les premiers dansaient pour oublier leurs estomacs vides, les seconds pour se goinfrer à des buffets débordants de volailles en gelée qu'offrait un député.

Aux Champs-Elysées, dans la campagne, on dansait sous les lilas à la lumière des lampions, aux musiques discordantes d'orchestres nomades. La forêt était peuplée de limonadiers, de traiteurs, de cuisines, de guinguettes. Un cabriolet venu de la ville se dépêchait jusqu'au rond-point de gazon que traversait la route mal pavée de Neuilly, obliqua sur la gauche, longea les potagers cachés par des clôtures envahies de plantes. La voiture s'arrêta dans une clairière aménagée où stationnaient d'autres voitures, au début de l'avenue Verte qu'on appelait l'allée des Veuves car on y croisait, sous les ormes, des bourgeoises esseulées à la recherche d'aventures loin de la ville et de ses regards. Le cocher en livrée jaune sauta de son banc, ouvrit la portière, déroula le marchepied. Delormel descendit :

— C'est là qu'il vous faut être, général.

— Je vous crois, dit Buonaparte qui le rejoignait sur l'herbe, mais, franchement, ma mise est convenable ? Je n'ai aucune envie d'inspirer la pitié à ces gens si bien placés.

— Vous n'êtes pas comme eux ? Tant mieux ! Ils vous remarqueront davantage.

Ils marchaient dans un sentier qu'on devinait parmi les herbes.

— Par chance, il ne fait pas encore nuit, dit Buonaparte en se tordant la cheville.

— Quand la nuit tombe, des valets attendent les invités avec des lanternes.

La forêt se clairsemait vers la Seine. Des jardiniers vivaient dans des cahutes en planches et alignaient leurs carrés de salades. A cent mètres de là commençaient les vignes de Chaillot. Derrière un bosquet de peupliers, il y avait une longue maison de bois à un étage, qu'un décorateur de théâtre avait badigeonnée de peinture rouge avec, en trompe l'œil, des briques et des poutres faussement vermoulues parmi les fleurs grimpantes qui escaladaient le toit.

— La politique se décide dans cette chaumière, expliquait Delormel.

— Madame Tallien aurait plus de pouvoir que son mari…

— Ce pauvre Jean-Lambert ! il perd chaque jour de son influence. Est-il encore le mari de Thérésia ? Elle lui préfère Barras, qui la préfère à son actuelle maîtresse, une Créole capricieuse.

Ils entrèrent.

Derrière la façade champêtre, c'était le luxe. Un Neptune au trident, entouré d'Amours en pâte de Sèvres, vous accueillait au milieu d'une vasque. « Cette fantaisie a coûté trente mille livres à Barras », chuchota Delormel. Des laquais les débarrassèrent de leurs chapeaux et ils passèrent dans les salons où un orchestre caché interprétait Cimarosa. Des femmes aux tuniques diaphanes, fendues jusqu'aux hanches, enlaçaient pour une valse des militaires aux ceintures tricolores sous des lustres de mille bougies. Ces dames se parfumaient rue Montorgueil au magasin de Provence et d'Italie, elles s'épilaient, se rafraîchissaient le teint à l'eau de pigeon ; elles portaient des anneaux d'or fin autour du cou, des bras et des chevilles, des bagues aux doigts des mains et des pieds, estimaient les messieurs avec de troublantes œillades. Eux, ils étaient riches ou célèbres, des écrivains, des savants, des tribuns en panache, des généraux, des escrocs, des voleurs, des barbons de la banque ou de la finance.

— Quel est cet élégant qui prend des poses ?

— Ouvrard, général. Le banquier. A vingt-cinq ans il est déjà millionnaire.

— Comme moi.

— Vous êtes millionnaire ?

— J'ai vingt-cinq ans.

Buonaparte fut d'emblée jaloux de ce gandin, mais Delormel le poussa vers Cambacérès qu'il avait aperçu entouré de mondains, avec son habit de l'ancien régime, sa perruque poudrée sur une tête carrée un peu molle : il était président temporaire du Comité de salut public et, sur la proposition d'Aubry, venait de signer la mise à l'écart de Buonaparte. Delormel tira Cambacérès par la manche, comme pour lui faire une de ces confidences dont il était friand, l'amena dans un coin plus calme, près d'une porte-fenêtre ouverte sur le jardin en fouillis :

— Citoyen président, voici le général Naboulione Buona-Parté que vous avez destitué.

— Ce qui est injuste ! dit celui-ci d'un ton sec.

— Ah ! général, il doit y avoir erreur…

Le prudent Cambacérès savait calmer les plus impétueux. Très psychologue, cauteleux, félin, méridional enfin, avec ce fort accent de Montpellier qui mettait en confiance et ôtait de la gravité à ses propos, il détourna la colère de ce Buonaparte qu'il n'avait jamais vu mais dont le regard l'impressionnait. Cambacérès voulait éviter les tracas, achever sa vie en vieillard riche et gourmand. Il détestait les affrontements.

— Général, dit-il d'une voix de comédie, si j'ai commis une erreur je crains d'avoir eu tort.

— A la bonne heure ! dit Delormel.

— Vous êtes un sage, dit Buonaparte. Seuls les sots se croient infaillibles, le pape en dehors.

Cambacérès éclata d'un rire étudié :

— Vous pouvez me gronder, général. Pour moi c'était une affaire de pure forme…

— Mais vous avez signé ma destitution !

— J'ai signé, oui, on me présentait un fonctionnaire qui refusait d'obéir… C'est injuste, j'en conviens, on vous doit la prise de Toulon qui a sauvé la République…

A son habitude, Cambacérès en rajoutait :

— On en veut à votre mérite, général. Les gens qui ne font rien ne supportent pas ceux qui agissent. Patience.

— Je ne suis pas patient.

— Vous avez des amis, ils vous soutiendront.

A ce moment l'orchestre s'arrêta de jouer, les danseurs de danser, les parleurs de parler. Madame Tallien entrait dans son salon. Les autres femmes n'existaient plus.

Thérésia, c'était une demi-Espagnole au corps sans reproche, la poitrine découverte, la taille fine, des cuisses rondes, des cheveux noirs bouclés à la Titus, drapée dans une légère mousseline et dans un châle de cachemire pourpre, un serpent d'or à tête d'émeraude entortillé au poignet. Elle marchait en balançant les hanches pour que sa robe s'ouvre. Buonaparte n'avait jamais vu une déesse d'aussi près. Il en perdait sa contenance. Il paraissait plus emprunté encore que d'habitude, et ses yeux bleus si durs se mouillaient en la contemplant. Thérésia sortait de ses lectures. Les femmes qu'il avait connues étaient des tapineuses ou des sans-manières, des épouses de député comme Madame Ricord ou la blonde Félicité Turreau, ou des fillettes, amours passagères, Emilia Lauronti la Niçoise, Désirée Clary sa belle-sœur, la prude Victorine de Chastenay, Suzanne l'ouvrière. Thérésia représentait ces Crétoises antiques d'Hagia Triada ou de Cnossos, minces, le sein nu et doré par le soleil, importantes comme des hommes avant la grande nuit misogyne, venue d'Orient, qui tomba sur la

Grèce à la mort d'Hérodote et transforma les femmes en putains ou en mères, en recluses de harem. Thérésia était libre et vivante, l'égale des Romaines impériales d'avant la nuit chrétienne imposée par l'apôtre Paul. Elle avait grandi au château Saint-Pierre de Caravanchel de Arriba, près de Madrid, une ville de paysans et d'oisifs fermée dans son enceinte de terre battue, souillée par les étables ouvertes entre les tavernes, où des monuments très sévères touchaient aux quartiers sombres et biscornus qui les entouraient d'odeurs comme un souk africain. Petite femme turbulente, elle avait aimé cette Espagne rude, ce chaos de provinces jalouses qui n'avaient jamais connu les transitions : on y tombait dans l'hiver à la fin de l'été, même les pauvres étaient dignes, les élégantes du Prado arrêtaient de se pavaner derrière leurs mantilles quand sonnait l'angélus, le couteau prolongeait fréquemment les baisers…

François Cabarrus, le père, après une faillite dans le commerce du savon, s'occupait de finance en Espagne mais revint à Paris. Paris. Les coquetteries de Thérésia. Ses premiers amants, un mariage à quatorze ans avec un marquis à la veille de la Révolution, puis la retraite sur Bordeaux pour fuir la Terreur, la rencontre avec le représentant Tallien, tout-puissant, qu'elle sut détourner de son zèle de guillotineur en s'offrant à lui. Mise en prison par Robespierre qui la haïssait, libérée par Barras qui la surnommait *Tallita*, associée à la gloire de Tallien puisque leur couple avait un temps figuré dans l'opinion la victoire de l'amour sur la tyrannie, elle triomphait désormais seule.

L'orchestre s'était remis à jouer en sourdine. Thérésia allait de groupe en groupe distribuer des sourires et recevoir des cadeaux. Elle s'attardait devant Barras au bras de sa maîtresse officielle, Rose, la veuve d'un ancien président de la Constituante, Beauharnais, qui avait eu le cou tranché place de la Nation quatre jours avant la chute de Robespierre. Avec eux, Thérésia écoutait Saint-Aubin dont les basques de l'habit traînaient jusqu'au plancher ; le jeune homme racontait pour la énième fois l'épopée des muscadins à l'assaut des barricades, et cela enflait, cela finissait par ressembler à l'*Iliade*. Dans *L'Orateur du peuple*, Fréron n'avait-il pas loué leur courage et leur prudence de vrais républicains ? Madame Delormel était présente, mais elle connaissait par cœur les vantardises de son amant et ses yeux ne quittaient pas Barras, qui souriait, une mouche de taffetas noir au coin de la lèvre. Delormel et Buonaparte s'avançaient entre les invités pour les rejoindre :

— Vous voyez la robe à la grecque de Thérésia ?

— Je ne vois que ça, répondit le général fasciné.

— Douze mille livres.

— Pardon ?

— Elle a coûté douze mille livres.

— Vous savez le prix de tout…

— Pardi ! c'est moi qui ai avancé la somme.

— Pour lui plaire ?

— Pour plaire à Barras.

Barras les avait vus s'avancer et coupa net le récit épique de Saint-Aubin :

— Rassure-toi, Delormel, ta Rosalie est en délicieuse compagnie.

— La meilleure, vicomte.

— Tallita, dit Barras, tu ne connais pas encore le général Buonaparte…

— Tu es un vrai général ? demanda-t-elle.

— Général d'artillerie… balbutia Buonaparte.

— On ne dirait pas !

— Parce que je suis en civil…

— Je t'imagine mieux en diseur de bonne aventure.

— Je le suis aussi.

— C'est vrai, dit Barras, à Toulon il lisait les lignes de la main aux femmes de nos officiers.

— Que vois-tu dans ma main ? dit Thérésia en tendant sa paume.

— Un monde…

— Ce n'est pas une réponse !

— Je vois du sang… Non, pas du sang. Je vois un carrosse rouge comme du sang de bœuf…

— Tout Paris le connaît !

— Je vois… Je vois des hommes… quatre, six, d'autres encore…

— Ce n'est pas un mystère ! dit Thérésia en riant.

— Tu es mariée mais je vois un homme plus grand et plus riche…

— Son nom ? s'amusait Barras, devinant que Buonaparte parlait de lui.

— J'ignore. Il passera… un autre… Un plus jeune que toi te fera princesse…

— Et moi ? dit Rose de Beauharnais en montrant sa main. Je serai princesse ?

La Créole était en toge. Elle avait le teint mat, des cheveux noirs aux reflets roux, une douce nonchalance dans la voix et les gestes ; Buonaparte ne voulait séduire que Thérésia ; il regarda par politesse la main de Rose :

— Princesse ? mais à côté de Barras, vous l'êtes déjà.

— Menteur ! dites-moi en vrai.

— Princesse, sans doute un jour… Je vois un château, peut-être un palais, peut-être les deux…

— Reine de France ? demanda Rose pour se moquer.

— Hé ! pourquoi pas ? Aujourd'hui tout est possible.

— Thérésia, dit Rose, si nous allions voir un véritable devin pour vérifier les prédictions du général ?

— Oui oui, et s'il dit les mêmes choses nous en serons bien éblouies.

Garat montait sur l'estrade où il venait entonner chaque soir des chants italiens, accompagné par Méhul ou Cherubini, ou des rondeaux comme *Enfant chéri des dames*, voire des couplets graveleux qui plaisaient beaucoup. Ce petit bonhomme bouffi, au nez en trompette et au toupet frisé, avait été le chanteur préféré de la reine Marie-Antoinette, et il restait en vogue. Par flatterie il avait choisi une chanson simplette qui faisait allusion à la maîtresse en titre de Barras, Rose de Beauharnais :

Bouton de rose
Tu seras plus heureux que moi
Car je te destine à ma Rose
Et ma Rose est ainsi que toi
Bouton de rose…

A l'autre extrémité des salons, devant l'entrée, en jabot, chapeau à deux cornes sous le bras, la mine défaite, Fréron faisait signe à Barras.

— Vicomte, dit Buonaparte à l'oreille de Barras, notre ami Fréron t'appelle…

Barras se retourna, s'esquiva au deuxième couplet de la chansonnette et retrouva Fréron qu'il interrogea du regard.

— Louis XVII est mort, lui annonça Fréron.

— Ça ne va rien arranger, dit Barras en plissant le front.

Le jour même de l'exécution de Robespierre, Barras était allé à la prison du Temple visiter le petit roi de neuf ans, l'otage de la République. Il avait la gale, des genoux enflés, ne tenait plus sur ses jambes. Barras avait ordonné des soins urgents. C'était trop tard. Lui disparu, ses oncles en exil allaient faire valoir leurs droits au trône de France.

— L'opinion va murmurer que nous l'avons assassiné, dit Fréron dans un souffle.

Buonaparte avait suivi Barras et écouté Fréron :

— Il n'y a qu'à brouiller les rumeurs, dit-il.

— Qu'est-ce que tu entends par là, général ?

— Alimentons d'autres rumeurs dans les cafés, au Palais-Royal, sur les places.

— Lesquelles ?

— Répandons l'idée que le mort d'aujourd'hui n'est pas le vrai Louis XVII, que tu lui as substitué un autre enfant de son âge, Barras, quand tu lui as rendu visite, que tu l'as fait échapper, qu'il vit toujours, *qu'il peut revenir* et que ce gros imbécile de comte de Provence, à Vérone, qui se voit très bien en Louis XVIII, n'est pas encore l'héritier légitime du trône. Qui peut prouver que Louis XVII est mort ? Son médecin ?

— Son médecin a eu un accident fatal la semaine dernière, dit Barras.

Dans le cadre paisible et solennel du café de Chartres, les glaces murales qui agrandissaient la salle reflétaient une agitation anormale, faite à la fois de consternation et d'énervement. Sous les plafonds à caissons dorés, entre les colonnes chargées de motifs plus ou moins mythologiques et de fleurs peintes en guirlandes, les muscadins occupaient la totalité des tables, assis, debout, graves, contrariés. Ils ne causaient que de la disparition de Louis XVII dans des conditions douteuses : les journaux venaient de l'annoncer sans trop de commentaires, alors chacun y allait de sa fable :

— Il a été empoisonné, j'en ai la certitude.

— Pourquoi diable, cher Davenne ? disait un grand poudré.

— Fort simple. Le gouvernement élimine l'enfant que les royalistes veulent mettre sur le trône de France, du coup la révolte en Vendée et en Bretagne n'a plus de prétexte.

— Des prétextes ? Il y en a ! Les prétendants ne manquent pas, le comte de Provence, le comte d'Artois…

— Ils vivent en exil.

— Et après ?

— Vous les voyez rentrer en France avec des régiments anglais ou autrichiens ? Il y aurait une guerre peu glorieuse.

— Au fait, demanda un garçon de bureau en chignon, de quoi serait-il mort ?

— De maladie, dit-on.

— S'il était malade, pourquoi nous l'avoir caché ?

— La Convention était forcément au courant

— J'ai appris que le chirurgien qui le soignait est mort lui aussi la semaine dernière, dit Dussault. Je le tiens de Fréron en personne.

— Un témoin gênant, mon ami, on s'en débarrasse.

Saint-Aubin venait de parler. Son œil était guéri mais il conservait ce bandeau noir qui lui donnait une allure de vétéran.

— Ce médecin aurait été témoin de quoi ?

— De mauvais traitements ?

— On ne nous montrera pas le corps.

— Et même si on nous le montrait ? dit Saint-Aubin. Qui peut affirmer devant ce cadavre : « Oui, c'est Louis XVII. » Qui voyait-il, dans sa prison ? Même pas sa sœur. Il ne voyait que son médecin.

— Qu'on aurait tué pour qu'il se taise…

— Nous y sommes.

— Que voulez-vous dire, très cher ?

— Que le prisonnier du Temple n'était plus Louis XVII.

— Vous voulez insinuer qu'il est mort depuis longtemps ?

— C'est une possibilité, mais j'en vois une plus intéressante.

— Détaillez, Saint-Aubin.

— Et s'il était vivant, en bonne santé, quelque part en Prusse, ou à Londres ?

— A Londres, non, intervint un homme en veste de drap gris comme en portaient les chouans, un chapelet à la boutonnière ; les rebelles royalistes ne se cachaient plus, désormais, et on les rencontrait à Paris dans les cafés où ils menaient leur propagande.

— Pourquoi pas à Londres ? lui demanda Saint-Aubin.

— Parce que nous le saurions, nous, en Bretagne. Et moi, ce que je peux vous affirmer, c'est qu'une armée d'émigrés, en Angleterre, s'organise aujourd'hui pour débarquer sur nos côtes. Si le petit roi vivait à Londres, il serait mêlé à ces préparatifs.

Les paroles du chouan modifièrent les conversations. Quelle était cette armée d'émigrés ? Combien étaient-ils ? Viendraient-ils sur des navires anglais ? Qui les commandait ? Le comte d'Artois ? L'invasion avait-elle ses chances ? Les Bretons étaient-ils prêts à accueillir ces royalistes ? Saint-Aubin ne participait pas à cette bordée de questions auxquelles le chouan ne répondait pas toujours avec précision ; il restait convaincu que Louis XVII était vivant, caché quelque part en Europe ; il tenait son information de Delormel qui la tenait de Barras. Tandis que les muscadins se montaient la tête, Saint-Aubin regardait les jardins du Palais-Royal par la vitre du café. Une pluie fine et chaude forçait les promeneurs et les filles à s'abriter sous les arcades. Il vit soudain des gardes nationaux en rangs.

— La garde !

— Ce n'est pas pour nous, dit Davenne qui songeait à cette fameuse armée d'exilés.

— Déjà des soldats de Hoche ont déserté pour nous rejoindre dans le bocage, précisait le chouan, intarissable sur les forces invisibles des rebelles, que jamais les républicains ne voyaient sinon en embuscade, quand il était trop tard.

Saint-Aubin sortit du café. La garde nationale encerclait le passage du Perron par les jardins et par la rue de Beaujolais, pour arrêter les agioteurs et les marchands comme tous les matins, mais la plupart de ces malhonnêtes, prévenus par des guetteurs, s'étaient éparpillés dans la foule avec leurs sacs d'or et leurs objets volés.

A la fin de ce siècle trop riche en émotions les esprits vacillaient. Mal assurés du présent, n'osant imaginer l'avenir, à l'air libre, les hommes se tournaient vers la magie et chantaient confusément le désordre primitif. Ils lisaient pour frissonner les œuvres d'Ossian, ce barde irlandais des premiers siècles, mythique, réinventé par le très britannique James Macpherson, des poèmes épiques qui réclamaient le retour du Nord et de ses brumes, le Nord des barbares, le Nord des landes roussies par le gel, celui des fantômes méchants et des sorcières accroupies devant des chaudrons où mijotent des crapauds. Ils découvraient alors le charme des abbayes mais en ruine, des souterrains, des grottes, des passages secrets. Les imprécateurs surgissaient. La voix de William Blake annonçait des orages : « La seule Vie, c'est l'Impulsion qui vient du Corps. La Raison est cette frontière qui limite et emprisonne notre Vie ! » Le jeune Werther avait vingt et un ans ; Chateaubriand se souvenait avec délice, dans son exil anglais, des tempêtes qui faisaient gémir les pierres de Combourg. Des magnétiseurs et des illuminés sillonnaient l'Europe. A Paris, on se signalait des pommades miraculeuses confectionnées avec la moelle des os de la patte gauche d'un loup, quelques voyants prédisaient que deux comètes en fusion allaient s'écraser sur terre.

Le carrosse rouge de Madame Tallien s'arrêta devant un immeuble sale de la rue d'Anjou. Elle en descendit, puis Rose de Beauharnais, puis Rosalie Delormel qui les avait guidées jusqu'ici. Elles avaient mis des capelines sur leurs robes légères, ôté leurs bijoux par crainte des voleurs.

— Rosalie, nous sommes à la bonne adresse ? demanda Thérésia.

— J'y suis déjà venue, je te dis.

— Si près de l'épouvantable cimetière de la Madeleine !

C'était le cimetière des décapités, installé sur un ancien marais en dehors de Paris. Les jacobins y avaient enterré Louis XVI en veste blanche et bas de soie, la tête entre les jambes. Cette proximité effrayait Thérésia et Rose, mais elles suivirent leur amie Rosalie dans la cour de l'immeuble. Des élégantes emplumées, des ci-devant marquises, des mégères de la Halle, des jeunes gens aux toupets collés par du blanc d'œuf attendaient en file dans l'escalier qui montait au premier étage chez le tireur de cartes Martin, un cul-de-jatte qui imitait l'accent italien pour se donner un genre et ramassait une fortune en pièces d'or. Elles s'ajoutèrent à la file.

— Martin est extraordinaire, disait Rosalie. Il m'a prédit la fortune une semaine avant que je rencontre Delormel.

— Sa réputation, dit la veuve Beauharnais, est meilleure que celle de son quartier. J'en ai entendu parler.

— Moi aussi, bien sûr, dit Thérésia, mais l'endroit reste sinistre.

— Il a cultivé ses dons avec un moine franciscain, continuait Rosalie Delormel. Vous verrez, c'est le crâne de ce moine, couronné de coquelicots, qu'il conserve dans son salon.

Une heure plus tard, car les consultations n'étaient pas longues, un commis fit entrer les trois femmes dans le salon de Martin. Salon était un grand mot pour désigner une pièce humide dont la peinture faisait des cloques, entre des gravures bibliques qui figuraient le Passage de la mer Rouge ou Salomon rendant son jugement. Martin était assis à contre-jour de l'unique fenêtre, derrière une longue table en bois brut, des béquilles contre sa chaise. Il avait les cheveux ras, le visage lisse, il ne bronchait pas. Ses clientes s'installèrent sur des chaises bancales. Rosalie jeta trois louis sur la table, alors l'oracle s'anima, battit un jeu de tarot graisseux, le coupa, étala ses cartes selon un rituel. Thérésia voulut commencer.

— Je vois du sang, lui dit Martin.

— C'est la couleur de ma voiture…

— Rassure-toi, ce sang n'est pas le tien… Hé ! tu es entourée d'hommes, il y en a un plus grand que les autres, l'un des premiers de la Convention… J'en vois un autre plus riche encore, et un plus jeune, un prince…

— Je serai princesse ?

— Les cartes l'affirment.

Thérésia pâlit en se souvenant des prédictions du petit général corse, l'autre soir à la Chaumière. Ce fut au tour de Rose. Martin brassa à nouveau ses cartes, les tira, les plaça, les interrogea et dit :

— De l'argent. Toujours de l'argent. Beaucoup. Des toilettes somptueuses, le jeu, des châteaux… Un soldat… Il voyage…

Martin posa son doigt sur la carte de l'Europe dépliée sur sa table et montra l'Italie.

— Et puis ? demanda Rose.

— Tu seras impératrice.

Un soir de juillet, se promenant avec Junot au Jardin des Plantes, qu'on avait récemment agrandi pour y adjoindre les ménageries de Versailles et de Trianon, Buonaparte s'arrêta devant la nouvelle statue de Buffon. Il grignotait une part de boudin grillé achetée dans une échoppe.

— Il est de chez toi, Junot.

— La statue ?

— Buffon est mort à Montbard, ton pays et celui de Daubenton. Tu sais ce qu'il y a dans le piédestal ?

— De la pierre…

— Son cervelet.

Après avoir rendu visite au naturaliste Daubenton, l'inventeur du mouton mérinos que connaissait l'oncle maternel de Junot (un chanoine spécialiste des abeilles), le général avait emmené son aide de camp méditer devant le squelette de Turenne, qu'on avait posé entre celui d'un rhinocéros et celui d'un éléphant. Ils marchaient maintenant sous des berceaux de roses en discutant.

— Junot, tu sais comment le général Sylla a refait sa fortune ?

— Il a pillé la Grèce, tu me l'as déjà dit.

— Non. Il a hérité d'une riche courtisane.

— Tu veux l'imiter ?

— Si c'est possible.

— Tu penses à Madame Tallien ?

— Barras m'en voudrait.

— Tu penses à l'argent des Clary ?

— Oh non !

Napoléon ne pensait plus à l'argent des Clary, et si peu à leur fille Désirée qui voyageait du côté de Gênes avec sa sœur et le mari de celle-ci, Joseph, le frère aîné du général. Maman Laetitia, ses filles et le petit Jérôme vivaient à Marseille aux crochets des Clary, riches drapiers de la Cannebière, et si Buonaparte avait épousé Désirée il aurait de la fortune, mais se voyait-il traîner entre Grasse et Manosque à cultiver des melons ? Elle était gentille, Désirée Clary ; cette nuit où il l'avait trouvée frémissante, en chemise, cachée dans sa propre chambre, il n'avait pas hésité à la culbuter sur son lit, mais à Paris les rêves provinciaux s'étaient dissipés. Buonaparte se dévoilait dans une nouvelle qu'il composait en secret, *Clisson et Eugénie* : « Eugénie avait seize ans, de jolis yeux, une taille ordinaire. Sans être laide, elle n'était pas une beauté, mais la bonté, la douceur, une tendresse... » Clisson, un jeune génie militaire qui ressemble à Buonaparte comme son double, tombe amoureux de la jeune fille ; du coup il renonce à la gloire des armes. La vie campagnarde et paisible finit par l'ennuyer. Quand le gouvernement l'appelle, il accourt. Tout de suite il remporte des victoires, son nom circule, la pauvre Eugénie se morfond. Il l'aime mais il préfère la guerre… L'image d'Eugénie, c'est-à-dire de Désirée Clary, était en train de s'effacer.

Junot, le grand Junot qui ne savait que faire de ses longs bras, le grand Junot se dandinait comme une oie.

— Toi, lui dit Buonaparte, tu veux me demander quelque chose.

— Tu le sais bien.

— Dis-le.

— Paulette.

— *Paoletta*, ma sœur ?

— Oui…

— Tu veux toujours l'épouser ?

— Comment ça ? Bien sûr ! Ecris-lui, et puis écris aussi à ta mère, tu es le vrai chef de la famille, non ?

— Ton père ?

— Il est au courant.

— Que dit-il ?

— J'ai reçu une lettre de lui ce matin. Pour le moment il n'a rien à me donner, mais un jour je vais hériter de vingt mille francs… Douze cents livres de rentes…

— Oui, un jour.

Sans un mot ils franchirent la Seine près du port aux vins, debout dans un batelet, puis ils gagnèrent la Bastille et les boulevards. Ils marchaient vers le centre de Paris. La foule grossissait. Et le bruit. Il y avait des brocanteurs, des cafés à orchestres, des vendeurs de meubles, des boutiques où l'on refourguait les jupes de la reine, des dentelles et des habits de cour chipés à Versailles. Boulevard du Temple ils évitèrent un montreur d'animaux féroces qui attirait un monde rigolard avec ses babouins dressés ; patriotes authentiques, ils crachaient en découvrant des canines méchantes, prêts à sauter à la gorge du premier chaland qui prononçait le mot *aristo*. Dans la contre-allée, devant les Bains-Chinois tellement à la mode, Buonaparte consentit à desserrer les lèvres :

— Tu auras de l'argent, Junot, mais tu n'en as pas. Ton père se porte bien ?

— Très bien.

— Tu vois ?

— Mais j'aime Paulette ! Je ne mange plus, je ne bois plus… Et Paul et Virginie ? On s'est moqué de leur bonheur. Qu'est-il arrivé ?

— La vie, répondit Buonaparte dont les sentiments s'évanouissaient devant l'argent. Tu n'es que lieutenant, Junot. Paulette ? Elle n'a rien non plus. Rien et rien, cela ne vaut rien.

Comme Junot, soudain grave, allongeait le menton, Napoléon ajouta en lui frappant l'épaule :

— Nous aurons des meilleurs jours.

Buonaparte entendait marier ses sœurs, et surtout sa préférée, cette chipie de Paoletta, trop chaleureuse avec les hommes, mais cela devait rapporter au clan. Le mariage, il y songeait aussi pour lui-même comme un moyen de parvenir. Trois ans plus tôt, quand il rêvait de s'employer aux Indes, pendant un dîner de famille à Ajaccio il avait déclaré : « On arrive d'abord par les femmes. » Depuis, il cherchait. L'Anglaise Miss Elliott l'avait envoyé paître, comme Madame de Lasparda.

Barras lui-même avait donné un conseil, la semaine dernière : « Tu veux aller vite ? Marie-toi. Autrefois, les nobles ruinés guettaient les filles des négociants. Je pourrais te trouver ça. »

A la nuit tombée, au Palais-Royal, Junot et Buonaparte se quittèrent comme à leur habitude, l'un pour aller jouer, l'autre pour monter chez Barras qui avait emménagé au-dessus du café de Chartres : ses fenêtres étaient éclairées.

— Comme j'ai été stupide, général !

Barras tournait en rond dans son bureau. Buonaparte l'écoutait, les mains dans le dos, devant la fenêtre du deuxième étage ouverte sur les jardins très animés. Au lendemain de l'émeute, les Comités avaient épuré la garde nationale de ses éléments populaires et désarmé les faubourgs ; même les piques avaient été confisquées. Dès lors, sur qui devait-on s'appuyer pour gouverner ? Sur les sections bourgeoises de cette garde, canonniers, cavaliers et fusiliers des beaux quartiers, armés à leurs frais ; sur les muscadins aussi qui imposaient leur loi dans les cafés, les théâtres, les rues, participaient de près à une répression large et injuste : il leur suffisait d'un soupçon ou d'un ragot pour expédier en prison quiconque avait une mine, une veste ou un passé de jacobin. Barras commençait à s'en repentir :

— Nous ne sommes plus les maîtres, ces turbulents dictent notre conduite et se comportent comme des brutes.

— Il y a l'armée, dit Buonaparte.

Barras ne répondit pas, il prit une gravure posée sur sa table et la tendit au général :

— Regarde cette image. Que vois-tu ?

— Je vois ce qu'il y a, une urne funéraire à l'ombre d'un cyprès. Le motif est bizarre.

— Plus que tu le crois. Regarde mieux, comme ceci, d'un peu plus loin, à bras tendu pour embrasser l'ensemble d'un seul coup d'œil.

— Ah oui…

Dans les feuillages et les ombres, Buonaparte distinguait les profils de Louis XVI, de Marie-Antoinette et de leurs enfants.

— D'où vient cette gravure ?

— De chez Goujon, le marchand d'estampes. Tout le monde peut se la procurer. Général, cela m'agace ou m'inquiète selon mon humeur. Les royalistes ne se cachent plus.

— Et ils sont bruyants.

Des jardins montaient les couplets du *Réveil du peuple*, quelques cris : les muscadins sortaient du théâtre Montansier, voisin du café de Chartres, où ils avaient chahuté, chanté et applaudi Tiercelin dans *Brise-Scellés* ; le comédien, calquant son personnage sur celui d'un savetier, ancien président de comité révolutionnaire, se montrait à chaque représentation à ce point affreux que les ovations couvraient ses répliques. De leur fenêtre, Barras et Buonaparte dominaient cette sortie de spectacle mouvementée :

— Tu vois, dit Barras, ces tapageurs portent des collets noirs en signe de deuil. Ils sont persuadés que nous avons étouffé le petit Louis XVII.

Un escalier en colimaçon reliait l'appartement de Barras à celui de sa logeuse, Mademoiselle de Montansier, qui vivait au premier étage et pouvait, par un couloir au-dessus des arcades, entrer ou sortir de son théâtre sans descendre sous les galeries. Elle rentra chez Barras comme une tornade, un peu grasse, fardée à l'excès, brassant l'air autour d'elle et braillant de sa forte voix de Gasconne :

— Ça va recommencer !

— Quoi donc ?

— Les Parisiens s'agitent, Barras, je le sens bien ! Ils vont casser mon théâtre. Vous, les militaires, ça va encore, mais moi ? Jarbicoton ! Si j'avais le droit de porter culottes !

— Vous n'avez pas de mari ? demanda Buonaparte.

— Madame est demoiselle.

— Et Barras me protège comme un paratonnerre !

— Qui ne serait flatté de vous défendre ? dit encore Buonaparte.

La Montansier tapota la joue creuse du général :

— Demain, venez dîner chez moi tous les deux.

Dès que la comédienne eut le dos tourné, Barras sourit :

— Abrège tes compliments. Tu veux te marier avec elle ?

— Il faut y réfléchir, citoyen représentant.

— Elle a soixante-cinq ans.

— Oh, la différence des âges, pendant les révolutions.

— Tu as sans doute raison, tout ceci relève de formalités.

— A propos, la dame a de la fortune ?

— Elle a son théâtre, quelques étages dans cette maison et celle d'à côté…

— De l'or ?

— Plus d'un million de francs, et la Convention lui en doit un autre million. Tu sais, ce n'est pas n'importe qui. Quand la Révolution triomphait, dans son salon on croisait en même temps Robespierre et le duc d'Orléans, Marat y avait discuté de diplomatie avec le marquis de Chauvelin, Saint-Just y faisait sa cour à Mademoiselle Rivière, une actrice bien tournée qui lui a préféré Vergniaud. On parlait de guerre et de comédie, on préparait des émeutes sur le canapé bleu délavé tandis que, deux chaises dorées plus loin, en buvant du punch, d'autres montaient un spectacle plus ou moins républicain…

La Montansier. Elle était née à Bayonne et s'appelait Marguerite Brunet, mais au retour d'un voyage manqué aux Amériques elle avait emprunté le nom d'une parente, marchande à la toilette de la rue Saint-Roch qui l'avait hébergée. Elle se lança dans la comédie, joua devant le roi, plut à la reine, ouvrit un théâtre au Palais-Royal, la salle de Beaujolais où se produisaient avant elle des marionnettes à fil, puis elle acheta les arcades du café de Chartres, posséda bientôt une troupe et une autre salle au Havre. Elle avait passé une année de prison à la Petite-Force : le procureur Chaumette l'avait surprise en train de distribuer des médailles royalistes. Barras l'avait délivrée après Thermidor. Pour l'heure, elle commanditait des comédies antirévolutionnaires à succès, suivant le goût du jour et le sien. Cela provoquait des batailles prévisibles entre le parterre et les balcons, lesquelles se prolongeaient dans les jardins. Les muscadins s'égosillaient :

> Tyrans, rentrez dans la poussière,
> Allez dans le séjour des morts,
> Ivres de sang, pleins de remords,
> Finir votre horrible carrière !

Des filles les houspillaient parce qu'ils effrayaient les clients ; des joueurs plumés au trente-et-quarante, qui se consolaient devant un pichet, se levaient pour participer au chambardement. Des chaises de fer tombaient dans le bassin, éclaboussaient des promeneurs mécontents. Par leur agitation quotidienne, les jeunes gens ne faisaient plus l'unanimité chez les bourgeois, ni même chez la Montansier dont les sentiments royalistes étaient pourtant connus.

Et ils fatiguaient Barras.

Le 14 juillet, jour anniversaire de la Fête de la Fédération, les jeunes gens du café de Chartres eurent une douloureuse surprise et les oreilles écorchées : une *Marseillaise* retentissante éclatait d'un balcon de la galerie de Valois. Ils s'y rendirent en bande pour protester, le gourdin à la main, bousculant des badauds, mais les chanteurs avaient de la voix et les glapissements des muscadins les indifféraient. Ce fut un combat de chants lorsque *Le Réveil du peuple* tenta de couvrir les couplets provocateurs.

— Pas de ménagement avec le crime ! criait Saint-Aubin.

— Mort aux rebelles !

— Tous à l'étage !

— Allons frotter ces sans-culottes !

Les têtes fermentaient. Une trentaine de jeunes gens s'apprêtaient à monter dans l'immeuble quand, alerté par des boutiquiers que le vacarme excédait, un bataillon de la garde nationale empêcha les groupes antagonistes de se rejoindre et de s'entre-tuer. Un capitaine à moustaches ordonna aux muscadins de se disperser illico. Saint-Aubin s'en étonna :

— Pourquoi nous ?

— Parce que vous créez du désordre.

— C'est un comble ! Vous entendez, vous autres ? Nous créons du désordre. Non Monsieur l'officier, le désordre vient de ces terroristes dont la chanson nous insulte !

— Ces gens ont le droit de chanter, citoyen.

— Je ne suis pas un *citoyen* ! Soyez poli !

Sur un geste du capitaine, crosses en avant, les gardes repoussèrent les muscadins à l'autre extrémité des jardins sous le regard amusé des filles et des promeneurs goguenards auxquels Saint-Aubin prédisait :

— Le règne de la Terreur va revenir !

Les muscadins se replièrent dans leur antre à l'intérieur du café de Chartres, irrités, vexés d'avoir été reconduits avec ce qu'ils prenaient comme une violence insoutenable. Ils voulurent se calmer devant des limonades mais s'échauffaient entre eux :

— Nous ne marcherons plus quand on battra la générale !

— La Convention nous insulte !

— Elle libère des terroristes en cachette, je le tiens de Renard qui travaille à la sûreté générale.

— En cachette ? Vous plaisantez, mon cher ! J'ai entendu parler d'une amnistie générale en leur faveur.

— Il faut les remettre en prison !

Dussault, en frac rouge, entra à ce moment dans le café ; il tremblotait de rage, s'assit, se releva parce que le velours grenat des banquettes jurait avec son vêtement, trempa ses lèvres dans le verre de Saint-Aubin et déclara à ses amis :

— Un obscur député… J'ai même oublié son nom tellement il est obscur… Un obscur député a fait voter par la Convention un décret assassin qui autorise à nouveau *La Marseillaise*.

Brouhaha dans la salle. Dussault demande le calme et continue :

— Voici le texte, je l'ai en main. Je vous le lis : « Les airs et les chants civiques qui ont contribué au succès de la Révolution seront exécutés par les corps de musique des gardes nationales et des troupes de ligne... »

— C'est infâme !

— Attendez, ce n'est pas terminé, laissez-moi achever la lecture de cet ignoble décret... « Le Comité militaire est chargé de le faire exécuter chaque jour à la garde montante du Palais national. »

— *Palais national*, pouah ! ce vocabulaire jacobin empeste comme une charogne !

— Allons-y en masse !

— Tous dans la cour du Louvre pour interdire l'affront !

Ils marchent ensemble dans les jardins d'un pas conquérant, sans écouter les quolibets des filles ni la grossièreté d'un marchand de marrons qui leur crache : « Bougres de muscadins, vous aurez sous peu la pelle au cul ! » Ils atteignent en peu de temps le Louvre où d'autres sont venus de leurs quartiers, unis dans une sainte colère pour contrecarrer cette *Marseillaise* désormais obligatoire. Ils attendent jusqu'à midi, impatients, haineux, la garde montante que conduit le général Menou qu'ils pensent acquis à leurs idées. Ils s'interposent en groupe compact, empêchent la garde de se disposer :

— Que la musique joue *Le Réveil du peuple* ! commande Saint-Aubin.

— Je n'ai pas d'ordre à recevoir de votre part, répond Menou du haut de son cheval.

— Les ordres de la Convention provoquent le désordre !

— J'ai une liste d'airs patriotiques à faire exécuter et je vais obéir, Messieurs.

— Oui, mais pas *La Marseillaise* !

— Elle figure en première place, Messieurs.

— C'est sur ce chant de guerre qu'on nous a égorgés !

Chacun reste sur ses positions. Menou veut prévenir l'échauffourée : il envoie un grenadier de sa compagnie réclamer un ordre précis à la Convention. Le grenadier part à travers la cour, grimpe les marches des Tuileries pendant que Menou temporise, sans réussir à éteindre la fureur des muscadins :

— A bas les Marseillais !

— On va briser vos instruments !

Saint-Aubin ôte son bicorne en demi-lune et, se courbant, fait un large salut de mousquetaire. Il s'adresse à l'intransigeant général Menou :

— Monsieur le baron, en souvenir du défunt roi dont vous avez été le serviteur aux Etats généraux, ne vous souillez pas avec cette ritournelle sanglante.

— Ai-je mérité ou non votre confiance, l'autre matin dans le faubourg ?

— Oui.

— Alors vous devez vous en rapporter à moi.

Les cris redoublent, quand le grenadier envoyé en émissaire apparaît en petites foulées et se plante devant Menou qui lui demande :

— Quelle décision ?

— Aucune, mon général.

— Qu'est-ce que tu racontes ?

— La Convention s'en remet à votre jugement.

Menou lève la voix pour que l'ensemble des muscadins l'entendent :

— Messieurs, je vais vous satisfaire mais, s'il vous plaît, ouvrez un passage à ma troupe.

Il range la garde sur deux colonnes, les fifres en avant, et ordonne :

— *Le Réveil du peuple.*

La musique joue le fameux air de Gaveau que les jeunes gens chantent en chœur, sauf quelques-uns qui clament :

— Vive le général Menou !

— Mort aux jacobins !

Comme des gardes nationaux ont posé leurs fusils pour applaudir, les muscadins se croient vainqueurs et s'en retournent parader au Palais-Royal.

Dans l'antichambre des appartements de Barras, un Saint-Aubin rageur était prêt à corriger le majordome inexpressif, chauve comme un genou, qui lui refusait l'accès des salons :

— Je vous répète, jeune homme, que le citoyen représentant déteste les intrus pendant son repas.

— Annoncez-moi.

— Laissez votre nom, je préviendrai.

— Il y a urgence.

— J'ai des consignes.

Par une porte entrouverte sur un couloir, Saint-Aubin voyait la valetaille qui portait sur des plateaux d'argent une tripotée de cailles farcies, un cochon de lait passé entier à la broche, des côtelettes aux manches décorés d'un frisottis de papier. Furibond en face du larbin impassible, le jeune homme leva sa canne et brisa net une chinoiserie qui trônait sur une console d'ébène. Le majordome attrapa Saint-Aubin par son collet noir et se préparait à le jeter sur le palier lorsque Barras ouvrit en grand la porte du couloir, front plissé, mécontent du raffut, une serviette nouée autour du cou et une cuisse de lapin à la main :

— Holà ! Vous ne vous contentez plus de troubler les jardins, sous mes fenêtres, mais encore vous vous permettez de venir chez moi tout casser ?

— J'ai à me plaindre, dit Saint-Aubin que le majordome avait lâché.

— De quoi diable ?

— Vous tirez de prison les jacobins dangereux que nous y avions fourrés, vous imposez leurs chants, vous…

— Pour votre participation, dans le faubourg, n'avez-vous pas reçu de beaux certificats ? Cela ne suffit pas ?

— Ah non ! et la prochaine fois, nous ne viendrons plus au secours de la Convention. Elle maltraite ceux qui l'ont défendue.

Barras grignota sa cuisse de lapin et, la bouche pleine, fit ce discours :

— De quoi vous plaignez-vous, à la fin ? En défendant la Convention vous n'avez fait que votre devoir, après tout, et il était dans votre intérêt plus que dans le nôtre de nous prêter votre appui. Vous savez fort bien que les terroristes n'auraient pas plus épargné vos têtes que les nôtres. Nous ne vous devons rien.

Saint-Aubin tourna les talons sur une réplique méprisante :

— Bon appétit !

Le majordome claqua la porte derrière lui et Barras retrouva ses invités à table. Il s'assit entre Rose et Rosalie, dit à celle-ci :

— Ton amant devient encombrant.

— Il est impulsif, mais avec ce qu'il a vécu…

— Pfft ! Delormel m'a raconté. Il n'est pas le seul dont la famille a été massacrée.

— On n'en devient pas pour autant un comploteur à la solde des royalistes, dit un convive aux longs cheveux grisonnants.

Ecrivain, auteur des lestes *Aventures du chevalier de Faublas*, girondin proscrit jusqu'à la mort de Robespierre, le populaire Louvet avait réclamé à la tribune de la Convention qu'on juge le comité révolutionnaire de Nantes, la ville des Saint-Aubin. C'est lui qui avait dévoilé par le détail les monstruosités de Carrier. Comme Fréron, comme Tallien, il avait d'abord encouragé les muscadins. Aujourd'hui membre du Comité de sûreté générale, il ne les souffrait plus. Acharné sur une caille, Louvet ne décolérait pas :

— Ils représentent la jeunesse parisienne, ces petits intrigants ? Ils représentent deux quartiers, oui ! Combien sont-ils ? Cent ? Deux cents ? Et quand bien même ils seraient davantage, la jeunesse française n'est pas à Paris, déguisée, mais dans les quatorze armées de la République !

— Là où ils devraient être, rêvait Barras.

— Il n'y a qu'à les y enrôler. Ce n'est pas compliqué. Il faut les cueillir là où ils se regroupent, dans leurs cafés, dans les théâtres, dans les bals, et les encaserner de force, les mettre au pas, les disperser dans nos régiments des frontières.

— Citoyen Louvet, ton idée me plaît.

Rosalie pâlissait. Elle imaginait Saint-Aubin en uniforme mal coupé de fantassin, le sac au dos, marchant dans une colonne, encadré par des soldats endurcis et familiers de la mitraille. Il ne tiendrait jamais longtemps cette cadence. Comment pouvait-elle intervenir ? Barras parla pour elle :

— Tu as peur pour ton amant, Rosalie ? Il est employé dans un ministère ? Oui ? Il n'y met jamais les pieds, je suppose. Qu'il s'y rende et qu'il y travaille s'il veut éviter la conscription.

Delormel était en voyage. Il menait à l'armée du Rhin une imposante cargaison de souliers qui devait lui rapporter gros. Rosalie passa le reste de sa journée et la soirée dans leur hôtel particulier de la rue des Deux-Portes-Saint-Sauveur, plus précisément dans le jardin en compagnie du peintre Boilly qui la fignolait en déesse grecque, à peine cachée par la branche feuillue d'un laurier. Elle tenait la pose sans sentir de fatigue, tant elle pensait au sort promis à son amant. Saint-Aubin n'était pas rentré à six heures du soir, comme il le lui avait juré, et elle ignorait où il se trouvait, dans quel théâtre, dans quelle dispute, dans quel coup de force. Chez Barras elle avait compris que personne ne l'aiderait, que le cours des choses s'inversait, que le temps des exigences et des caprices s'achevait pour les muscadins. Elle devait l'en avertir, et très vite. Elle avait refusé d'accompagner Rose de Beauharnais et Barras à un feu d'artifice sur la colline de Chaillot. Elle guettait le retour de Saint-Aubin.

— Attention, Madame, disait le peintre, ne laissez pas mollir votre bras gauche.

Elle n'écoutait pas, il répéta, elle entendit vaguement qu'il lui parlait :

— Qu'y a-t-il ?

— Votre bras gauche, Madame, il retombe.

— Pardonnez-moi.

— Je sais bien qu'on s'ankylose à poser de la sorte, mais dans un quart d'heure je vous libère, et je vous assure que Monsieur Delormel, quand il rentrera, sera enchanté de ce portrait si émouvant…

Du jardin on ne voyait pas l'entrée principale de l'hôtel ; Rosalie tendait l'oreille au moindre bruit de fiacre. C'est lui ? Non. La voiture continuait son chemin. Elle demeurait en alerte. Quand le barbouilleur partit, elle ne regarda même pas son tableau qui séchait dans un salon. Elle s'enroula dans un châle mordoré et s'allongea sur un divan d'où elle pouvait entendre des pas dans la cour. A neuf heures du soir elle n'avait pas bougé. Comme le jour baissait, le chef des domestiques alluma les chandeliers :

— Madame dînera-t-elle dehors ou ici ?

— Nulle part, Nicolas.

— Madame est souffrante ? Veut-elle que je fasse prévenir le docteur Petit ?

— Je n'ai pas faim, voilà tout.

— Madame n'a besoin de rien ?

— De rien. Enfin si. Monsieur Saint-Aubin, l'avez-vous vu ?

— Il n'est que neuf heures du soir, Madame.

Malgré ses inquiétudes, Rosalie s'assoupit. Vers minuit elle se dressa d'un bond, s'assit sur le divan, aux aguets. Pas un bruit dans l'hôtel, mais peut-être Saint-Aubin était-il monté dans son appartement pendant qu'elle dormait, et n'avait-il pas voulu la réveiller, ou était-il passé par le vestibule sans la voir. Elle choisit un bougeoir, le moins lourd, monta aux étages en tenant devant elle cette lumière branlante qui tordait son ombre sur les murs chargés de tableaux anciens, évocations de la vie facile sous l'ancien régime. Au second palier elle s'arrêta. Toujours aucun bruit. Elle s'avança jusqu'à la porte de Saint-Aubin, l'ouvrit avec des précautions. L'appartement était dans l'obscurité. Elle souffla ses bougies et se dirigea à tâtons vers un canapé où elle s'accroupit pour ne pas manquer le jeune homme à son retour. La voix de Saint-Aubin résonna :

— Ne reste pas ici, Rosalie, reviens dans une heure.

— Tu m'as fait peur !

— Je ne voulais pas.

— Qu'est-cc que tu fabriques dans le noir ?

— Ecoute-moi, c'est important.

— Moi aussi j'ai des choses importantes à t'apprendre.

Saint-Aubin se profilait dans l'encadrement d'une fenêtre ouverte sur la rue étroite qui bordait l'hôtel par-derrière. Une sorte de hululement, venu du dehors, le fit tressaillir, il se pencha à la fenêtre, retourna vers Rosalie :

Pars, reviens dans une heure, je t'en prie.

— Explique-moi d'abord.

— Je ne peux pas.

— Oh si, tu peux.

— Bon… Reste mais promets de ne rien voir.

— Je te promets de ne rien dire.

Un nouveau hululement. Fébrile, Saint-Aubin alluma une lanterne, l'accrocha aux volets, puis il déroula une corde déjà attachée au rebord, la laissa filer jusqu'à la chaussée. Rosalie entendit des chevaux approcher au pas, stationner sous la fenêtre. Saint-Aubin hissa un gros sac en toile, il le jeta sur le plancher, dénoua la corde qu'il relança dans la rue ; il exécuta quatre fois ce manège avant que les chevaux ne s'éloignent, posa sa lanterne sur le tablier de la cheminée, ferma la fenêtre, tira les rideaux. Rosalie insistait à mi-voix :

— Explique-moi.

Il vint à côté d'elle, lui prit les mains :

— Tu es bavarde, Rosalie.

— J'ai promis de me taire, tu ne me fais pas confiance ?

— Je ne veux pas te mêler à mes histoires.

— Tu as tort. Je peux t'aider.

— Mais non…

Il s'éloigna à l'autre bout du canapé, renfrogné. Elle le voyait à la lumière de la lanterne sans saisir son regard :

— Qu'est-ce qu'il y a, dans les sacs ?

— Tu es trop curieuse.

— Laisse-moi les ouvrir.

Saint-Aubin se leva d'un mouvement brusque, croisa les bras, se résigna :

— Allez ! ouvre un sac.

Elle se laissa glisser sur le tapis aux motifs tarabiscotés que Delormel avait obtenu contre des billets de faveur au théâtre Montansier. A genoux, elle dénoua le premier sac et en regarda le contenu avec surprise :

— De l'argent ?

— Non. Des assignats.

— Delormel affirme qu'ils ne valent rien.

— Ceux-là moins encore.

— Mais il y en a des liasses et des liasses…

Elle les sortait du sac, les empilait par terre. Saint-Aubin s'agenouilla derrière elle, l'entoura de ses deux bras, lui embrassa le cou et lui expliqua d'une voix très douce :

— Ils sont faux.

— Si les vrais ne valent rien, ceux-là, à quoi ils servent ?

— A pourrir la situation.

— Comment ça ?

— Ces billets ont été fabriqués par des agents de Londres qui appuient notre cause. Nous allons en inonder le pays pour l'appauvrir, pour que le pain soit inaccessible, pour entretenir la rage contre la Convention, pour que le peuple se rebelle et la renverse.

— Que veux-tu mettre à la place ?

— Le roi.

— Tu m'as dit qu'il était mort ou disparu on ne sait où.

— Dans les deux cas les Bourbon existent. La dynastie, voilà notre recours. Même les pauvres regrettent la monarchie : ils mangeaient. Il faut que la Convention sombre et cette fois nous ne l'aiderons pas. Rosalie, Rosalie, nous allons l'emporter contre les hypocrites et les vampires. Une armée d'émigrés se prépare sur les côtes anglaises, elle va aborder la Bretagne, marcher sur Paris et nous délivrer.

— Moi je pense toujours la même chose.

— Quoi ?

— Tu me fais peur.

A l'hôtel du *Cadran bleu*, Junot avait allumé le poêle ; la vapeur poissait les murs et les carreaux. Tout à l'heure il avait appelé le porteur d'eau qui remplissait ses tonneaux sur les berges de la Seine, pour que Buonaparte puisse se tremper dans l'eau bouillante.

— Brosse plus fort ! criait le général à son aide de camp, et l'autre, manches relevées, brossait.

— Je ne vais pas t'étriller comme un cheval, protestait Junot.

— Plus fort !

Et Junot raclait son patron jusqu'au sang. Buonaparte avait une santé bancale et des crises nerveuses parfois violentes. A sa naissance on avait cru qu'il ne vivrait pas, tant il paraissait maigrelet ; pour éviter les frais d'un baptême inutile ses parents s'étaient contentés de le faire ondoyer. Garçonnet au teint vert, à la voix sourde, il mangeait vite, digérait mal. Il attrapa très tôt des fièvres paludéennes aux Salines, une terre marécageuse qui appartenait à son père, traîna ce malaise pendant des années jusqu'au siège de Toulon où un fusilier anglais, d'un coup d'esponton, lui perça la cuisse. L'aide-chirurgien Hernandez proposa de lui couper la jambe, il s'y opposa ; revenu en première ligne il remplaça un canonnier blessé ; l'homme avait la gale. Depuis, Buonaparte se grattait. Il avait des bestioles sous la peau, une vermine le rongeait entre les doigts, aux poignets, partout sauf au visage. Il trempait donc dans un baquet d'eau brûlante pour atténuer l'irritation de cette gale qui, sous forme d'eczéma, l'empoisonnait.

— Plus fort, bourrique !

Junot obéissait. Il lui servait de compagnon, de secrétaire, de confident et d'infirmier. Il pensait à tout. Il avait par exemple acheté une bouteille de vinaigre pour tuer les microbes et améliorer cette eau de la Seine qu'on buvait, plus chère que le vin, et qui vous rongeait les boyaux. Il avait confectionné une pommade de soufre et de beurre frais conseillée pour soulager les maladies de peau. Il se pliait aux caprices de son général, lui, ancien fourrier dans un bataillon de la Côte-d'Or, qui savait écrire sous la mitraille.

Buonaparte sortit de son baquet, échaudé comme un homard, la peau écarlate. Junot lui présenta une robe de chambre informe avant de s'asseoir à la table. Il trempa dans l'encre une plume de corbeau et attendit. Selon les conseils de Barras, pour apprivoiser le Comité de guerre, Buonaparte préparait un mémoire sur l'armée d'Italie ; récemment battue, elle avait dû évacuer Vado et Loano.

— Prends note.

Junot avait une écriture bien tournée, et malgré son peu de savoir traduisait sans trop d'erreurs la pensée du général, car il s'agissait de traduire ; Buonaparte abrégeait les mots qu'il traçait de sa main ou les accrochait les uns aux autres. « Il écrit comme un chat », disait son frère Joseph. Et puis, quand il dictait, il disait *point fulminant* pour point culminant, *rentes voyagères* pour rentes viagères, confondait Smolensk et Salamanque. Il lui fallait un secrétaire exercé qui puisse l'améliorer sur le vif.

— Note !

Comme l'escadre anglaise mouillait en Méditerranée, il conseillait de pénétrer par l'Appenin à la saison froide. Junot écrivait.

— Nos armées ont toutes péri de maladies produites par la canicule, fièvres, moustiques… Donc… Donc le vrai moment d'y faire la guerre c'est d'agir dans le courant de février jusqu'en juillet.

— En février, osait Junot. Dans la neige ?

— Mais oui ! Si les neiges obstruent les cols des Alpes, on pourra diminuer de moitié les troupes destinées à les garder, et on augmentera d'autant l'armée d'Italie, alors on marchera sur Turin ou sur Milan…

Il s'interrompit. Junot resta la plume en l'air. « Tu comprends, disait Buonaparte, à ce moment l'armée se remonte, elle franchit les gorges de Trente, passe l'Adige, arrive au Tyrol… » La géographie, il la connaissait par la pratique. Il gardait en mémoire les aspérités d'un sol et la manière d'y acheminer des canons. A l'école on le qualifiait d'entêté et d'égoïste, il n'y avait eu que Patrault, son professeur de mathématiques, pour apprécier le jeune Buonaparte. En latin on le disait faible, et passable en histoire. En fait il traversait les livres, devinait, rebondissait d'un chapitre à l'autre, levait des questions, butinait. Il avait accumulé bien des idées et bien des ouvrages techniques, *Les Principes de la guerre de montagne* par Monsieur de Bouret, les *Campagnes* de Vendôme, les *Mémoires* du maréchal de Maillebois sur une guerre déjà menée en Italie un demi-siècle auparavant, les livres archaïques de Puységur, de Folart, les principes de Carnot et de Saint-Just qui préconisaient la surprise, l'offensive, le mouvement et la guerre totale. Il avait surtout étudié l'*Essai général de tactique* de Guibert : il était question de rénover la guerre ou, mieux, de lui restituer sa sauvagerie initiale. Frédéric II et George Washington avaient lu cet ouvrage avec profit, les jeunes officiers de la Révolution en parlaient. Ce qui les séduisait ? La primauté affichée de la volonté sur les moyens matériels mis en œuvre : une armée qui a une âme doit l'emporter sur des mercenaires. Le XVIIIe siècle avait codifié la guerre. De grosses armées lourdes et lentes, transportant leurs vivres, leurs couturiers, leurs cantines, leurs troupeaux, leurs trésoriers, leurs épouses ou leurs maîtresses, c'étaient des villes qui se déplaçaient et se tiraient dessus en bon ordre. Eh bien non. Guibert réclamait une guerre d'extermination, il proposait des armées plus légères, très mobiles, motivées, enflammées, qui vivraient sur le pays conquis comme autrefois les bandes des condottiere.

Condottiere.

Buonaparte n'était pas français, ni corse, il se voulait italien et plus précisément toscan, avec des ancêtres présumés à Florence où les palais sont rugueux et massifs comme des prisons, où l'air qu'on respire, disait Machiavel, rend subtil. Là-bas, l'Antiquité avait survécu aux Barbares et la Renaissance ne fit que renouer ce lien. Le sinistre Alphonse d'Aragon entra dans Naples précédé par une statue de Jules César couronnée de laurier. Frédéric d'Urbino lisait *La Guerre des Gaules*. Cola di Rienzo, fils d'une blanchisseuse comme la mère de Buonaparte l'avait été à Marseille, jouait les tribuns en toge. Colonna, Castracani, Colleone étaient des guerriers professionnels que l'on payait cher parce qu'ils étaient efficaces. Otages, délation, torture, terreur, duperie, le bien et le mal tombaient au rang de foutaises. S'il n'était pas un authentique Florentin, le général saluait l'absence de morale en politique.

Napoléon n'aimait pas perdre du temps. Le lendemain il partit de bonne heure remettre son mémoire à Barras. Il s'attarda en chemin sur le quai des Tuileries ; dans la fumée des cuisines en plein vent, les chiffonniers avaient étalé sur le pavé, entre les miettes et les restes de boudin, des mouchoirs volés au Palais-Royal, des vêtements en guenilles que personne n'achèterait, mais le général écoutait les passants pour mesurer l'opinion, hier râleuse, aujourd'hui apaisée. Curieux de ce changement soudain, il remonta vers la place des Victoires, comprit en lisant la même affiche officielle aux portes des boulangeries : chaque citoyen recevra une demi-livre de pain et deux onces de riz. Le Comité de salut public se souciait enfin des Parisiens ; malgré la cherté de toutes choses, ils semblaient apprécier la mesure, même si elle n'empêchait pas les ventes sauvages de bois et de charbon dans les rues, même si les domestiques de certains députés revendaient à vingt francs la livre le pain blanc de leurs maîtres, ou les militaires leur pain de munition sec et noir. Alors des rixes éclataient, on se secouait, on s'empoignait pour faire baisser les prix, on menaçait les filous de la police.

Au Palais-Royal, dans la cohue ordinaire des matinées, Buonaparte avisa un attroupement de muscadins sous les arcades de Valois. Souliers pointus et gourdins plombés frappaient l'étalage d'un libraire. Une chaise brisa la devanture. Des numéros de *La Sentinelle*, jetés en l'air, retombaient en feuilles éparses aussitôt piétinées.

— C'était à prévoir.

Un homme aux cheveux plats et à la redingote tachée s'était approché de Buonaparte et lui parlait en considérant la scène :

— C'était à prévoir, que la boutique de Louvet serait attaquée par ces énergumènes.

A sa voix, le général venait de reconnaître le représentant Tallien mais il avait changé d'aspect ; l'élégant de la veille négligeait sa tenue comme un jacobin. Il expliqua que *La Sentinelle*, le journal de Louvet payé par les Comités, dénonçait maintenant les émigrés avec virulence, traitait les muscadins de vautours à figures humaines, mettait en garde les républicains contre une éventuelle Saint-Barthélemy, affirmait que des prêtres, dans la région de Grenoble, avaient coupé le nez des patriotes et que les agents de l'étranger payaient mille livres chacun de ces dégoûtants trophées. Là-bas, sous la galerie, des hussards en vadrouille s'interposaient, l'un d'eux dégaina son sabre, les jeunes gens regagnèrent le café de Chartres :

Peuple français, peuple de frères,
Peux-tu voir, sans frémir d'horreur
Le crime arborer la bannière
Du carnage et de la terreur…

Tallien demanda au général s'il se rendait chez Barras. Oui. Lui aussi. Il partait en mission le jour même et allait en discuter :

— Quand nos jeunes écervelés vont apprendre ce qui m'envoie en Bretagne, ils vont se déchaîner. Une armée d'émigrés a débarqué à Quiberon.

— L'expédition échouera comme à Carnac.

— Tu es bien sûr de toi, général.

Le mois précédent, des émigrés revêtus d'uniformes anglais avaient débarqué à Carnac ; les chouans avaient grossi leur troupe mais ils n'avaient pas su s'organiser et ils avaient été taillés en pièces. Tallien doutait :

— Cette fois l'affaire paraît sérieuse. Nos guetteurs ont compté plus de cent navires dans la baie de Quiberon, des frégates, des chaloupes, des bâtiments de transport…

— Les émigrés et les chouans ont trop de chefs, dit Buonaparte. Ils se jalousent. Dis-moi à quoi ressemble Quiberon ?

— Des hameaux de pêcheurs sans eau potable.

— Il n'y a qu'à bloquer les accès.

— Hoche s'y emploie. L'armée de l'Ouest construit des redoutes et creuse des fossés pour coincer les royalistes.

— Que vas-tu faire auprès de Hoche ?

— Ma mission de représentant. Aux militaires de nous livrer des prisonniers, à moi de les juger avec une sévérité très républicaine.

— Tu ne penchais pas vers les royalistes ?

— Moi ? Je vais prouver le contraire, général. Tout change.

— Oui. Regarde tes anciens protégés…

Buonaparte montrait à Tallien le café de Chartres qu'un détachement de la garde nationale entourait. Un officier y entra avec une vingtaine de fusiliers. Mis en joue, encerclés, les muscadins présents dans la salle se laissèrent emmener.

— Tu assistes à la répétition de ce qui va se passer à Quiberon, dit le général à Tallien.

Déçus par la Convention qui les désavouait en libérant des jacobins incarcérés après l'émeute du printemps, les muscadins attendaient un roi. Saint-Aubin se réjouissait de servir cette cause. Pensez-donc ! Que lui demandait-on ? D'écouler les faux assignats qu'il avait reçus comme la plupart de ses compagnons. Il dépensait donc à sa guise. Une longue partie de la nuit il avait joué pour gaspiller une fortune avec bonheur. Au matin il avait retrouvé Rosalie, l'avait emmenée déjeuner à l'angle du boulevard, chez Frascati dont le patron regrettait l'ancien régime, quand les clients savaient déguster ses glaces. Ils y déjeunèrent sous une tonnelle de glycines, repassèrent dans les huit salons décorés à l'antique ; des actrices, des noceurs, des mondaines, des petits-maîtres papotaient sous des lustres en cristal de roche et rajustaient leurs tenues dans les grands miroirs encadrés de bois orange. Un groupe de muscadins s'excitait, assis sur des chaises étrusques autour de petites tables rondes. Dussault était parmi eux ; il arrêta Saint-Aubin qui marchait au bras de Rosalie en tenant sa mallette de fausse monnaie, canne plombée sous le bras :

— Vous avez l'air rudement joyeux, mon cher.

— Je dépense, je dépense !

— Vous ne savez donc pas.

— Que faut-il savoir ?

— Notre café de Chartres a été fermé tout à l'heure, des amis conduits en maison d'arrêt.

— Réclamons l'arrestation des responsables de cette opération !

— A qui ?

Il y eut un instant de silence. Cette question pertinente les embarrassait. Saint-Aubin demanda à son ami Dussault d'intervenir auprès de Fréron, puisqu'il écrivait ses articles et ses discours, mais Dussault leva les épaules :

— Je ne l'ai pas vu depuis des jours.

— Vous n'avez pas lu *L'Orateur du peuple* de ce matin, Saint-Aubin ?

— J'étais trop occupé à perdre de l'argent.

— Tenez, lisez vous-même.

Saint-Aubin souleva son inutile bandeau noir et s'aperçut que la feuille, qui jusque-là chantait leurs louanges, était brusquement devenue hostile aux jeunes gens. « La royauté, écrivait Fréron ou son nouveau secrétaire, l'exécrable royauté, croyez-vous donc qu'on puisse la rétablir si facilement ? Est-ce pour nous donner un roi que nous avons abattu Robespierre ? » Saint-Aubin jeta ce torchon sur une table en disant :

— Allons assiéger le Comité de sûreté générale, ce ne sera pas la première fois.

— Vous oubliez que Louvet y sévit. Il nous déteste, il nous insulte dans son journal.

— Nous allons souvent danser à la Chaumière, dit Rosalie.

— Mais oui ! Elle a raison ! Thérésia nous soutiendra. Sous la Terreur, à Bordeaux, combien des nôtres a-t-elle sauvé de la guillotine ? J'irai ce soir et je vous rendrai compte, mais où, si le café de Chartres nous est interdit ?

— Des sections entières de la garde nationale marchent avec nous, dit Dussault. La section LePeletier nous offre un hébergement sûr au couvent des Filles-Saint-Thomas. Ils ont un état-major composé de chouans très montés contre la Convention.

Rassuré par ces nouvelles perspectives, Saint-Aubin prit congé mais il n'était pas question d'aller si tôt à la Chaumière. « Allons perdre nos assignats aux *Bosquets d'Idalie*, tu veux ? » dit-il à Rosalie ; elle adorait s'y promener et y valser le soir dans le salon de verdure, sous des lumignons multicolores ; elle y avait gagné un bracelet en or massif à un concours de danse. Ils empruntèrent un fiacre numéroté, à l'arrêt sous les marronniers du boulevard, et se firent mener à la barrière Montmartre pour une poignée de faux billets. *Les Bosquets d'Idalie* occupaient la colline. Tout était aménagé en féerie. Les allées, les gazons débordaient de promeneurs. Ils longèrent un ruisseau artificiel, le remontèrent jusqu'à une source qui coulait entre des pierres biscornues, riaient comme on rit à vingt ans en oubliant tout, le roi, les Comités, la mode, les expéditions punitives et mille autres soucis. Ils s'embrassèrent près d'un chalet entouré de rochers en carton, ils s'amusèrent au jeu des glaces qui les multipliait ou les déformait à l'intérieur d'un temple en stuc. Rosalie faillit tomber dans un furieux torrent de montagne bondissant sur des galets; elle eut une frayeur quand elle posa le pied sur une trappe d'où surgit un automate chinois : il lui offrait des fleurs en plumes. Près d'un clocher arrangé comme une ruine, un ermite vêtu de bure les appela dans sa fausse barbe pour leur débiter la bonne aventure. Ils l'écoutèrent sans rien apprendre de sérieux mais l'homme costumé, les mains pleines d'assignats, termina ses prédictions d'une manière plus concrète : « Je vois des cavaliers, ils portent à leurs shakos un plumet vert et rouge, ils vous attendent… » L'homme dit encore : « Il y a de la police dans l'air. »

Au bas de la colline magique, la réalité se présentait sous la forme d'un escadron de cavalerie légère sans doute venu de banlieue. Des chasseurs à cheval scrutaient la foule qui entrait et sortait des jardins. Dès qu'ils repéraient des jeunes gens aux habits extravagants, une cravate verte, un collet noir, ils poussaient leurs montures, les entouraient, les isolaient dans la cohue et les conduisaient, sabre au poing, jusqu'aux fourgons attelés près de l'ancien octroi de la barrière Montmartre. Personne ne protestait. Aux *Bosquets d'Idalie* on venait danser et rire et boire; le sort des muscadins n'intéressait plus, enfin, pas ici. Debout devant un simulacre de temple grec, Saint-Aubin jeta dans l'herbe sa canne et son bicorne démesuré, il enrageait :

— Fréron nous trahit! Barras nous trahit! Ce n'est pas une canne dont nous avons besoin, mais de fusils!

— Barras ne t'en veut pas à toi, soupira Rosalie.

— Moi je lui en veux !

— Je t'ai répété ce qu'il m'a dit…

— Je sais ! si je rejoins cette commission idiote où ton mari m'a placé, on ne m'enrôlera pas de force. Je sais ! mais j'ai des principes à défendre contre ces traîtres !

L'ermite à barbe d'étoupe donna son sentiment :

— Si les soldats ne vous prennent pas aujourd'hui, ils vous attraperont demain. Votre accoutrement vous signale.

Saint-Aubin et Rosalie attendirent la nuit à côté d'une chute d'eau claire. Des orchestres se mettaient en place. Ils descendirent la colline qu'éclairait une multitude de lampions verts. A la barrière Montmartre les chasseurs avaient disparu avec leurs fourgons remplis de muscadins et ils n'eurent aucune peine à héler l'un de ces nombreux fiacres qui amenaient les fêtards aux *Bosquets d'Idalie*. Ils regagnèrent vite la rue des Deux-Portes-Saint-Sauveur au centre de la ville. Ils évitèrent les salons et les invités de Delormel ; sitôt dans son appartement, Saint-Aubin tira de son coffre une redingote sombre.

— Tu vas ressortir ?

Rosalie s'inquiétait, mais elle s'inquiétait sans cesse et Saint-Aubin lui répondit par un grognement. Il remplaça ses souliers à boucles par des bottes de marcheur.

— Tu vas te faire arrêter…

— Pas du tout. Je ressemble à tout le monde, dit Saint-Aubin en troquant son bicorne pour un chapeau noir à large bord.

— N'y va pas…

— Je dois voir Thérésia, je m'y suis engagé, et d'ailleurs c'est toi qui m'en as donné l'idée.

— Une gaffe.

— Quand je propose une solution à mes amis, je m'y tiens.

Il rectifia sa cravate, prit sa canne plombée et embrassa Rosalie sur le front :

— Cette nuit je t'abandonne à ton mari.

— Non. Je t'attends.

Il sortit en hâte, croisa sa nouvelle image dans la glace du premier palier, entendit des rires et de la musique au rez-de-chaussée, crut reconnaître la voix chantante de Barras et fila par la cour. Il partit à pied dans les ruelles du quartier. Pour éviter le Palais-Royal et ses abords qu'il soupçonnait surveillés, il coupa par la rue du Bouloi, toujours animée et livrée aux provinciaux à cause de ces hôtels meublés qu'expliquait la présence d'un bureau des diligences qui desservait Rouen, Orléans, Bordeaux. Depuis quelque temps des réverbères avaient remplacé ces vieilles lanternes qu'un souffle d'air éteignait, mais il fallait économiser l'huile de tripes qu'on fabriquait dans l'île des Cygnes, et les nuits de lune on n'allumait pas ; c'était le cas. Ainsi protégé par ses vêtements neutres et par la nuit, Saint-Aubin marchait. Dans les rues les plus étroites il ne prenait garde qu'à ces cordes que les voleurs tendaient au ras des pavés pour que les bourgeois, une fois par terre, soient plus faciles à détrousser. Place du Carrousel, il vit de loin les rectangles lumineux des fenêtres du Comité de salut public, au bout de l'aile gauche des Tuileries : ces messieurs veillaient tard et décidaient peut-être de son sort. Il continua, rue des Orties, puis à droite le long des berges de la Seine, tourna à la hauteur du rond-point où commençait l'avenue Verte et se dirigea dans l'ombre vers la Chaumière, guidé par un air de harpe qui en sortait.

Il y avait une fête tous les soirs.

A l'entrée les valets le saluèrent comme un habitué de la maison, ils le débarrassèrent de son chapeau et de sa lourde canne, il entra dans le salon des concerts. En tunique très légère, Thérésia se laissait applaudir par ce demi-monde riche et mélangé dont elle aimait s'entourer et dont elle abusait. Elle leva la main pour établir le silence et, tournant sa paume vers les lustres, elle se mit à déclamer de sa voix chaude le monologue d'Hermione, au dernier acte d'*Andromaque*, parce qu'elle avait tous les talents et que cette princesse demandait au roi Pyrrhus de se décider au mariage, comme Thérésia pressait Barras d'écarter sa Créole :

Où suis-je ? qu'ai-je fait ? que dois-je faire encore ?
Quel transport me saisit ? quel chagrin me dévore ?
Errante et sans dessein, je cours dans ce palais :
Ah ! ne puis-je savoir si j'aime ou si je hais ?

Les plus proches et les mieux lettrés souriaient, ils connaissaient à la fois les tragédies de Racine et les comédies amoureuses de Madame Tallien. Les incultes, charmés par la seule beauté de l'actrice d'un soir, attendaient de la féliciter, c'est-à-dire de l'approcher, de la frôler, de respirer son parfum, de glaner un mot, un regard, une caresse. Saint-Aubin attendait aussi de lui parler mais à l'écart de sa clientèle, et sans patience. Comment présenter sa requête ? Quels mots ? Pouvait-elle empêcher les Comités de poursuivre la chasse aux muscadins ? Qui pouvait-elle protéger et comment ?

Le perfide triomphe et se rit de ma rage,
Il pense voir en pleurs dissiper cet orage ;
Il croit que, toujours faible, et d'un cœur incertain,
Je parerai d'un bras les coups de l'autre main…

Saint-Aubin n'écoutait pas les vers d'*Andromaque* mais bientôt des applaudissements et des bravos retentissants lui apprirent la fin de la tirade. Thérésia recevait mille compliments, des éventails, des colliers, des fleurs exotiques qu'elle confiait à ses valets empressés. La voici devant Saint-Aubin. Il a la mine pâle et grave, la gorge sèche :

— Madame, je dois vous parler…

Un négociant de Dijon, député, offrit à ce moment des bouteilles d'un vin rarissime, elle ne les prit pas mais profita de Saint-Aubin :

— Prends les bouteilles, mon joli citoyen.

Elle glissa trois mots au valet chargé des fleurs et fit signe au jeune homme de le suivre. Il hésitait. Thérésia lui sourit d'un air coquin en le fixant droit dans les yeux et elle hocha la tête pour lui demander d'obéir. Il suivit le valet en habit à la française au-dehors des salons. Dans le vestibule, l'homme confia ses fleurs à un autre domestique, Saint-Aubin posa ses bouteilles sur une console.

— Nous montons à l'étage, Monsieur, dit le valet.

Dans l'escalier à rampe dorée en forme de lianes entremêlées, Saint-Aubin était aux anges. Avec Thérésia tout semblait facile et Barras ne pourrait lui résister ; la Convention laisserait les muscadins tranquilles.

— C'est ici que Monsieur doit attendre Madame, dit le valet en ouvrant la porte d'une chambre.

Il entra le premier, alluma des bougeoirs, salua avant de refermer la porte derrière lui. Près du lit monumental aux rideaux jaunes, il y avait une statue de Diane effarouchée qui ressemblait à Madame Tallien. Saint-Aubin voulut s'asseoir mais ne trouva aucun fauteuil, aucun canapé, alors il s'installa au bord du lit en s'étirant. Lorsqu'elle rejoignit sa chambre, Thérésia trouva le jeune homme étendu tout habillé sur le lit, les bras en croix. Fatigué par une nuit blanche et ses angoisses, il ronflait.

A son extrémité nord, bien avant les boulevards, la rue Vivienne débouchait à la perpendiculaire de la rue des Filles-Saint-Thomas, en face du portail de l'ancien couvent dominicain qu'occupait alors la section LePeletier. Gardes nationaux aisés, limonadiers, élèves des écoles, fonctionnaires, restaurateurs, employés, commis, poussés aux extrêmes par des chouans et des journalistes qui prêchaient la monarchie, ils avaient transformé le réfectoire en armurerie et tenaient leurs séances dans la chapelle désaffectée, ce que Saint-Aubin apprit dès l'entrée ; il s'avança pour la première fois dans le cloître, sous la galerie à colonnes autour d'un jardin carré qu'envahissaient la broussaille et les fleurs des champs. Chez Madame Tallien il avait été ridicule, cela le rendait maussade ; quand il s'était réveillé avec l'aube elle était partie, et il avait mal supporté les regards ironiques des valets, mais comme prévu il devait rendre compte de sa démarche loupée à ses amis.

Il cherchait dans sa tête le moyen d'atténuer son fiasco, de le rendre moins bête, quand il surprit une discussion en passant devant des sectionnaires nerveux.

Le débarquement de Quiberon était un désastre.

D'abord il n'y crut pas, il se fit répéter les chiffres épouvantables qui semblaient vérifiés. Hoche avait fait dix mille prisonniers dont le clergé de l'évêque de Dol, avec Monseigneur ; il avait pris soixante mille fusils, soixante mille paires de souliers, des habits, du blé, de la viande séchée.

— Et les Anglais ?

— Ils sont restés au large.

— Combien de morts ?

— On n'en sait rien, mais beaucoup, ça c'est sûr, et plus encore, même si Hoche refuse d'exécuter ses prisonniers. Ce scélérat de Tallien est à Vannes pour fusiller en masse.

— Les soldats n'accepteront pas d'être mêlés à un carnage !

— Tallien le demandera aux Liégeois et aux Belges réunis à l'armée de l'Ouest.

Un espoir mourait. Les Comités allaient se croire tout permis contre les royalistes. La mésaventure personnelle de Saint-Aubin ne pesait rien vis-à-vis de ce drame. Il se dépêcha vers la chapelle où les hommes de la section LePeletier discutaient dans le désordre d'une nouvelle stratégie. Les uns voulaient appeler aux armes les beaux quartiers ; les sections amies se regrouperaient, celle de la Place-Vendôme, celle du Théâtre-Français, de Bonne-Nouvelle, de la Butte-des-Moulins. D'autres prétendaient que la force n'était plus de mise, l'affaire manquée de Quiberon l'attestait. Saint-Aubin entendit la voix rageuse de Dussault, qu'il aperçut dans le chœur, assis sur un prie-Dieu :

— Qu'allons-nous décider pour abattre cette maudite Convention ?

— Les jacobins reviennent, dit un voisin en agitant son face-à-main.

— Il a raison, dit un perruquier très distingué, j'ai vu, de mes yeux, j'ai vu qu'on a remis dans ma rue le buste de Marat !

— Contre les jacobins employons la méthode des jacobins.

L'homme qui venait de parler avait naguère tenu une épicerie rue de la Verrerie, et il en avait la mine, tête ronde, sourcils en broussaille et près du nez, nez près de la bouche, on aurait dit un mérou. Il fréquentait l'Agence royaliste de Paris qui, avant la catastrophe de Quiberon, n'avait jamais approuvé ce projet de débarquement, misait sur le temps et préparait des futures élections régulières :

— L'action violente nous est interdite…

— Mais non !

— Mais si. Le peuple a faim, il est apathique, il veut la paix, nous ne le soulèverons pas. Nous devons effectuer un véritable travail de propagande en profondeur, diffuser nos idées et nos critiques, mettre en place un réseau. Puisque l'opinion fait tout, il faut chercher à la former.

Un réseau neuf se mettait en place, avec un contact au centre de Paris, dans un restaurant de la rue de la Loi tenu par une actrice du théâtre Feydeau. Depuis la Suisse, un certain d'André organisait la riposte ; ancien conseiller au parlement d'Aix, il avait autrefois négocié la paix avec les Anglais, au nom de Danton, et ses affidés tissaient une toile serrée sur l'ensemble du pays, prêtres, aubergistes, soldats dont l'état-major se réunissait sans grand mystère au 12 de la place Vendôme, dans cet hôtel Baudard de Saint-James qui appartenait au financier Dodun, un administrateur de la Compagnie des Indes.

— Et l'argent ? demanda Saint-Aubin.

— Anglais, voyons. Monsieur Wickham, le résident de Londres à Berne, nous sert de trésorier-payeur. C'est lui qui fournit les faux passeports aux émigrés qui sillonnent la France déguisés en colporteurs, lui encore qui vous a procuré des kilos de faux assignats.

Saint-Aubin était séduit par cette action à mener en douce et sans trop de risques.

La semaine suivante, Saint-Aubin se décida : il irait travailler à la Commission des plans de campagne où Delormel, par complaisance, l'avait fait nommer. Il pensait se rapprocher du Comité de salut public puisque cette commission en dépendait et qu'elle était logée aux Tuileries. Peut-être y apprendrait-il des choses qui intéresseraient l'Agence royaliste. Il se rendit donc au palais, un après-midi du mois d'août, et se présenta au concierge qui s'étonna :

— C'est pas l'jour de ta paie, citoyen…

— Je ne viens pas toucher ma paie.

— C'est pourtant l'seul jour qu'on te voit.

— Dorénavant vous me verrez tous les jours.

— Pourquoi ça ?

— Pour travailler. Indiquez-moi la commission où j'ai été affecté.

— Laquelle ?

— Celle des plans de campagne. Je ne sais pas en quoi elle consiste mais j'en connais au moins le nom.

— Compliqué, j'vais te conduire.

Le concierge prévint les gardes en faction qu'il s'absentait et alluma une lanterne.

— En plein jour ? dit Saint-Aubin.

— Là-haut, fait sombre.

Ils prirent un escalier, des corridors peu éclairés, un autre escalier, en colimaçon celui-là, des pièces en enfilade remplies de caisses jusqu'aux plafonds qui bouchaient les fenêtres, avant d'arriver devant une porte basse dans les combles du palais.

— Ça s'ra là, chez toi.

Saint-Aubin entra dans une mansarde. Deux commis, attablés côte à côte, le crayon à la main, levèrent le nez. De dos, un petit homme à catogan se penchait sur une carte dépliée qui occupait en entier son bureau ; il parlait à haute voix :

— Il est urgent de fortifier la rade de Vado, et de réparer le chemin de la madone de Savone, à Altare, pour faciliter le passage des canons qui s'en iront bombarder le port fluvial de Ceva… Relisez.

— Relire quoi, mon général ? demanda le premier commis.

— Ce que je vous ai dicté, ahuri !

— Nous on est copistes, se défendit le second commis.

— On peut tout recopier mais on sait pas prendre sous la dictée.

Buonaparte se retourna et vit Saint-Aubin :

— Que veux-tu ?

— Grâce à Monsieur Delormel, que vous connaissez, je travaille dans cette commission, général, mais je ne pensais pas vous y trouver…

— Tu sais écrire ?

— Bien entendu, j'ai été clerc de notaire.

— Remplace ces deux jean-foutre.

— Et nous ? dit le premier commis.

— Où allons-nous ? s'inquiéta le second.

— Allez au diable ! Fichez le camp !

Ils mirent leurs chapeaux avant de s'enfuir. Saint-Aubin prit leur place à la table et Buonaparte continua à parler en étudiant sa carte :

— Le château de Sassello. S'en emparer, c'est enfantin. Valloria ? Attaquons des deux côtés en établissant à l'occasion une jonction avec l'armée des Alpes...

Doulcet de Pontécoulant venait de remplacer Aubry l'intraitable au Comité de guerre. Fidèles à leurs promesses, Barras, Fréron et Delormel lui avaient recommandé « le petit Italien » ; il l'avait reçu dans son bureau du Louvre, au sixième étage du pavillon de Flore. Le réintégrer dans l'artillerie ? Difficile. Letourneur, un ancien avocat chargé du personnel, qui avait déjà rayé le nom de ce général indocile quelques mois plus tôt, avait hésité puis refusé net. Alors Buonaparte avait échoué à la Commission des plans de campagne. Il déroulait des cartes, crayonnait, étudiait des rapports, griffonnait des chiffres et d'imaginaires mouvements d'escadrons. Il dictait ses notes à des gratte-papier qu'on lui imposait, entrait dans des colères épouvantables parce qu'ils étaient lents ou nuls, et qu'il était conscient de sa mission : il n'avait jamais affronté une armée organisée comme celle de l'Autriche qui tenait le Piémont, mais il préparait des instructions pour Kellermann, général en chef de l'armée d'Italie. Pontécoulant semblait enchanté ; il n'y connaissait rien en art militaire, il signait les yeux fermés au nom du Comité de salut public.

Et Saint-Aubin écrivait sous la dictée rapide de Buonaparte, lequel n'était pas mécontent de ce jeune homme vif qui noircissait du papier sans poser de questions ni de problèmes :

— Distinguons les prisonniers autrichiens des piémontais. Si les premiers, des envahisseurs, méritent la sévérité, il convient d'amadouer et de convaincre les indigènes pour mieux lever des impôts…

Quand l'horloge dorée du bureau sonna sept heures, Buonaparte prit sa canne :

— Rédige à l'encre ce que tu as noté. Tu me présenteras ce texte demain.

— A quelle heure, général ?

— Ici même à cinq heures, et ne me fais pas attendre, même une minute, j'ai horreur de ça. Autre chose. Tu me sembles moins bête que les gribouilleurs qu'on m'a envoyés et je n'ai pas envie d'aller te rechercher en prison, alors mets une redingote passe-partout.

— Les rayures larges sont à la mode, général.

— Ta mode n'a aucun avenir et elle te condamne.

— Aujourd'hui, qui a un avenir ?

— Moi.

Buonaparte enfonça jusqu'aux yeux son chapeau rond et sortit en laissant la porte ouverte. Saint-Aubin ramassa ses notes : l'esprit pratique et la précision de ce général mal ficelé dans sa redingote grise l'impressionnaient, il était saisi par sa voix ferme malgré son accent impossible, par le regard bleu qu'il posait sur lui lorsqu'il relisait les notes prises à la va-vite.

Buonaparte se prétendait accablé de travail depuis une heure de l'après-midi jusqu'à trois heures du matin, mais il se rendait à la Commission dans la soirée, vers cinq heures, pour s'en aller peu avant le dîner. Le reste du temps il s'occupait de ses affaires personnelles. Il espérait acquérir une terre et se renseignait sur les prix, courait à l'Observatoire chez le savant Lalande qui lui enseignait des éléments d'astronomie, roucoulait auprès de la vieille Montansier, réclamait à l'acteur Talma des billets de faveur pour entrer gratuitement au théâtre, soignait ses relations avec vigilance, trichait aux cartes et se prêtait volontiers à des improvisations comiques dans les salons : il imitait les députés les plus risibles et des généraux ventripotents, à califourchon sur une chaise. Cet été-là, son nouvel emploi lui permit de déménager au cœur de Paris, rue des Fossés-Montmartre, à deux pas de la place des Victoires ; il y avait déniché un appartement meublé à l'*Hôtel de la Liberté* qu'il payait soixante-douze livres par mois.

Son tailleur l'y attendait. Grâce à Barras (et à Madame Tallien chez qui il était allé quémander) il avait reçu un bon illimité sur l'ordonnateur Lefebvre ; celui-ci lui fournit de quoi s'habiller sur les magasins de la République : vingt et un mètres de drap bleu, quatre mètres de drap rouge et presque autant de blanc, de quoi se tailler des redingotes et des gilets, sans oublier des épées et des pistolets parmi les plus beaux d'un lot sans doute confisqué aux ci-devant nobles.

Le général essayait chez lui ses nouveaux uniformes. Il croisait les bras devant la grande glace qu'avait achetée Junot, expérimentait des postures, encouragé par le tailleur qui vantait son travail. Puis il reprenait sa défroque de civil pour traîner dans Paris avec son aide de camp. Ils dînaient souvent ensemble dans des cabarets proches du Louvre, pour écouter les conversations et mesurer la colère du peuple.

Ils assistèrent un soir à une étrange bagarre. Au milieu d'un cercle de badauds qui battaient des mains et riaient beaucoup, deux hommes se prenaient aux cheveux, l'un avait l'œil poché, l'autre sa veste craquée aux coutures, et ils se roulaient dans la poussière sous les éclats de rire. Buonaparte ne comprenait pas ce qu'il y avait de drôle et en fit la réflexion à Junot ; une fille à perruque rouge avait entendu :

— Citoyens, quand les agioteurs s'empoignent, c'est bon signe.

L'un avait acheté à l'autre une bonne provision de sucre, or le sucre avait baissé et il avait perdu une forte somme ; il en accusait son vendeur. Certaines denrées coloniales baissaient, oui, mais tout le reste augmentait : « Ah, Monsieur ! Ce chapeau que j'avais payé quatorze livres, je ne pourrais plus me l'offrir aujourd'hui, il en vaut cinq cents ! » Voilà l'ensemble des conversations que surprenait Buonaparte : les gens ne parlaient que de la vie chère et ils redoutaient l'hiver qui s'approchait : pourraient-ils payer du bois ou du charbon pour se chauffer ?

Le climat s'alourdissait.

Buonaparte savait que la Convention louvoyait, que la prochaine Constitution sur laquelle elle travaillait en sortirait bancale. Les représentants voulaient se maintenir au pouvoir. Avec quel soutien ? Les faubourgs ? Désarmés. La bourgeoisie de la garde nationale ? A cause des cinq mille exécutions ordonnées par Tallien après Quiberon, elle méprisait la Convention. Ne restait que l'armée. Buonaparte était général, ses chances grandissaient à mesure que la situation se dégradait.

Chapitre IV

Les canons

Il s'imaginait rebelle, Saint-Aubin, cependant il avait obéi au général Buonaparte et se rendait à son bureau des Tuileries en habit discret ; il avait compris que son appartenance à une commission officielle ne le sauverait pas s'il gardait en ville ses tenues provocantes de muscadin, mais il conservait comme un signe de ralliement cette cravate verte qui rappelait la couleur du bibi de Charlotte Corday et la livrée du comte d'Artois. Les soirées se ressemblaient. Buonaparte plongeait le nez dans ses cartes, consultait des rapports, dictait ; Saint-Aubin notait avant d'améliorer ses discours au propre ; le jeune homme finissait par s'attacher à ce général distant et froid, après tout celui-ci avait étudié à l'école militaire de Brienne à l'époque de la monarchie, et il n'avait participé qu'en paroles aux excès de la Révolution. Ponctuel comme un soldat il arrivait à cinq heures, mais aujourd'hui Saint-Aubin se morfondait : où était Buonaparte ? Pour passer le temps, il relut la déclaration de Louis XVIII, datée de Vérone, que ses amis et lui distribuaient dans les cabarets populaires ou plaçaient dans les paniers des fruitières de la Halle.

Le nouveau roi voulait rassurer : « Tous les Français qui ne sont devenus coupables que parce qu'ils se sont trompés, loin de trouver en nous un juge inflexible n'y trouveront qu'un père plein d'indulgence... »

Il y avait du tapage dans les couloirs. Saint-Aubin replia aussitôt le texte dans sa poche. Des bruits de pas, la voix irritée du général :

— Tu avais promis de m'appuyer !

— Mais je t'ai appuyé, général...

— Bien mal !

— J'ai insisté sur ton zèle et ton exactitude...

— Tu as provoqué un résultat inverse à celui que j'espérais !

Buonaparte entra dans la mansarde avec Pontécoulant. Il balaya de la main des rouleaux de cartes rangés sur sa table sans un regard pour Saint-Aubin, réduit à l'état de meuble, qui finit par déchiffrer le pourquoi de la querelle. Constantinople réclamait à la Convention des officiers d'artillerie : la Turquie du sultan Selim voulait s'armer contre la Russie menaçante, alliée de l'Autriche. C'était pour la France un moyen supplémentaire de contrer l'expansion de l'empereur François II. Buonaparte s'était proposé. Devenir un officier supérieur de l'antique Byzance, s'y faire un nom, une fortune, y demeurer peut-être comme un calife, y installer sa famille, il avait tout organisé : il emmènerait des aides de camp dont Junot, la Commission des relations extérieures lui verserait en argent six mois d'appointements pour les frais, on lui enverrait de Paris une caisse d'instruments de mathématiques et de dessin, des livres d'artillerie. A cause du maladroit Pontécoulant tout était manqué et Buonaparte froissait la réponse négative qu'il venait de recevoir : « Le Comité de salut public doit se refuser à éloigner, dans ce moment surtout, un officier aussi distingué. »

Pontécoulant avait l'air sincère et désolé, mais Buonaparte ne décolérait pas :

— Qu'est-ce que c'est, dis-moi, qu'est-ce que c'est qu'un artilleur sans canons ? Un pitre !

— Tu es un spécialiste de l'Italie, général, tu le prouves chaque jour dans tes directives que nous envoyons à Kellermann…

— Kellermann ? Il s'en fout de mes directives !

Il jeta dans la cheminée éteinte la réponse du Comité de salut public roulée en boule et se mit à crier :

— On cherche à m'étouffer !

— Kellermann…

— Celui-là, il ne bouge pas, il digère et il dort dans sa maison de Nice, il néglige ses troupes qui vivent de rapines et vont finir par se faire détester de la population ! Donne-les-moi, ses vauriens, et j'en fais une armée !

— Ce n'est pas en mon pouvoir, je le déplore.

— Je ne vais tout de même pas passer ma jeunesse entière le cul sur une chaise, à monter des stratégies que personne n'exécute !

— Pour l'heure…

— Je sais ! Pour l'heure, patience. Patience, vous n'avez que ce mot, patience ! Et les Autrichiens, pendant ce temps ? Ils se gobergent en Italie et raillent nos soldats ! Pourquoi diable faut-il être une baderne pour mener une armée ? Non, mener n'est pas le bon mot, l'armée d'Italie n'existe pas !

Buonaparte marchait de long en large dans la petite pièce. Il vit Saint-Aubin assis derrière sa table :

— Qu'est-ce que tu attends ?

— Vous.

— Eh bien décampe. Je ne suis pas d'humeur à inventer des plans de campagne inutiles.

A la fin du mois d'août, la nouvelle Constitution était enfin rédigée : « Les droits de l'homme en société sont la liberté, l'égalité, la sûreté, la propriété… » Le mot fraternité avait disparu et un système d'élection à deux degrés remplaçait le suffrage universel en favorisant les propriétaires et les nantis. Cette Constitution aurait été acceptée, même imparfaite, tant on avait envie d'un régime stable et d'hommes neufs, mais les conventionnels, cramponnés à leur pouvoir, avaient ajouté un décret pour préciser que les deux tiers de la future majorité seraient choisis dans leurs rangs. Ils pensaient ainsi empêcher l'Assemblée de basculer franchement à droite.

Alors Paris se mit à gronder.

Dans les rues régnait un calme apparent, chacun allait et venait à ses affaires ou à ses plaisirs ; la contre-révolution se préparait cependant sous les yeux des Comités. Espagnols, Suisses, Anglais, des étrangers en nombre remplissaient les hôtels garnis de la capitale. Des émigrés revenaient par le Jura ou par le Nord. Au Palais-Royal on croisait des hommes et des femmes vêtus de l'habit gris des chouans. Les journaux calomniaient la Convention, les murs se couvraient d'affiches, l'un demandait un roi et un autre l'anarchie. Un marchand de figures en plâtre, galerie de Valois, mettait en vitrine des crucifix ornés de fleurs de lys.

Les bourgeois de la garde nationale enrageaient par quartiers. Sur leurs quarante-huit sections parisiennes, réunies en assemblées primaires pour désigner les électeurs, trente-deux déclaraient la Convention traître à ses devoirs. A bas les Deux-Tiers ! criait-on. Chassons les derniers jacobins ! Falsification ! La plus acharnée car la mieux prise en main par les conspirateurs du roi, la section LePeletier, voulait organiser un comité d'insurrection. Tous les soirs, quittant Buonaparte et sa fantomatique armée d'Italie, Saint-Aubin se dépêchait vers le couvent des Filles-Saint-Thomas et se montait la tête en y écoutant les tribuns rejeter avec véhémence le décret des Deux-Tiers :

— Il faut tout ou rien ! Changeons tous les députés sinon les anciens qui restent gâteront les nouveaux !

— Maudits conventionnels ! Ce n'est pas le bonheur du peuple qui les occupe !

— Ils ne pensent qu'à leurs intérêts !

— Ils veulent continuer leur domination !

— Qu'ils partent !

— Nous étions plus heureux sous un roi !

— C'est aux assemblées primaires de statuer !

Cette cacophonie durait des heures et ne servait qu'à maintenir un état permanent d'exaltation. Un barbu revêche, l'abbé Brottier, chef de l'Agence royaliste de Paris, voyant le fameux décret fermer à son parti les portes du pouvoir, poussait désormais à l'émeute. Il avait imaginé un slogan très applaudi : « Un roi ou du pain ! » que les jeunes gens allaient hurler au Palais-Royal dans les oreilles des indifférents qui préféraient le jeu, les filles et les festins. Le café de Chartres avait rouvert et les muscadins retrouvaient leurs habitudes, écoutés par des mouchards de la police. Sous les marronniers, sous les galeries, les agioteurs n'avaient jamais cessé de proposer de l'or, des pendules, des étoffes ou de la farine, mais ils avaient éclaté en petits groupes très mobiles pour échapper plus facilement aux interventions de la garde.

Une bande de muscadins protestait en lisant les affiches officielles placardées sur les colonnes des arcades :

— Quoi ! disait Dussault qui lacérait une affiche avec le bout plombé de sa canne. Quoi ! Deux mille communes auraient accepté le décret des Deux-Tiers ? C'est faux !

— Nous avons appris tout à l'heure que Strasbourg l'a rejeté ! grondait Davenne.

— La Convention ment parce qu'elle a peur, disait Saint-Aubin.

— Partons rosser du député ! proposait un muscadin au gilet à fleurs.

— Par qui commencer ?

— Certains sont plus fripons que les autres.

— A qui pensez-vous ?

— A cette punaise de Tallien.

— Bravissimo !

— Courons chez lui.

— Savez-vous où il loge ?

— Rue de la Perle, chez son concierge de père.

— Massacrons le massacreur de Quiberon !

Ils fendirent la foule des jardins en chantant, mais une fois dans les rues ils marchèrent sans bruit jusqu'à l'immeuble de Tallien.

— C'est ici, numéro 10.

— A quel étage ?

— Hélas je l'ignore.

— Voilà qui est fâcheux.

— Pourquoi ? Il n'y a que trois étages et neuf fenêtres, si nous brisons tous les carreaux nous briserons du même coup les siens.

— Avec quoi ?
— Ceci.

Il faisait nuit. Dussault montrait un tas de pierres éboulées d'un muret. Ils ramassèrent deux pierres chacun qu'ils lancèrent contre les vitres. Des éclats de verre retombaient dans la rue.

— A l'assassin !

Un gros citoyen venait d'ouvrir sa fenêtre cassée, il saignait du front. Une escouade de grenadiers de la Convention, qui rôdait aux environs du Palais-Royal, attirée par le bruit déboucha rue de la Perle. Le caporal tira son sabre en découvrant les briseurs de vitres, il disposa ses hommes sur la largeur de la chaussée. Baïonnettes pointées, les grenadiers s'apprêtaient à charger lorsque le muscadin au gilet à fleurs sortit un pistolet de sa ceinture, tendit le bras et fit feu à l'aveuglette sur la troupe. Un grenadier reçut la balle dans l'épaule et en lâcha son fusil. Les muscadins profitèrent de la surprise pour s'enfuir à toutes jambes.

Trois cavaliers en manteaux noirs remontaient la rue du Faubourg-Saint-Antoine. Ils passèrent sans y jeter un regard devant la brasserie *A l'Hortensia* qui appartenait à Santerre, vétéran de la Révolution, où se retrouvaient les jacobins du quartier. Plus loin ils tournèrent sous un porche béant, baissant la tête, traversèrent une courette, un autre passage. Les voici à l'arrière d'un immeuble décrépi. Barras et Buonaparte descendirent de leurs chevaux qu'ils confièrent au troisième homme. Ils s'engouffrèrent dans une entrée malpropre. Barras respira le parfum d'un flacon qu'il venait de déboucher ; il supportait mal les odeurs de moisi, de salpêtre et de soupe grasse.

— Il habite sous les toits.

Ils montèrent les cinq étages d'un escalier raide dont les marches crissaient. Tout en haut, du pommeau de sa canne, Barras cogna selon un code à une porte en planches. Un grognement lui répondit à l'intérieur et une femme en savates leur ouvrit. Elle était affreuse, grêlée. Deux mioches rouquins aussi laids que leur mère, maladifs, avec des yeux rouges, s'accrochaient à ses jupes.

— Le citoyen est au labeur, dit-elle.

— Nous voulons le voir tout de suite.

— Il est aux cochons.

Il fallut reprendre l'escalier, se laisser mener par le plus âgé des enfants albinos dans une arrière-cour fangeuse qui servait de porcherie. Joseph Fouché engraissait des cochons. Ce prêtre défroqué, naguère représentant en mission, touillait dans une auge toutes sortes de racines et d'épluchures. Il sursauta, méfiant, il savait qu'on en voulait à sa vie : il avait autrefois mené à Lyon une répression sans pitié ; seize cents suspects avaient été exécutés au canon dans la plaine des Brotteaux, parce que la guillotine de la place Bellecour était trop lente. Fouché se reprit en voyant Barras, sans pouvoir cacher que ses mains tremblaient. Buonaparte le connaissait de réputation mais ne l'avait jamais vu ; il ne l'imaginait pas aussi malingre et insignifiant. C'était un avorton aux joues en creux, aux pommettes saillantes, aux yeux d'un gris trouble et à demi plissés, aux cheveux roux en ficelles. Fouché s'essuya les mains à son tablier :

— Vois comme je suis devenu, Barras. Comment pourrais-je encore te servir ?

— J'ai plusieurs choses à te demander.

— Je ne sors plus du faubourg. Trop dangereux.

— Je ne te demande pas d'en sortir, et tu seras rétribué.

Barras tira de son manteau une bourse en cuir assez rebondie, il la jeta à Fouché qui, surpris ou malhabile, la laissa tomber dans la boue, mais il la ramassa, la soupesa, y devina des pièces d'or :

— Qu'est-ce que je dois faire, Barras ?

— D'abord nous emmener dans un endroit propre et discret.

— Discret, je connais. Propre, je ne garantis pas.

— Nous te suivons.

— Attends.

Fouché dénoua la corde qui fermait un grillage. Il libéra d'un local noir une dizaine de porcs bruyants et voraces qui coururent vers l'auge en se battant. Fouché appela. Un géant chauve accourut :

— Surveille les bêtes, lui dit-il, j'ai une affaire avec ces honorables citoyens.

La rue du Faubourg-Saint-Antoine était peu animée. Des hommes tiraient des charrettes remplies de meubles à réparer ou à livrer, mais les artisans travaillaient dans leurs ateliers des passages ou les cours sombres comme des fonds de puits. On entendait les coups de marteau, le bruit de la scie, quelques apostrophes à des commis fainéants. Fouché emmena Barras et Buonaparte devant une taverne dont l'enseigne, découpée dans du fer, figurait un cep de vigne. Ils entrèrent dans la salle. Les buveurs ne levèrent pas le nez de leurs gobelets de vinasse. Fouché fit un signe au tenancier debout à son comptoir. L'autre lui donna sans un mot la clef de sa cave où ils allèrent par un escalier dangereux, avec un bougeoir. En bas, ils s'assirent sur des tabourets à côté des tonneaux. Fouché posa son bougeoir sur le sol de terre battue :

— Le vin d'ici, je ne vous le conseille pas, c'est pour les ouvriers. Le patron, il mêle à sa piquette de Suresnes de l'esprit-de-vin et du chat mort pour la couleur. Ça ronge.

— Nous ne sommes pas ici pour boire, dit Buonaparte.

— Le général a raison, reprit Barras.

Fouché regarda en biais ce général au drôle d'accent qu'éclairait sa bougie. Barras s'expliqua :

— Je veux être tenu au courant, chaque jour, de l'opinion du faubourg.

— Les ouvriers sont favorables à ta Constitution, tu le sais parfaitement. Et ils n'iront pas crier contre les Deux-Tiers, eux. Ils comprennent que le décret les protège des royalistes et des bourgeois. Des patriotes les ont instruits.

— Tu les sens prêts à soutenir la Convention ?

— Oui mais avec quoi ? Ils n'ont plus d'armes, ils ont dû rendre même leurs piques.

— Ils auront de l'eau-de-vie et des cartouches. Alors ?

— Alors oui, je te le répète, c'est facile.

— Ils seront payés.

— Ce sera encore plus facile.

— J'ai pensé en employer un contingent pour renforcer la garde de l'Assemblée, au nom du Comité de salut public.

— Tous ceux que le Comité a sortis de prison marcheront sans hésiter pour la République.

Barras raconta à Fouché les derniers événements de Paris. Comment les muscadins exagéraient leurs incessantes provocations, comment les sections bourgeoises cherchaient l'affrontement. Le marquis de Montaran avait fait rosser par ses nervis l'inspecteur général de l'armée d'Italie. Hier, des jeunes gens avaient tiré sur une patrouille qui voulait les disperser. Pour tenir, la Convention se durcissait et les sévères mesures qu'elle prenait participaient à cette ébullition : les insoumis de la jeunesse dorée seraient enrôlés de force ; les fils, les neveux, les oncles des émigrés étaient désormais écartés des fonctions publiques, comme les prêtres, ces trublions, qui devaient dès lors déclarer leurs lieux de culte et signer une déclaration d'allégeance à la République. Les agents de la sûreté générale rapportaient des ragots, des rumeurs, des escarmouches – un climat. Ils utilisaient pour en parler les mots *volcan, catastrophe, crise, funestes conséquences* et même *guerre civile.*

— La guerre civile, dit Fouché, le faubourg l'espère, mais le bataillon que tu me demandes de monter, il ne comptera pas que des héros de Valmy ou de la Bastille.

— Je m'en doute, dit Barras, et je m'en fiche.

— Même des gens comme Dupertois ?

— Connais pas.

— Mais si ! c'est le serrurier qui a tranché la gorge de Féraud.

— Je le croyais guillotiné.

— Pas un instant. Pendant l'émeute populaire du printemps, si tu ne l'as pas vu sur les barricades c'est que je le cachais dans ma porcherie. Tu l'as aperçu il y a moins d'une heure. Il m'aide pour les cochons. Il s'est juste rasé le crâne et a laissé pousser des moustaches.

— Il ne lui reste plus qu'à changer de nom après avoir changé de tête. Tu lui fais vraiment confiance ?

— Les muscadins, les royalistes, les bourgeois, il meurt d'envie de les dévorer, ce cannibale. Combien en veux-tu, des hommes de cet acabit ?

— Mille, quinze cents.

Après avoir quitté Fouché et être remonté en selle, Barras demanda son avis à Buonaparte qui était resté muet ou presque. Le général répondit avec une ombre de sourire :

— A tes côtés j'apprends la politique.

— Une simple stratégie, comme à l'armée.

— Non, pas comme à l'armée.

— Comme tu voudras, mais je te parlais de Fouché, qu'en penses-tu ?

— Je pense qu'il y a deux leviers pour soulever les hommes : l'intérêt et la peur.

Malgré son emballement pour les idées royalistes, Saint-Aubin ne manquait jamais le rendez-vous du soir à la Commission des plans de campagne. Il se sentait couvert par cette activité ; si des gendarmes l'attrapaient pour l'encaserner, il pourrait leur cracher au visage : « L'armée, j'y suis déjà, et ma fonction dépend des Comités. » Et puis il continuait à observer Buonaparte avec insistance : d'où tirait-il cette énergie rageuse, ce général sans soldats qui combinait des batailles sur le papier ? Buonaparte s'arrêtait souvent de dicter, et quand il réfléchissait à voix haute, quand il s'enflammait pour l'Italie, Saint-Aubin voyait des images, madones éclairées par des cierges dans des niches grillagées à l'angle des rues baroques de Milan, magasins fermés avec des toiles aux heures chaudes, vignes qui grimpent aux arbres entre Vicence et Padoue, les prés, les champs de blé, les rizières du Piémont oriental, les murs étrusques qui tiennent la colline au long du sentier montant à Volterra…

Pour réfléchir, le général avait besoin d'un auditoire, même ignorant, alors il faisait venir Saint-Aubin à côté de lui, à quatre pattes devant la carte d'Italie du Nord dépliée en entier sur le plancher ; il suivait du crayon le cours des fleuves et des routes :

— Tu vois, il y a cinquante ans, le maréchal de Maillebois écrase les Piémontais à Bassignano, il s'empare d'Asti, de Valenze, de Tortone. Les Autrichiens envoient quarante mille hommes aider leurs alliés indigènes, ils reprennent les villes conquises. Maillebois va se retourner contre eux mais il partage le commandement avec un infant espagnol (Bourbon, en plus !) qui l'en empêche. Le sot ! Maillebois lui était subordonné, il obéit et sa campagne d'Italie est manquée.

— S'il avait désobéi ?

— Il aurait été fusillé.

— Je pose ma question autrement, général : s'il avait pu suivre son plan ?

— Il serait remonté sur Milan en traversant l'Adda.

— La quoi ?

— L'Adda, ignare ! C'est un fleuve. Il l'aurait franchi à l'endroit que je te montre, ici, le pont de Lodi, pour foncer sur la route de Milan.

Buonaparte se releva et tapa du poing sur le bureau :

— La guerre est un métier ! Il y faut à la fois de la science et de l'intuition, savoir décider sur l'instant, sans tarder, en étudiant ses chances.

— Je croyais que le nombre devait l'emporter…

— Fouterie ! Tu as vu comment tes amis royalistes ont été cueillis à Quiberon ? Ils étaient plus nombreux que les soldats de la République, mais ils ont été pris comme dans une ratière. En face d'eux il y avait Hoche.

— Mes amis, comme vous dites, général, étaient pourtant commandés par des gens de valeur.

— Courageux sans doute, mais sans vision. Le comte d'Hermilly ? Un impulsif, un prétentieux. Le comte de Puisaye ? Trop jaloux de ses pouvoirs. Ils se sont chamaillés autour de stratégies différentes, comme mon Bourbon et Maillebois. Ecoute-moi bien : pour mener une offensive, il ne peut pas y avoir plusieurs chefs.

— Les directives que vous préparez pour le général Kellermann…

— Du vent !

— Vous travaillez tout de même pour lui.

— Je travaille pour moi.

— Parce que vous connaissez mieux l'Italie et que vous tenez à le faire savoir ?

— Parce qu'un général en chef ne doit pas avoir besoin de directives. S'il en a besoin, ce n'est qu'un plaisantin à destituer.

— A Valmy, il a mis les Prussiens en déroute…

— Lui ? Tu veux rire, pauvre innocent ! Les Prussiens ont été vaincus par la dysenterie.

Saint-Aubin quittait toujours les Tuileries en méditant. Il n'avait été clerc de notaire que pour survivre pendant les heures pénibles de la Terreur, mais son père ambitionnait pour lui une carrière autrement noble. Chevalier, avec un blason, il aurait dû étudier les armes, devenir officier comme les aînés des familles aristocrates, même de piètre lignée. Avec Buonaparte il se croyait à l'école militaire ; celui-ci savait ses opinions royalistes et ne l'en critiquait pas, il semblait préférer l'art de la guerre aux manipulations de la politique. Il côtoyait Barras, mais Saint-Aubin aussi, et Fréron, et Delormel, et Thérésia aux nuits de la Chaumière. De quel côté le général irait-il exercer ses talents si les sections parisiennes se dressaient contre la Convention ? Saint-Aubin participait aux réunions orageuses de la section LePeletier, au couvent des Filles-Saint-Thomas, mais avec l'esprit troublé. « Un roi ou du pain », la formule de l'abbé Brottier qu'il avait criée mille fois lui parut soudain étrange. Pourquoi pas « Un roi *et* du pain » ? Si le peuple avait le ventre plein, cela suffirait à sauver la République ? Or le prix des denrées était en train de baisser : la Convention rançonnait les provinces pour que d'imposants convois approvisionnent la capitale.

Dans la vaste chapelle de la section LePeletier on utilisait la chaire en guise de tribune. Dussault y était monté pour prêcher l'évidence : il proposait d'affamer Paris. Comment ? En interceptant les convois de ravitaillement qui alimentaient quotidiennement la capitale, ainsi le feu reprendrait à nouveau, ainsi la révolte se généraliserait chez les mal-nourris, et la Convention sans appui serait flanquée par terre à la première attaque. « Les provinces nous suivent et nous aident, assurait Dussault. Beaucoup de paysans refusent les réquisitions, ils cachent leurs récoltes ou défendent leurs greniers avec des fourches. Dans l'Aisne, dans la Somme, dans la Marne, regardez l'affiche collée aux murs et aux arbres ! » Il la montrait et la lisait, cette affiche : « Peuple français, reprends ta religion et ton roi légitime, et tu auras la paix et du pain. » Dussault fut acclamé, les sectionnaires votèrent sa proposition à main levée et prirent aussitôt des mesures.

Voici pourquoi, par un matin frisquet de septembre, des sectionnaires avec leurs uniformes fantaisistes de gardes nationaux, guêtres ou bottes, bonnets de police à flammes en pointe, oursons, bicornes de feutre noir, armés de fusils chargés, d'espontons, de piques, de sabres, s'étaient emparés de la guérite roulante de l'ancien octroi, depuis longtemps abandonnée, à la barrière Poissonnière. Ils attendaient le ravitaillement qui venait des campagnes. Leur commandant, un avocat debout sur ses étriers, scrutait avec une lorgnette de marine la route de Saint-Denis d'où surgirait fatalement un convoi.

Des muscadins et quelques chouans les avaient accompagnés mais ne se montraient pas, trop voyants, à l'écart sous les rangées de marronniers du boulevard Rochechouart qui longeait à l'extérieur la muraille des Fermiers généraux et son chemin de ronde.

Un cortège de chariots bâchés se montra en fin de matinée à la droite de la colline Montmartre et s'avançait lentement. Il était escorté par des chasseurs à cheval, mais peu nombreux se rassura le commandant, l'œil rivé à sa lorgnette : « Tout le monde en place ! » Chacun prit son poste selon un plan arrangé pour aborder les voitures de ravitaillement et désarmer les chasseurs. Saint-Aubin, Dussault et leurs amis muscadins s'accroupirent derrière des taillis, les gardes se disposèrent devant la barrière, l'un alluma son brûle-gueule, l'autre avala une gorgée d'eau-de-vie à la gourde qu'il avait accrochée à son havresac.

— Halte ! dit le commandant, et il levait sa main gantée de blanc.

Le premier chariot s'arrêta à quelques mètres de la barrière, immobilisant l'ensemble du convoi. Les cochers avaient l'air surpris de cet inhabituel contretemps. Le sergent des chasseurs trotta le long des voitures pour venir à la hauteur du commandant des gardes :

— Que se passe-t-il ?

— Nous devons vous remplacer et guider nous-mêmes vos chariots.

— Pourquoi ?

— Des bandes de royalistes veulent s'en emparer.

— Ça m'étonnerait ! dit le chasseur en dégainant son sabre.

— Remettez votre arme au fourreau et retournez dans votre garnison.

— Je n'ai pas d'ordre !

— Je vous le donne.

Les autres chasseurs se massaient autour de leur sergent, et les gardes de la section LePeletier les entouraient.

— Foutredieu ! jura le sergent. C'est un traquenard !

— Vous l'avez dit, répondit le commandant.

Il fit un geste et ses gardes épaulèrent leurs fusils.

— Jetez vos armes au sol, dit encore le commandant de sa voix persuasive d'avocat.

— Jamais !

Le sous-officier des chasseurs leva son sabre mais un coup de pistolet le renversa raide mort en arrière sur sa selle. Dussault venait de tirer et il visait juste. Les muscadins et les chouans se mêlèrent aux gardes, plus nombreux que les malheureux chasseurs qui avaient du mal à retenir leurs chevaux affolés par cette détonation brusque. A la seconde injonction ils jetèrent leurs armes et leurs gibernes, puis les muscadins les emmenèrent avec poigne dans la guérite roulante où ils les entassèrent à coups de canne avant de refermer la porte ; deux gardes, charpentiers de leur état, clouèrent cette porte avec des planches en riant des prisonniers qui tapaient des poings et des bottes contre les parois solides de la guérite. Les assaillants ramassèrent les armes diverses des soldats ; Saint-Aubin choisit un fusil léger à canon court.

Les cochers, effrayés, couraient au loin, sauf les premiers du convoi, hébétés, trop proches des fusils de la section LePeletier. Le commandant leur demanda, très poli :

— Que transportez-vous, braves gens ?

— De la farine, citoyen, rien que de la farine pour vous nourrir…

— Nous allons vérifier, et si tu mens, gare à tes oreilles !

— Vérifiez, vérifiez, pour sûr que je mens pas.

Gardes et muscadins fouillèrent les chariots pour n'y trouver que des empilements de sacs ventrus. Quand ils en perçaient un à la baïonnette, de la farine coulait à flots. D'autres poussaient la guérite roulante où glapissaient les soldats et la versèrent dans un fossé ; le corps du sergent, traîné jusque-là par les poignets, rejoignit la guérite d'où sortaient des cris et des plaintes. Les gardes remplacèrent les postillons enfuis, qu'on voyait courir là-bas à travers champs, et le cortège de chariots franchit enfin la barrière Poissonnière, encadré par la garde bourgeoise, à pied ou sur les chevaux volés. Ils redescendirent au cœur de la ville par la rue de Rochechouart presque déserte ; il y avait peu de maisons en bordure des friches, des hôtels disséminés çà et là, une flopée de cabarets douteux, *Le Berger galant, Le Caprice des Dames, La Vache noire*, près d'une vingtaine à la queue leu leu où les ouvriers, les tire-laine, les vicelards venaient à la tombée du soir et aux lampions se saouler en tripotant des filles sans vergogne pour trois sous. A cheval côte à côte sur les montures efflanquées des chasseurs, Saint-Aubin et Dussault souriaient. Saint-Aubin était très fier de sa nouvelle carabine. Dussault était heureux parce qu'au couvent des Filles-Saint-Thomas les sectionnaires allaient distribuer cette farine au nom du roi.

Dussault avait perfectionné son tir en abattant les chiens sauvages qui couraient les rues et mordaient, ce qu'un décret de la Convention autorisait pour liquider ces méchantes bêtes. Ainsi exercé, il entraînait des muscadins en rase campagne et Saint-Aubin en était, avec sa carabine. Certains avaient détressé leurs cadenettes, jeté leurs peignes, ils portaient des habits anodins, ils espéraient passer inaperçus, éviter la conscription dont le Comité de salut public les menaçait. Saint-Aubin avait ôté son fameux bandeau, il redevenait en apparence le clerc de notaire qu'il avait été. Entre eux ils disaient : « Nous avançons camouflés. » Les plus convaincus étaient les moins à la mode.

Ce jour-là ils avaient déjeuné en groupe dans une guinguette des Champs-Elysées, dehors malgré un froid vif, pour s'aguerrir, emmitouflés dans leurs manteaux, puis ils avaient traversé la forêt jusqu'à sa lisière par la route cahoteuse qui descendait vers le village de Neuilly. Ils avaient attaché à des jeunes chênes les chevaux récupérés aux convois de vivres qu'ils attaquaient régulièrement, et visaient des chapeaux flanqués sur des pieux.

— J'oublie le couvre-chef, je pense à la tête d'un foutu jacobin et je fais mouche, dit Saint-Aubin.

— A plus de trente pas et du premier coup ! le félicitait Dussault en inspectant un chapeau troué à l'emplacement de la cocarde.

— Arrêtez ! cria un de leurs compagnons qui, en retrait, chargeait avec peine son lourd fusil. Voyez ce qui nous arrive au bout de la plaine des Sablons.

Ils se tournèrent tous du côté de l'ouest.

— L'armée…

Il ne s'agissait plus de quelques détachements venus en renfort des garnisons de banlieue. Un soleil blanc éclairait des milliers de cavaliers et de fantassins, les casques, les cuirasses, les pointes des lances et l'acier des lames, le rouge des plumets aux shakos des hussards. Ils progressaient comme une vague, méthodiques et lents, et recouvraient la plaine. Il y en avait des régiments entiers. Ils ne ressemblaient plus aux volontaires de la République, qui combattaient pour des principes et retournaient à la moisson dès la première victoire acquise, ils s'étaient transformés en guerriers, leurs baïonnettes, leurs sabres avaient percé des tripes, ils avaient le pas lourd des mercenaires, ces professionnels qui appartenaient maintenant à leurs généraux, car ceux-ci les payaient de leur poche, si l'on peut dire, grâce au pillage des régions conquises. Ils avaient passé le Rhin, ils avaient annexé la Belgique ; la Convention les appelait à son secours.

Nos muscadins s'affolaient.

Ils sautèrent à cheval et rebroussèrent chemin au galop sur la mauvaise route, par les Champs-Elysées, qui menait à la place de la Révolution où s'était trop longtemps dressée la guillotine, et où les narguait, assise sur le socle d'une statue détruite de Louis XV, une colossale Liberté peinte en bronze. Les grilles du jardin des Tuileries étaient ouvertes, Saint-Aubin quitta les autres : ils allaient remonter les boulevards pour regagner la section LePeletier qu'il fallait avertir du nouveau danger.

— Laissez votre stupide Commission, Saint-Aubin, l'heure est grave.

— Cher, très cher Dussault, si nous devons récolter des informations sur l'entrée des troupes dans Paris, c'est bien au palais.

— Dans votre mansarde ?

Sans répondre, un peu vexé par la réplique moqueuse de son ami, le jeune homme tourna la bride et se dirigea vers l'entrée du jardin de plain-pied avec la place. Il parcourut au petit trot les allées poudreuses, entre des corbeilles de fleurs et les statues de pierre déplacées du jardin d'Orsay pour embellir ce lieu public que le public boudait, parce qu'il était trop apprêté, parce qu'on ne savait où s'asseoir sans abîmer l'herbe et les plates-bandes. Au-dessus des orangers et des lauriers, sur la terrasse des Feuillants que bordait une balustrade, autour de la statue de Jean-Jacques Rousseau en robe de chambre, une nombreuse assemblée de gueulards dansait en titubant au son d'une *Carmagnole* que jouaient des flûtes. Saint-Aubin crut reculer dans le temps ; il revécut en un éclair l'épouvantable époque de la Terreur en apercevant ces accoutrements, ces faciès, ces voix rauques et avinées. Des jacobins en bonnets phrygiens portaient des fusils et buvaient de l'alcool au goulot, joyeux comme s'ils avaient repris le pouvoir. A ce spectacle, Saint-Aubin retint un moment son cheval. De là-haut, penché, une espèce de géant le regardait ; il avait le crâne ras, une moustache en hérisson. A ce regard de diable, à sa taille, à ces narines comme des naseaux, il croyait reconnaître le serrurier Dupertois, mais il était cinq heures du soir, Buonaparte allait l'attendre. Comme il voulait tourner à droite du château, longer les quais pour rejoindre le Carrousel et l'entrée principale des bureaux, des sentinelles l'arrêtèrent en croisant les baïonnettes ; leur lieutenant demanda :

— Où vas-tu, citoyen ?

— A la Commission des plans de campagne où je travaille.

— Tu n'as pas le droit de monter à cheval dans les jardins.

— Je ne savais pas.

— Tout le monde le sait.

— Pas moi, Monsieur l'officier.

— Monsieur ? Pourquoi pas Votre Altesse ? plaisanta l'un des grenadiers.

— Ceux qui travaillent au château le savent, disait le lieutenant en toisant Saint-Aubin.

— Peut-être que le citoyen ne travaille pas *vraiment* pour les Comités ? dit le même grenadier goguenard.

Le lieutenant tourna autour de Saint-Aubin, avisa la carabine attachée à la selle :

— En civil et avec une arme militaire ?

— Rien n'interdit de porter une arme.

— Ça dépend.

— Je vous dis que j'appartiens à une Commission du Comité de salut public, et que mon général m'attend, et qu'il déteste les retards !

— Tout doux ! ne monte pas le ton. Comment qu'il s'appelle, ton général ?

— Nabulione Buonaparte.

— Un Italien ?

— Un Corse.

Le lieutenant regarda de près le tapis de selle et siffla :

— Houlà ! Une selle de chasseur…

— Je n'en ai pas trouvé d'autre.

— Ben voyons… dit l'un des grenadiers qui tirait sur sa moustache pointue.

— Des convois sont attaqués tous les jours, reprit le lieutenant. Tous les jours des royalistes nous volent de la farine, des chevaux et des armes. Je n'ai pas raison de t'interroger là-dessus ?

— Ce n'est pas mon problème, lieutenant.

— Ah si ! c'est le problème de tous les vrais républicains.

— Vous me suspectez ?

— La carabine, la selle, le cheval, ça plaide pas pour toi, hein ?

— Je vous répète qu'on m'attend !

— Descends.

Saint-Aubin descendit en soupirant de sa triste monture :

— Et maintenant ? Vous allez interroger le cheval ?

— Maintenant on t'emmène au Comité de sûreté générale.

— Vérifiez d'abord ce que je vous dis !

— Là-bas ils vérifieront, s'ils veulent.

— Mon général va vous casser ! Et c'est un proche de Barras !

Le nom du vicomte fit hésiter le lieutenant, qui n'aimait pas les ennuis. Si ce péquin disait vrai ? A quoi bon prendre des risques ? Il réfléchit un court instant, puis, à ses grenadiers :

— Choupard, Martin, encadrez ce bourgeois, on va le conduire devant son soi-disant général je-ne-sais-plus-quoi. Les autres, en mon absence, restez vigilants.

Et Saint-Aubin, entre ses deux grenadiers, suivit le lieutenant. Ils entrèrent aux Tuileries par les baraquements du corps de garde, grimpèrent aux étages jusqu'au bureau de la Commission où Buonaparte, à sa table, gribouillait sur des feuilles les notes que lui seul saurait déchiffrer. Le général leva le nez et considéra l'intrusion des soldats et de leur prisonnier avec mauvaise humeur ; il indiqua du doigt la pendule :

— Il est cinq heures passées, Saint-Aubin.

— Comme vous le constatez, général, j'ai été retenu.

— Mon général, dit le lieutenant au garde-à-vous, vous connaissez donc ce personnage ?

— Mon secrétaire ? Bien sûr ! Qu'a-t-il fait pour mériter cet équipage ?

— Dans le jardin, là où on n'a pas le droit, il montait un cheval de l'armée, et ça m'a paru pas normal.

— C'est mon cheval.

— Ah ? Et il portait aussi une carabine militaire…

— Il faudra la lui rendre. Le soir, les rues sont incertaines, il y a des muscadins, des brigands.

— La carabine, elle est déjà remisée à cette heure dans l'armurerie du corps de garde, pour la récupérer faut des papiers, des signatures…

Buonaparte se leva, sortit de sa ceinture l'un des élégants pistolets dont l'ordonnateur Lefebvre lui avait donné un lot. Il le tendit par le canon à Saint-Aubin, qui le prit, plutôt étonné d'une telle marque de confiance, une arme superbe, avec une crosse incrustée de nacre et une phrase gravée en lettres déliées sur le canon : *Souvenir d'amitié*. Les mains dans le dos de sa vilaine redingote grise qu'il n'avait pas enlevée, Buonaparte commanda au lieutenant très pâle :

— Escortez le citoyen chez lui. Il habite dans l'hôtel du représentant Delormel et vous indiquera le chemin. Je ne veux pas qu'en route il fasse d'autres mauvaises rencontres.

Les jours gris de fin septembre, la nuit tombait vite. Tenant une lanterne à bout de bras, le lieutenant raccompagna en personne Saint-Aubin rue des Deux-Portes-Saint-Sauveur. Pendant le trajet il s'excusait sur un ton désolé : « Les apparences, elles me servaient pas, hein ? Faut dire, citoyen secrétaire, que je me plie à des ordres, moi, et je risquais pas de deviner. Quand j'avise un bourgeois qui chevauche là où c'est pas permis, eh bien je l'arrête, hein ? » Le jeune homme n'écoutait pas, il réfléchissait en tripotant dans la poche de sa redingote le pistolet offert par Buonaparte ; il cherchait la raison de ce cadeau spontané. Le général était d'ordinaire plutôt sec, démonstratif parfois, mais dans la colère ou l'évocation de la lumière italienne. Il s'était renseigné sur l'homme. Dussault l'avait aidé, lorsqu'il travaillait pour Fréron qui connaissait à la perfection la famille Buonaparte : à Marseille, le représentant en mission était tombé amoureux de Paoletta, la petite sœur volage du général ; la jeunette s'était laissé caresser, elle envoyait encore des billets sans retenue à ce galant si bien considéré en haut lieu : *ti amo sempre, per sempre amo, sbell'idol moi, sei cuore tio, ti amo, amo, amo*… Fréron avait ainsi raconté les origines de ce clan où il espérait toujours entrer. Au sud, Buonaparte était un nom très répandu, d'abord un prénom, voire un sobriquet comme Espère-en-Dieu. Pour que Napoléon, à dix ans, soit admis à l'école royale militaire, où l'on n'admettait que les nobles, son père Charles avait dû fourbir un arbre généalogique. De sa main, pour garantir la carrière de son fils, il avait expliqué que leur ancêtre Giamfardo avait prêté serment en 1219 à l'évêque de Luni, qu'on trouvait des Buonaparte en Toscane, que lui-même avait étudié à Pise et que l'archevêque de cette ville lui avait accordé un titre, mais le blason produit restait peu vraisemblable, Charles dut le maquiller, modifier de l'azur en or pour éviter un fâcheux couleur sur couleur ; l'industrie de la fausse généalogie marchait fort à la fin du XVIIIe siècle. En réalité, les Buonaparte semblaient venir du Péloponnèse, de cette région où vivaient les Maniotes, héritiers de l'ancienne Sparte qui essaimèrent à Florence, à Gênes et près d'Ajaccio. Un oncle du général, Agesilas Calimeri, avait même été pirate dans le détroit de Messine jusqu'au cap Matapan ; et Napoléon était le nom d'un martyr grec…

— Nous y sommes, citoyen secrétaire.

Le lieutenant prit congé avec cent courbettes et laissa le jeune homme devant le portail ouvert à deux battants de l'hôtel Delormel. Des voitures de tous les modèles s'imbriquaient dans la cour et les postillons grelottaient sur leurs bancs. Le rez-de-chaussée était illuminé, des silhouettes élégantes passaient et repassaient devant les portes-fenêtres ou derrière les voilages. Saint-Aubin marcha entre les fiacres et les carrosses jusqu'au perron où le majordome attendait les invités, entre deux valets frigorifiés qui levaient des flambeaux. Il salua Saint-Aubin :

— Madame donne un thé, Monsieur, et si Monsieur veut voir Monsieur, Monsieur est dans sa bibliothèque.

— Merci, Nicolas.

Pour installer des vestiaires, des tables et des buffets chargés de dindes aux truffes et de roast-beef saignant qu'un maître d'hôtel tranchait d'une main exercée, les caisses, les sacs, les meubles, les bibelots, les tableaux à revendre avaient été déménagés dans les étages où les Delormel devaient circuler au travers d'un labyrinthe s'ils voulaient regagner leurs chambres. Rosalie avait l'œil à tout et souriait à tous. Ce sourire persista sur ses lèvres quand elle vit Saint-Aubin, mais il était de composition car elle lui parla rudement en continuant clins d'yeux et saluts complices à un officier en grande tenue ou à une déesse de pacotille dévêtue comme elle en mousseline de soie. Rosalie avait ce soir des cheveux noir corbeau et bouclés :

— J'étais si inquiète…

Tu es née inquiète.

— Où te cachais-tu pendant trois nuits ?

— La section LePeletier s'est déclarée en permanence. J'y étais, et bien peu caché.

— Tu y as dormi ?

— Nous avons dormi comme des soldats, sur des lits de camp, une heure ou deux, chacun à notre tour.

— Tu dois être affreusement crasseux !

— Il n'y a pas que les bals.

— Je le regrette.

— Voyons, Rosalie ! L'armée campe aux portes de Paris !

— Pour nous protéger des excès. Je n'y vois aucun mal.

— Tu ne vois rien ! Tu ne comprends rien ! Tu es folle.

— Moins folle que toi, pauvre chéri, dit-elle avec un rien de mépris dans la voix mais en maintenant son sourire mondain.

Il bouscula un cercle de causeurs plantés devant un buffet, qui renversèrent du thé sur les tapis, et quitta les salons. Au bout d'un corridor il ouvrit sans bruit la porte de la bibliothèque. Sur les rayons ne s'étageaient que des ouvrages scandaleux reliés en maroquin rouge. Des bûches entrecroisées brûlaient dans la cheminée, et devant, au fond d'un fauteuil Voltaire, le représentant Delormel tenait un livre ouvert de la main gauche et sa femme de chambre sur les genoux. Etait-ce la chaleur du feu de bois ou son excitation, il avait le teint rougeoyant, la voix expirante :

— L'héroïne est comme toi, Christine.

— Comme moi quoi, Monsieur ?

— Rustique, avec un accent de sa province.

— J'suis de Paris.

— Il y a aussi un accent, à Paris. Passons. Nous sommes dans une petite rue de Londres, derrière Covent Garden. Fanny a rencontré un gentleman. Je te lis. C'est elle qui parle : « Il insinua sa main entre mon fichu et mes seins, qu'il mania à discrétion… »

— J'ai pas d'fichu, Monsieur, et votre main, là, elle est plus bas à fourrager sous mes jupes.

— Tu n'y connais rien à la littérature !

— La littérature c'est ça ?

— C'est ça ! *La Fille de Joye*, édition de 1751, traduit de l'anglais.

— Les Anglais, chez nous…

— Allez ! cours à ton service !

Christine rajusta ses jupes et se dépêcha à l'office.

— L'idiote ! grognait Delormel.

Saint-Aubin toussota. Le député tourna la tête :

— Tu étais là, toi ?

— Monsieur Delormel, vous me devez des explications.

— Si c'est tout ce que je te dois, ça va, ce n'est pas trop cher. Je t'écoute.

Le représentant se leva et redressa une bûche qui venait de glisser avec le tisonnier et la pelle. Il écrasa de ses pantoufles les étincelles tombées sur le tapis oriental qu'il avait longuement marchandé.

— La Convention est hors la loi, dit Saint-Aubin.

— Ah bon ? Depuis quand ?

— Depuis qu'elle a appelé l'armée pour que le peuple avale sa Constitution et ses honteux décrets !

— Quel est-il, ce peuple dont tu me casses les oreilles ? Une majorité de Français a déjà accepté la nouvelle Constitution. Il veut la paix, le peuple.

— Jusqu'aux élections, la Convention ne doit se mêler que de l'administration. Elle n'a pas à gouverner. L'armée ? mais c'est un coup d'Etat !

— Comme tu y vas…

— Qui sont ces jacobins soûlards, dans le jardin des Tuileries ?

— Des volontaires. Le bataillon sacré des patriotes de 89. Ils sont émouvants, tu sais. Quand on leur a distribué des armes, un vieillard a embrassé son fusil en disant : « Je suis donc encore libre. »

— Comédie ! J'y ai reconnu des assassins !

— Tu affabules.

— Dupertois, le serrurier, le meurtrier de Féraud.

— Il a été guillotiné.

— Mais qui défendez-vous, avec vos mensonges ?

— Ma fortune, mon petit, ma fortune dont tu as profité, et aussi la République qui l'a faite.

Napoléon passait chaque jour chez l'amie de sa mère, Madame Permon, qui était rentrée à Paris avec sa fille Laure et son mari qu'elle ramenait de Bordeaux épuisé par la maladie. Croyant échapper aux dangers de la capitale livrée aux émeutes populaires, elle n'avait assisté dans le Midi qu'à des scènes atroces, elle avait vu précipiter des femmes et des enfants du haut des tours, elle avait vu des cadavres tronçonnés que rejetaient les flots dans les cavernes près de Beaucaire. La grande et belle maison où elle logeait sa famille, l'hôtel de l'Autruche, se trouvait hélas dans cette rue de la Loi qui bordait sur un côté le couvent des Filles-Saint-Thomas, le foyer de l'insurrection qu'on redoutait. Dans sa chambre, amaigri, le regard morne, secoué de fièvres, Monsieur Permon tressaillait quand il entendait crier les sentinelles de la section LePeletier, et la peur aggravait son mal. Les invités causaient au salon à voix basse, mais Madame Permon ou sa fille allaient à son chevet à la moindre plainte. Un soir où il suffoquait, le domestique refusa de chercher son médecin, effrayé par les patrouilles et par la pluie qui tombait à verse. Laure voulut se dévouer et décrocha sa capeline mais Buonaparte refusa que la fillette sorte :

— Laissez faire votre Chat botté, Mademoiselle Laurette. Votre père a besoin de votre mère et votre mère a besoin de vous. Donnez-moi le nom et l'adresse du médecin. J'y vais.

Le docteur Duchaunois habitait rue Vivienne, à dix minutes de marche. Buonaparte enfila sa redingote gris souris, en remonta le col, enfonça son chapeau rond et dégringola les escaliers en courant. Il courait encore dans la rue quand il entendit hurler :

— Halte !

Il s'arrêta net, les pieds dans une flaque, dégoulinant sous l'averse et les gouttières qui giclaient. Des sectionnaires avec des chapeaux hauts de forme surgirent d'un porche et approchèrent une lanterne de son visage. Ils avaient été alertés par les pas précipités du général, parce qu'on n'y voyait rien à cette heure et sous ce rideau de pluie.

— Pourquoi il court comme ça, le monsieur ?

— Je vais chercher un médecin rue Vivienne.

— Vous appartenez au quartier ?

— Je dînais chez des amis. Ils ont besoin d'un médecin, c'est urgent.

L'un des deux fouilla le général en le palpant :

— Il n'a pas d'armes mais il tremble.

— Je tremble de froid.

— Vous n'auriez pas plutôt eu peur qu'on vous tire dessus ?

— Avec vos fusils mouillés ? Si vous voulez vous en servir quand il pleut, pointez le canon vers le sol pour que l'eau ne rentre pas dedans.

Les sectionnaires disparurent s'abriter. Buonaparte poursuivit son chemin, tira le médecin de son appartement et le conduisit au même rythme, sans être inquiété par une patrouille : la pluie redoublait et les sectionnaires ne faisaient pas de zèle. Sur le palier de Madame Permon, la porte était ouverte et deux parapluies s'égouttaient ; le docteur Duchaunois posa le sien contre le mur, sur le paillasson, reprit son souffle et essuya ses lunettes embuées avec un mouchoir à carreaux grand comme une serviette. Le domestique affolé et Laure Permon se précipitèrent :

— Enfin vous, général !

— Sauvez-nous des mauvaises personnes qui nous tracassent !

Debout devant la double porte de la chambre, qu'elle avait fermée à clef, Madame Permon interdisait le passage à deux muscadins insolents ; ils se retournèrent ensemble à la question rude de Buonaparte :

— Que voulez-vous diable ?

— Nous voulons savoir pourquoi le dénommé Permon, qui loge ici depuis dix-sept jours, n'est pas inscrit à la section.

— Il ne figure pas sur nos registres, dit le second en consultant un cahier.

— Mais il est très malade ! s'emportait Madame Permon.

— Vérifions cette curieuse maladie, dit le premier.

— Ce n'est pas le moment d'être malade quand la patrie est en danger, poursuivit le second.

— Ce monsieur est au plus mal, plaida le médecin.

— Nous voulons nous en assurer.

— Le docteur Duchaunois le soigne, dit le général, les dents serrées, qui se contenait à grand-peine.

— Duchaunois, Duchaunois, dit le second muscadin en rouvrant son cahier.

N'y résistant plus, Buonaparte saisit les deux énergumènes par leurs manches et les poussa sur le palier ; ils en perdirent leurs bicornes et le précieux cahier que le général leur jeta. Le cahier tomba dans la cage d'escalier ; Buonaparte leur claqua la porte au nez avant qu'ils réagissent.

— Il ne fallait pas, Napoléon, il ne fallait pas !

Toujours plaquée contre la porte de son mari, Madame Permon était en pleurs, agitée de spasmes dans tout le corps. Le docteur prit la clef dans sa main en desserrant ses doigts crispés et fila auprès du moribond tandis que le domestique et le général soutenaient la malheureuse jusqu'à un fauteuil, en face de la cheminée. Elle était sujette à des crises nerveuses et on ne s'en alarmait pas davantage, comme si les rôles, dans ce cas, étaient répartis ; Laure lui donna à la cuillère une potion calmante, Buonaparte lui frottait les mains, le domestique ravivait le feu avec des pages du *Moniteur*. Elle gémissait :

— Il ne fallait pas, ils vont revenir en bande, ils vont tout casser, tout voler, ce pauvre Permon aura une attaque, son cœur va flancher, il a tellement peur, les massacres vont reprendre…

— Calmez-vous, disait le général qui grelottait aussi mais à cause de sa redingote trempée qu'il n'avait pas eu le temps d'exposer au feu de bois. Calmez-vous. Je vais passer à la section et arranger cette affaire.

Madame Permon continuait à se lamenter :

— Tout est en feu dans Paris. Serons-nous jamais tranquilles ?

— Notre Chat botté veille sur nous, disait Laure, accroupie près du fauteuil de sa mère.

— Que peut Napoléon contre ces bandits ?

Quand elle reprit une respiration normale, Buonaparte fit enfin sécher sa redingote sur le dos d'une chaise qu'il posa devant l'âtre. Il y présenta ses bottes qui empestaient le cuir mouillé, but la tasse de café noir que lui présenta le domestique et grignota une grappe de raisin sortie d'un compotier :

— La pluie se calme. Je vais y aller, à cette foutue section.

Saint-Aubin se consacrait à l'insurrection que préconisait la section LePeletier. Il avait oublié ce qu'il devait aux Delormel, traitait le député de corrompu et Rosalie d'écervelée. Il acceptait comme des vérités les affirmations de ses amis, qu'il colportait en se moquant des indécis et des tièdes. Il ne doutait plus de l'assassinat de Louis XVII, ni des chouans qui allaient ramener un roi ; d'ailleurs le comte d'Artois levait une armée formidable, des prêtres et des nobles enrôlaient les paysans de la Beauce, il y avait des incidents et des morts à Chartres, Verneuil, Nonancourt. La France entière, croyait-il, maudissait la Convention. Hier, des députés de la commune de Dreux avaient fraternisé avec les sections rebelles de Paris, ils avaient proposé de s'occuper eux-mêmes du ravitaillement de la capitale en traitant directement avec les insurgés.

Saint-Aubin ne quittait plus le couvent des Filles-Saint-Thomas. Sous le péristyle éclairé la nuit par des torchères, très sérieux dans son rôle de révolté, il tenait le registre des volontaires de sa belle écriture, réglait la distribution des armes et de la poudre volées dans les magasins de la République. Muscadins et gardes nationaux des sections acquises occupaient les anciens dortoirs, la chapelle, les parloirs du couvent où des orateurs entretenaient l'effervescence. On entendait des chants, des discours, des jurons, des slogans vengeurs. Des cavaliers qui portaient l'habit gris à revers noirs des chouans assuraient la liaison avec les autres sections et certifiaient que l'armée ne tirerait jamais sur les Parisiens.

— Fusillez cet espion !

— A mort le jacobin !

A l'extrémité de la colonnade intérieure, des muscadins chahutaient un petit civil dont la mine leur déplaisait ; l'homme était pourtant entré par le porche principal et les sentinelles l'avaient contrôlé, mais, avec sa redingote froissée et son parapluie, quelques enragés avaient cru identifier un agent du Comité de sûreté générale travesti en boutiquier. A la lueur mouvante et rouge des flambeaux Saint-Aubin reconnut Buonaparte. Il ferma son registre, se leva, marcha vers l'attroupement hostile :

— Je connais cet homme.

— Vous avez des fréquentations douteuses, Saint-Aubin.

— C'est un général.

— Tant mieux, nous en ferons un bel otage.

— Il a refusé de mitrailler nos frères en Vendée. Les Comités l'ont écarté de tout commandement.

— Vous en savez des choses.

— J'ai travaillé aux Tuileries pour en apprendre.

— J'oubliais votre dévouement, mais avouez, quand même, que votre bonhomme a l'air si jacobin…

— Rassurez-vous, dit Buonaparte avec une voix méchante. Mon parapluie n'est pas chargé.

Saint-Aubin l'emmena jusqu'à sa table en plein courant d'air sous le péristyle, qu'il nommait son bureau. Il s'assit sur sa chaise et le général sur une caisse.

— Pourquoi venir ici à minuit, général ?

— Pour rencontrer un responsable. Si cela existe.

— Responsable de quoi ?

— De la mise en fiche des habitants du quartier.

— J'ai accès à ce genre de liste.

— Ecoute-moi. Ce soir, des citoyens de ton bord…

— Evitez ici le mot *citoyen*, c'est une insulte.

— Des jeunes crétins cravatés jusqu'au nez, si tu préfères, ont voulu inscrire sur leur cahier un homme qui se meurt.

— Tous les habitants du quartier sont appelés à s'enrôler.

— Même les moribonds ? Celui-là, tu vas le barrer de ton fichier. Il s'appelle Permon, rue de la Loi.

— Je vous le dois, général, comme ça nous serons quittes.

Buonaparte remarqua le pistolet qu'il avait offert au jeune homme, il donna une chiquenaude sur la crosse ouvragée qui dépassait de sa ceinture :

— Tu as pris mon pistolet pour un cadeau d'adieu ?

— Je vous raccompagne comme vous m'avez fait raccompagner.

— J'habite tout près.

— Rue des Fossés-Montmartre, je sais.

Ils descendirent la rue Vivienne, très animée, le général tenant comme une canne le parapluie qu'il avait emprunté au docteur Duchaunois. Il y avait une animation fébrile, cette nuit-là, après l'averse. Chacun s'empressait, se parlait, courait ; on levait des torches ou des lanternes attachées à des balais, des frappeurs de tambour empêchaient les bourgeois de dormir, les fenêtres s'éclairaient, on s'appelait. Place des Victoires, un détachement d'infanterie fermait le passage vers le Palais-Royal et les rues qui menaient aux Tuileries. L'armée affirmait sa présence. Les boulevards, les Champs-Elysées, la plaine des Sablons étaient remplis de troupes de ligne. Les Liégeois et les Brabançons des régiments de Saint-Omer avançaient vers la capitale. Jusque-là, Buonaparte donnait peu de chances aux insurgés si la Convention leur opposait des professionnels, mais cette nuit il doutait. Le bataillon des anciens jacobins qui campait sur la terrasse des Feuillants mobilisait contre lui les citoyens paisibles, auxquels les royalistes prédisaient une nouvelle Terreur. Cette aversion était forte. Des grenadiers de la section du Mail discutaient avec les soldats :

— Que la Convention désarme les terroristes ! disait un sectionnaire qui tenait son fusil à deux mains.

— Nous ne voulons pas des terroristes ! répétait en écho un négociant embarrassé d'un long sabre.

— Des terroristes ? s'étonnait le capitaine. Nous n'en avons point avec nous, et nous n'en voulons pas non plus.

Soldats et rebelles se donnaient la main. En les voyant amis, Buonaparte se demandait s'il devait rester auprès de Barras. Déjà, la veille, il avait confié à Junot : « Si les Parisiens me prennent pour chef, je les emmène aux Tuileries en deux heures, et nous chassons les conventionnels. »

— A quoi songez-vous, général ? lui dit Saint-Aubin.

— A rien.

Et il rentra lire à la chandelle, comme une discipline, des pages choisies dans les *Vies des hommes illustres* de Plutarque, mais il avait l'esprit vagabond et réfléchissait à son destin en survolant sans scrupules celui de Jules César.

Saint-Aubin dormait sur une table du réfectoire, la tête contre un sac, quand un tambour le réveilla sans douceur : il battait sa caisse devant la porte grande ouverte sur le péristyle et laissait entrer un air froid. Le jeune homme s'assit en bâillant, les bottes pendantes, il s'étira, posa un regard brouillé sur la salle ; dans une lumière pâle, ses compagnons se levaient à leur tour d'une courte nuit, ils soufflaient leur haleine chaude sur des doigts engourdis, se frottaient les yeux, se massaient les reins, plus habitués aux matelas de plumes qu'aux planches rêches, courbatus, fripés. Saint-Aubin passa la main sur son menton qui piquait, mais qu'importaient les coquetteries, il se savait en guerre et se raserait plus tard. C'était le matin du dimanche 4 octobre. Dussault arriva dans la salle d'un pas résolu, au moment où le tambour s'en allait réveiller plus loin d'autres partisans endormis. Dussault était très frais, rasé, parfumé, poudré, avec sa redingote des grands jours, rayée à la verticale de rose et de blanc, que coupait la lanière de sa giberne en cuir souple ; il agitait ses mains blanches et fines dans des manchettes de dentelles : « Ecoutez, Saint-Aubin, écoutez les tambours dans Paris. Deo gratias ! Nous y sommes ! Debout ! et debout vous autres ! »

La bande des endormis suivit Dussault dans le jardin en friche du couvent, traînant un fusil ou enfonçant un pistolet dans sa ceinture. Des gardes nationaux en guêtres blanches, des muscadins, des bourgeois du quartier venus en renfort déménageaient parmi les broussailles les bancs de la chapelle, portaient des armoires, un confessionnal, des montants de lit, des chaises, des prie-Dieu. Il y avait du vent d'ouest et de la pluie. La section LePeletier appelait aux armes contre la Convention. Les tambours dont parlait Dussault n'arrêtaient pas de battre le rappel et se répondaient sur les deux rives de la ville. Des églises, les curés sonnaient le tocsin. Le couvent se transformait en camp fortifié. Chacun participait dès le réveil à la construction des barricades qui devaient fermer l'accès des rues adjacentes aux troupes de ligne. Le bruit avait couru : les Comités allaient envoyer l'armée pour déloger les rebelles et s'emparer de leurs chefs.

— A moi, Saint-Aubin ! ça glisse !

Dussault tenait par-dessous une armoire massive que trois gaillards l'aidaient à soulever, l'un avec son dos contre les portes, deux autres en l'entourant de leurs bras sur les flancs. Saint-Aubin se baissa pour soulager Dussault qui lâchait prise : dieu que ce meuble était lourd ; son bicorne en demi-lune tomba dans l'herbe et il se cassa un ongle ; avec des efforts dignes d'un lutteur de foire, ils réussirent à poser l'armoire sur un haquet et, tirant et poussant tous les cinq, la roulèrent jusqu'à la rue des Filles-Saint-Thomas. Plus loin sur leur gauche, à l'angle de la rue de la Loi, un chariot renversé et des bancs indiquaient un début de barricade. Meubles et pavés s'accumulaient sans ordre. Un maniéré, navré de salir ses bas de soie et ses escarpins à boucles, portait deux chaises qu'il déposa délicatement à la base de l'entassement. Un fleuriste et un notaire en uniformes déjà boueux de gardes nationaux enchevêtraient avec science les éléments disparates qu'on leur amenait pour consolider la muraille.

— Les bancs, montez-les en escaliers, que les tireurs puissent s'y poster, expliquait un journaliste qui avait lu des ouvrages savants sur la Fronde et s'imaginait donc un spécialiste des émeutes parisiennes.

Le confessionnal fut compliqué à hisser, il fallut des cordes, des ceinturons, des étais, et on s'y reprit à vingt fois pour qu'il colmate enfin l'espace entre la montagne d'armoires et le chariot couché. Il y eut d'autres ongles cassés, des genoux écorchés, des reins endoloris, des poignets foulés, des chevilles tordues à cause de ces prouesses physiques que beaucoup de muscadins réservaient d'ordinaire aux maraîchers de la Halle ou aux charpentiers. Une Bretonne à cheveux courts, vêtue comme un homme avec une veste et des bottes à revers, jouait la cantinière ; elle distribuait aux travailleurs improvisés les boules de pain qu'elle apportait dans ses paniers, et derrière elle un garçon de café des boulevards roulait un tonneau de vin. Saint-Aubin et Dussault s'assirent fourbus sur des chaises humides posées sur le pavé, ils se partagèrent un pain que mouillait une pluie fine. Ils étaient satisfaits :

— Elle commence à prendre une tournure, notre barricade.

— Eh oui, mon cher, mais au détriment de nos costumes.

Ils rirent en se regardant. Leurs culottes de nankin godaient aux genoux et ils avaient noué à la taille les interminables basques de leurs habits pour qu'elles ne pendent pas dans les flaques. Après l'édification de la barricade, les deux amis trouvèrent une mission moins pénible, mieux dans leurs compétences, qui ne salirait plus leurs redingotes ; ils devaient grimper aux étages des maisons proches, carillonner aux portes, persuader les indécis de rejoindre leur combat. Ils en étaient à leur vingtième refus mais persistaient en affinant leur discours car la cause du roi, qu'ils mettaient en avant, était moins populaire que prévu :

— Que me voulez-vous ?

Un homme en toque de fourrure, dans une pelisse, leur avait ouvert avec méfiance.

— Section LePeletier, répondit Dussault en ôtant son bicorne pour saluer le locataire.

— Venez avec nous empêcher une nouvelle Terreur, ajoutait Saint-Aubin en saluant à son tour.

— Quelle Terreur ?

— Vous l'ignorez donc ? La Convention veut jeter sur les Parisiens ces jacobins que nous avons chassés, ils vont semer le désordre, égorger nos femmes et nos enfants comme au temps maudit de Robespierre !

— C'est bien vrai, tout ça ?

— Hélas ! Venez, nous vous donnerons un fusil et de la poudre fine.

— Je suis qu'un tapissier, Messieurs, et sans trop de travail par ces temps, alors donnez-moi plutôt du bois, on gèle ici, ma pauvre femme et mes deux mioches ils passent leurs journées et leurs nuits dans le lit à se serrer sous des couvertures même pas chaudes.

— Vous aurez *aussi* du bois.

— Mais je vois pas clair de loin, savez-vous, comment je pourrais tirer avec votre fusil, moi ?

— Prêtez-nous au moins vos fenêtres.

— Que je vous prête mes fenêtres ?

— Nous allons y placer des tireurs.

— Mais les soldats vont les voir, vos tireurs, ils vont monter chez moi et j'aurai des ennuis…

Dussault ouvrit une fenêtre et se pencha ; le tapissier grelottait au vent glacial qui rentrait dans la pièce.

— Du troisième étage, Saint-Aubin, on peut prendre la rue Vivienne en enfilade.

— En enfilade ? répétait le tapissier qui claquait des dents.

Dussault posa deux pièces d'or sur la table. Le tapissier regarda ce trésor en louchant :

— Pour moi, ça ?

— Pour louer vos fenêtres.

— D'accord, juste aujourd'hui…

Les immeubles de la rue Vivienne se garnissaient ainsi de sectionnaires armés. Des cheminées aux fenêtres surgissaient des canons de fusil. Sortant de cet immeuble, les deux muscadins tombèrent sur les hommes qu'envoyaient au couvent des Filles-Saint-Thomas les sections Brutus, du Mail et des Lombards. Ils se prirent dans les bras avec effusion. Un imprimeur de la rue du Bouloi menait une escouade de bourgeois, fusil de chasse sous le bras ; il livra des informations sur les sentiments de l'armée ; il les tenait de bonne source puisque son beau-frère, un épicier, avait ravitaillé ce matin même le camp des Sablons :

— Vous voyez qui c'est, le général Desperrière ?

— Non, avouèrent ensemble Dussault et Saint-Aubin.

— C'est l'adjoint de Menou, et Menou…

— Là on sait, il commande la garnison de Paris.

— Voilà. Desperrière est tombé malade tout d'un coup.

— Qu'est-ce qu'il a ?

— Il a peur.

— Peur de quoi ?

— Peur de nous.

Le beau-frère de l'imprimeur ne croyait pas à cette maladie soudaine, qui évitait au général de conduire ses troupes à l'assaut des sections. On l'avait vu très alerte et frais comme l'œil, peu avant qu'il annonce ces fièvres qui le clouaient dans son lit. Et cet officier n'était pas le seul dans son cas. Beaucoup rechignaient à combattre les rebelles et refusaient de sortir du camp des Sablons avec leurs soldats. Sectionnaires et muscadins retournèrent donc de bonne humeur à l'intérieur du couvent où la défense s'organisait. Encouragé par les propos de l'imprimeur, certain que l'armée n'allait pas attaquer dans l'heure à venir, Dussault proposa à son ami de passer chez lui, à quelques rues de là :

— D'abord j'ai des provisions, et nous avons le ventre à peu près vide, il faut reprendre des forces, et puis vous choisirez dans ma garde-robe de quoi vous refaire une silhouette, cher Saint-Aubin.

— Je vous suis. Vous avez raison : si nous devons ce soir tomber sous les balles des terroristes, tombons avec élégance.

Disant ceci avec emphase, comme au théâtre, Saint-Aubin n'y croyait pas. Mourir comme un lapin, tiré par la piétaille de la Convention, il n'imaginait même pas la scène et croyait à leur victoire.

A la tombée du jour, les façades du couvent et des rues alentour s'éclairaient d'une multitude de bougies, lanternes, flambeaux, de lampions multicolores récupérés par les muscadins dans les salles de bal et les jardins où ils dansaient depuis la chute de Robespierre. Il s'agissait, même en devenant des cibles, de voir les éventuels assaillants pour bien les ajuster. L'attente fut longue, exaspérante ; certains exaltés du matin rentrèrent même se coucher. Pommadé, ganté de jaune, un parapluie replié à une main et le pistolet dans l'autre, Saint-Aubin guettait quand, enfin, au débouché de la petite rue des Colonnes, un général en habit brodé se montra entouré de vingt cavaliers ; derrière suivaient une file de grenadiers et les volontaires du bataillon de l'Oise ; ils étaient une centaine, guère plus. Ils s'arrêtèrent devant la barricade qui protégeait le couvent sur sa droite, rue des Filles-Saint-Thomas, un barrage de caisses et de chaises, un monticule qu'il suffisait d'enjamber. Les défenseurs enjambèrent d'ailleurs cet obstacle dérisoire pour aller au-devant des faibles troupes qu'on leur opposait, en portant des lampions verts. Dussault et Saint-Aubin étaient au-premier rang. Les sectionnaires maniaient leurs fusils comme des lances ; bientôt les baïonnettes des deux camps se touchaient presque.

— Nommez-vous ! cria Dussault.

— Verdière ! répondit le général à cheval. Bas les armes !

— Ces armes que nous avons employées pour défendre la Convention contre les faubourgs ?

— Aujourd'hui elles nous visent.

— Qui attaque qui ? hurla Saint-Aubin.

Il brandissait un parapluie menaçant.

— L'armée avec nous ! lança un muscadin porteur d'un bouquet de lampions.

Le face-à-face se prolongeait. Aucune nervosité ; de chaque côté on a mis l'arme au pied, on se parle pour se persuader, on s'écoute, on se répond, on s'explique sans animosité. Quelques-uns quittent les rangs et partent bras dessus bras dessous chez les traiteurs de la rue des Victoires, ou peut-être même au Palais-Royal si proche, s'attabler devant un cruchon de vin. Ils n'ont pas l'impression de désobéir en cherchant la paix. Ils brocardent la Convention, évoquent la sauvagerie de Marat, la crainte de Robespierre, la guillotine, les jours sombres. Soudain des appels et un mouvement devant le porche principal du couvent. Saint-Aubin et Dussault abandonnent les parlotes et vont s'informer. Des sectionnaires sont en train de charger leurs fusils et montent sur la barricade qui obstrue la sortie de la rue Vivienne. Les deux amis grimpent sur un côté du tas de meubles et de sacs, et, debout sur des escabeaux, voient des troupes de ligne qui avancent sur toute la largeur de la rue, éclairées par les fenêtres partout allumées où les curieux se mélangent aux tireurs embusqués. La colonne s'arrête à quelques pas de la barricade. Pas un mot. Plus de bruit. On s'observe de part et d'autre et on piétine.

Il est dix heures du soir.

A la tête des soldats, Saint-Aubin reconnaît le général Menou, ce baron de la Touraine qui a su réprimer les émeutes populaires et sauver les muscadins du faubourg. Menou a le nez en patate, un gros menton et une courte perruque blanche. Il ne peut donner l'ordre de tirer sur des bourgeois et des muscadins qui étaient hier ses alliés contre les jacobins. Il hésite. Il retient son cheval. Il se tait, lorsqu'un émeutier dit d'une voix qui résonne :

— Retirez-vous, général.

— Vous avez dix minutes pour déposer les armes, répond Menou sans conviction.

L'émeutier se dresse sur une table qui couronne la barricade, met ses mains aux hanches et nargue le général :

— Qui es-tu ?

— Jacques François de Boussay, baron de Menou, commandant en chef de la garnison de Paris.

— Qu'est-ce que tu attends pour me tirer dessus, général ? Je ne bouge pas. Tu as de mauvais yeux ?

Saint-Aubin désapprouve ce tutoiement familier que la Révolution a imposé, mais il sait l'identité de l'orateur, Charles Delalot, l'un des principaux meneurs du Comité d'insurrection, un royaliste fervent que suit toujours à distance un conspirateur efficace qui travaille pour le roi, Jean de Batz, Gascon d'origine allemande, sous-lieutenant à quinze ans des dragons de Marie-Antoinette : c'est lui qui concevait d'enlever Louis XVI le jour de son exécution, et par ses intrigues contribua à miner la Convention de l'intérieur.

— Pourquoi ces soldats ? demande Delalot au général. Ce sont des Autrichiens ?

— Saisissez-vous de ce traître ! rugit le député Laporte, qui surveille Menou au nom de la Convention et chevauche à ses côtés.

Personne ne bronche dans la ligne. Delalot se lance alors dans un sermon très fougueux au nom de la patrie et de la loi :

— Trente mille gardes nationaux viennent nous rejoindre. Venez avec nous, soldats, nous appartenons à un même sol et nous n'aimons pas le sang !

— Chargez ! braille le député Laporte.

— Si vous tirez sur nous, soldats, continue Delalot, vous tirez sur vous !

— Chargez ! chargez !

— Ne bougez pas ! ordonne le général Menou en tirant son sabre du fourreau. Je pourfends le premier qui insulte les bons citoyens de la section LePeletier !

— Traître, marmonne le député.

Menou ne relève pas ce mot que lui seul a entendu, il pense que la section LePeletier, naguère, a été l'unique soutien du roi Louis XVI quand le peuple envahit les

Tuileries. Il propose au jeune Delalot sur un ton courtois :

— Monsieur, nous acceptons de nous retirer mais à une condition…

— J'écoute votre condition.

— Retirez-vous de même.

— Soit, général.

Menou se dresse à demi sur sa selle :

— Demi-tour !

Et les soldats, au coude à coude dans cette rue étroite, tournent le dos à la barricade, le fusil à l'épaule.

— En avant, marche !

Ils rebroussent chemin vers le Palais-Royal en se bousculant, se fraient plus loin un passage difficile parmi les nombreux badauds qui assistaient à la confrontation et se mettent à applaudir. Au sommet de sa muraille de meubles, Delalot entonne *Le Réveil du peuple* pour achever la défaite des troupes de la Convention.

Buonaparte est présent.

Il vient de la rue des Colonnes, en civil car il sort à l'instant du théâtre Feydeau, une taupinière de muscadins où l'on va applaudir Gévaudan, « le père du guillotiné ». Buonaparte a vu un mélodrame, *Le Bon Fils* ; il rentrait chez lui rue des Fossés-Montmartre quand il entend Delalot, considère Menou, voit l'armée qui se retire sous des couplets séditieux. Chez les rebelles, quand on ne chante pas on crie « Aux Tuileries ! » mais la pluie tombe dru et les défenseurs du couvent courent s'y mettre au sec. Buonaparte suit les soldats. Il espère en apprendre davantage à la Convention. Quel sera son camp ? Va-t-il offrir ses services à Barras ou aux sectionnaires ? Il n'a pas encore décidé. Combien d'hommes participent à l'insurrection ? Vingt mille ? Vingt-cinq mille ? En parlant aux émeutiers, tout à l'heure, le général a appris les noms des chefs militaires : Lafond de Soulé, un officier de Louis XVI et de l'armée de Condé, rentré exprès de l'étranger, comme Danican, vaniteux, le fils d'un musicien devenu marin, puis gendarme, médiocre général en Vendée, Thévenet de son véritable nom.

Réfléchissant et marchant, Buonaparte parvient aux Tuileries, il passe dans les jardins où campent des centaines de soldats qui essaient d'allumer leurs bivouacs sous des auvents bricolés. Il monte le perron qui mène à l'intérieur du château, monte ensuite le grand escalier au-dessus du corps de garde. Des vétérans s'agitent. A mi-palier il tourne à droite dans l'ancienne chapelle transformée en galerie, puis traverse la salle de la Liberté sans regarder la statue allégorique moulée en plâtre par le citoyen Dupasquier. Les fenêtres de la salle, trop hautes pour qu'on voie au-dehors, donnent sur la cour d'où provient un bruit de galopade, des aboiements de sous-officiers, des cliquetis d'armes blanches. Buonaparte méprise ces députés qui se lamentent et courent d'un groupe à l'autre pour s'échanger d'effarantes rumeurs. Il aperçoit Delormel, ceint de tricolore, au milieu de représentants qui oscillent entre la colère et la peur :

— On n'envoie pas un général pour parlementer !

— Menou est un traître !

— Il nous livre à la réaction !

— Il est vendu aux Anglais !

— Qu'en pensez-vous, général ? demande Delormel qui vient de croiser le regard de Buonaparte.

— J'étais sur place, j'ai vu les troupes se retirer devant la barricade qui bouchait la rue Vivienne…

— Vous pouvez témoigner contre Menou ?

— Il a ordonné le repli, c'est vrai.

— Beaucoup d'entre nous réclament sa mort.

— Où est-il ?

— Il a été arrêté. Le témoignage du député Laporte est accablant. Ajoutez-y le vôtre.

— Qui remplace Menou ? dit Buonaparte au lieu de répondre à Delormel.

— L'Assemblée vient de nommer Barras général en chef. Il a installé son état-major au Comité de salut public.

Buonaparte marche à grands pas vers l'autre extrémité des Tuileries, près de la Seine et du pavillon de Flore, où le Comité de salut public occupe les anciens appartements de la reine. Les révoltés ont choisi leurs stratèges que le général juge insignifiants. Il imagine : s'il offre ses services aux sectionnaires, qui ignorent tout de lui, il se retrouvera subordonné à Lafond, garde du corps sans connaissance de la guerre, ni même de la guerre civile, ou à Danican qui a voulu livrer Angers aux chouans, destitué, relégué à Rouen. Pour les insurgés, les convictions remplacent le talent et Buonaparte n'a pas la moindre chance de s'imposer chez ces amateurs. Et puis quoi ? Mener au feu des bourgeois et des paltoquets mal préparés qui tiennent leurs fusils du bout des doigts et craignent la pluie ? Il veut voir Barras, qui sait sa valeur. Voici pourquoi il entre d'un pas résolu au Comité de salut public parmi une cohue d'officiers et de représentants qui s'affolent. Il se rend tout droit dans la chambre aux colonnes ; sous la lumière blanche des lampes, derrière la fameuse table ovale qui a porté le corps à l'agonie de Robespierre, Barras étudie la carte détaillée du centre de Paris, entouré de généraux très républicains jusque-là en disgrâce, rappelés pour mater la rébellion bourgeoise et royaliste.

Buonaparte se plante devant Barras qui lui dit d'une voix rude :

— C'est à cette heure que vous arrivez ?

Il le vouvoie pour établir une distance et confirmer sa mauvaise humeur.

— J'attendais des ordres, répond Buonaparte.

— Les officiers qui arrivent les premiers sont les mieux servis. Brune, Verdière, Carteaux sont à leurs postes. Les commandements sont déjà pris.

— Que me proposez-vous ?

Barras contourne la table et pousse Buonaparte à l'écart pour lui annoncer :

— Tu seras l'un de mes aides de camp.

Buonaparte espérait une autre responsabilité. Il pince les lèvres, baisse le nez, se dandine d'une jambe sur l'autre. Barras comprend son doute mais lui dit, plutôt brusque :

— Tu as trois minutes pour choisir.

— J'accepte.

— Alors suis-moi, tu commences tout de suite.

— Même en civil ?

— Même en civil. Le temps presse.

Barras prend son chapeau empanaché, boutonne sa redingote bleue cousue d'or et entraîne Buonaparte dans le réduit où est enfermé le général Menou, accablé, assis dans le noir sur l'un des cartons qui encombrent la pièce. Buonaparte tient un bougeoir pendant que Barras interroge le traître qui répond avec docilité :

— A combien estimes-tu le nombre des insurgés ?

— Ils sont huit fois plus nombreux que nous…

— Beaucoup de sections n'ont pas rallié l'émeute.

— Tu m'as demandé une estimation.

— Et nous, nous disposons de combien d'hommes ?

— Cinq mille.

— Des canons ?

— Il y en a à Marly. Et aussi aux Sablons.

— Combien ? demande Buonaparte soudain passionné.

— Quarante pièces.

— Gardées ?

— Par une trentaine d'hommes.

— Tu veux des canons, général, comme à Toulon ? dit Barras à Buonaparte. Eh bien va les prendre et ramène-les aux Tuileries. Ils sont à toi.

Il est minuit.

Barras et Buonaparte quittent Menou après avoir bouclé son réduit à double tour. Un député nommé Delmas, qui s'était glissé derrière eux pour suivre l'interrogatoire, retient le général par la manche :

— J'ai ton homme.

— Pour quoi faire ?

— Pour aller cueillir les canons des Sablons.

— Qui est-ce ?

— Un sabreur. Au printemps il a défendu la Convention avec ses cavaliers.

— Quels cavaliers ?

— Un escadron de durs à cuire. Les volontaires de Landrieux, ça te dit quelque chose ?

— Rien.

— Landrieux, un avocat à moitié médecin qui avait monté un drôle de bataillon, les hussards braconniers, pour rançonner les nobles en province.

— Des brigands ?

— Ce bataillon est devenu le 21ᵉ chasseurs. Attends, je vais te chercher leur capitaine, tu verras, c'est l'homme qu'il te faut…

Buonaparte n'a pas les moyens de refuser. Il se laisse faire. Delmas revient peu après avec le capitaine Joachim Murat, un beau gosse aux cheveux bouclés ; avec son mètre quatre-vingts, il doit se pencher vers le petit général en redingote grise, mouillé de pluie, qui lui ordonne de filer dans la plaine des Sablons :

— Ramène les canons. Si les sectionnaires s'en emparent les Tuileries sautent. Et nous avec.

Murat part au galop au moment où Fréron revient au château avec une troupe de patriotes débauchés faubourg Saint-Antoine.

La pluie ne cessait pas. Malgré le bruit régulier de l'averse frappant les pavés, Delormel entendait les tambours des sections qui roulaient sans relâche. Il était revenu d'urgence dans son hôtel de la rue des Deux-Portes-Saint-Sauveur. Barras avait conseillé aux députés de mettre à l'abri leurs familles avant la bataille, de les rassembler de préférence à l'intérieur du château où elles seraient gardées par la légion de police : s'il leur prenait l'idée d'enlever des femmes ou des enfants à leur domicile, les insurgés pourraient faire pression sur leurs pères et maris conventionnels et les pousser à la capitulation. Dans la cour, son maître d'hôtel protégeait Delormel en tenant un parapluie gigantesque.

— Le vin ?

— Dans les caisses, Monsieur.

Des valets aux perruques détrempées portaient ces caisses dans un fourgon noir attelé. Delormel fit poser l'une des caisses à même le sol, l'ouvrit pour vérifier qu'il s'agissait d'un cru convenable.

— Combien en avez-vous prévu, Nicolas ?

— Une centaine de bouteilles, Monsieur.

— Cela suffira. Nous n'allons quand même pas soutenir un siège interminable ! De nouveaux régiments arrivent des frontières pour dégager Paris. Bien sûr, les collègues vont se servir, mais après tout nous sommes un peu en guerre… Et les jambons, Nicolas, avez-vous pensé aux jambons ?

— Ils sont déjà dans le fourgon avec votre fusil.

— Parfait. Et Madame ?

— Elle se prépare, Monsieur.

— Bon sang de bonsoir ! Il est déjà deux heures du matin, dit Delormel en tirant de son gousset une montre en or gravée aux armoiries d'un duc. Où reste-t-elle ? Allez lui dire de se hâter.

— Sophie, qui l'habille, a déjà été prévenue trois fois, Monsieur, que Monsieur était pressé.

— Et elle tarde, et elle tarde ! J'y vais.

— Madame est à l'étage de Monsieur Saint-Aubin…

— Il est ici, cet ingrat ?

— Non Monsieur.

— Qu'est-ce que Rosalie fricote chez lui ?

— Madame dit que chez lui c'est chez vous, donc chez elle.

— Je ne comprends rien à ce raisonnement mais j'y vais voir. Que nous soyons prêts à partir dès que je redescends avec Madame. Et le pain ? Avez-vous songé au pain, Nicolas ?

— Certainement, Monsieur.

— Le blanc, n'est-ce pas ?

— Celui que nous faisons venir de votre ferme de l'Oise, Monsieur. Et en quantité.

Delormel rentra dans l'antichambre, jeta son chapeau sur un empilement de chaises dorées et monta ses escaliers en pestant. Rosalie était bien dans les appartements de Saint-Aubin, réquisitionnés depuis son départ insolent et qui servaient de débarras. Au bout d'un couloir d'antiquailles, bougeoirs en bronze verdâtre, lumignons aux vitres cassées, harnais de carrosse, Madame Delormel essayait des habits masculins devant une glace que sa domestique tenait devant elle pour qu'elle s'y voie en pied.

— Rosalie ! dit Delormel, quelle est cette fantaisie ?

— Ce n'est pas de la fantaisie, mon bon ami, c'est de la prudence.

— Qu'est-ce que tu me chantes ?

— Un air raisonnable.

— En redingote puce à collet noir ?

— Tu m'as dit que les épouses des députés étaient menacées d'enlèvement, comme ça, en homme, je ne suis plus une épouse, mon bichon.

— Mon bichon ! grondait Delormel.

— Et puis Saint-Aubin et moi nous avons la même taille, et puis il n'a pas emporté sa garde-robe…

— Que j'ai payée ! Je sais.

— Ça ne me va pas ?

Elle regardait Delormel, souriait, se déhanchait.

— Tu es charmante en jeune garçon, Rosalie, mais nous n'avons pas de temps à consacrer à tes coquetteries.

— Une perruque bouclée, peut-être ?

— Reste comme tu es et viens ! Allez !

— Ah ! Sophie, mon nécessaire de toilette. Ils ont des baignoires, aux Tuileries ?

— Viens, je te dis !

Elle mit une cape, un chapeau à large bord et soupirait en suivant le député dans les escaliers.

— Tu boites ?

— Je n'ai pas l'habitude de ces bottes en cuir. Oh !

— Quoi encore ?

— Elles ne sont pas cirées.

— On s'en moque et il pleut, elles seront sales rien qu'en traversant la cour, allez ! C'est sérieux. Nous n'allons pas à un bal costumé.

— Qu'y a-t-il de plus sérieux qu'un bal costumé, mon chéri ?

Parapluie en main, Nicolas les aida à monter dans le fourgon où ils se tassèrent au milieu des provisions. La voiture partit, un fanal accroché au-dessus du cocher, se détourna des ruelles pour éviter les barrages des sectionnaires, s'engagea dans la rue Saint-Denis, tourna à droite sur le quai de la Mégisserie pour atteindre le Louvre. L'armée avait pris position le long des berges et devant les ponts. Ils durent s'arrêter à un contrôle. Delormel noua son écharpe tricolore sur son bedon, descendit, se présenta, ils continuèrent à rouler vers la cour des Tuileries. Les voitures s'embouteillaient devant la grille. Ils patientèrent, entrèrent enfin, se rangèrent, payèrent des grenadiers pour décharger leurs caisses. Il ne pleuvait plus. Les Tuileries se retranchaient. Des petites escouades avaient été dépêchées avec des chariots et des paniers pour se fournir aux magasins de vivres disséminés dans tout Paris. Un réseau serré de barricades aurait suffi aux rebelles s'ils voulaient affamer le château, mais non, ils se contentaient de paroles et d'embuscades aux carrefours pour chiper trois terrines. Dans la cour, dans les jardins, sous les fenêtres de l'Assemblée, circulaient maintenant des poulardes et des tonneaux aussitôt mis en perce. L'aube pointait. Treize mille rations de pain, dix mille de viande, cinquante pièces de vin et d'eau-de-vie avaient déjà été distribuées et beaucoup s'enivraient. Le vieux général Berruyer aux mèches blanches faisait quand même manœuvrer ses bataillons jacobins sur la terrasse des Feuillants. Très excitée par ce tintamarre et ce mouvement, Madame Delormel prit place dans les tribunes du public, et elle fit grande impression auprès des autres femmes avec son costume de garçon ; pendant qu'on la félicitait du déguisement, en bas des gradins de velours vert, près de la tribune vide, on déballait des jambons fumés qu'un député des Pyrénées tranchait au sabre.

Buonaparte s'est éclipsé au milieu de la nuit. A l'*Hôtel de la Liberté* il a endossé l'un de ses nouveaux uniformes, sur des culottes de peau empruntées au comédien Talma qui lui donne des billets de théâtre. Il n'a pas de plumet à son bicorne, juste une ganse jaune et une cocarde, et des galons en laine puisque l'ordonnateur des armées ne lui a pas attribué de fil doré. Il revient aux Tuileries sur le cheval blanc confisqué à Saint-Aubin, mais à cause de sa tenue militaire il s'écarte du Palais-Royal, remonte au grand trot sur les boulevards avant de retrouver les quais de la Seine après un long détour sans incident. Quand il entre au Comité de salut public, Barras est assailli par une nuée de représentants auxquels il fait face avec un sourire amusé :

— Il faut négocier, citoyen général.

— Non.

— Les sections sont prêtes à négocier.

— Non.

— Mais si, Barras, mais si ! Les rebelles sont divisés.

— Qu'en sais-tu ?

— C'est une évidence. Ils s'épuisent en discours. S'ils étaient d'accord ils nous auraient déjà attaqués et la Convention serait tombée aux mains des royalistes.

— Non ! répète pour la troisième fois Barras. Vous avez voté, vous m'avez confié notre défense, alors laissez-moi agir comme bon me semble et allez vous asseoir à l'Assemblée. A chacun son métier.

Un adjudant général arrive essoufflé, il ôte son chapeau et prévient :

— La Convention va être attaquée à quatre heures !

— Quatre heures du matin ? s'amuse Barras. Les bourgeois dorment, à une heure pareille, et la pluie se remet à tomber, vous l'entendez sur les vitres ? Les bourgeois n'aiment pas se mouiller.

Les autres ne rient pas. Ils pressentent un drame dont ils seront les acteurs navrants. Ils se sauvent néanmoins l'un après l'autre, en silence, sans oser répliquer à Barras qui reste seul avec Buonaparte :

— Il faut s'assurer que les rebelles des deux rives n'établissent pas leur jonction pour donner l'assaut.

— Bien sûr, citoyen général, dit Buonaparte.

— Et nous devons nous concentrer.

— Bien sûr.

— Les canons ?

— Je les attends.

— Qui s'en charge ?

— Un capitaine de chasseurs qu'on m'a recommandé.

— Tu as confiance en lui ?

— Il réussira. J'ai oublié son nom mais il réussira. Il m'a fait très bonne impression, il n'a pas besoin qu'on lui rabâche les ordres. Il est rapide.

— De toute façon, les sectionnaires ne sont pas des soldats, il suffira de tirer en l'air pour les disperser comme de la volaille. Ce sont des muscadins de Pompée : ils ont peur qu'on les égratigne et d'abîmer leurs minois.

— Oui, mais ils sont commandés par des idiots.

— Une aubaine !

— Pas du tout, ils peuvent réagir de façon très désordonnée, sans qu'on puisse prévenir leurs mouvements.

— Eh bien disposons-nous avec science, comme aux échecs.

— Je sais déjà où placer mes canons. Regarde, citoyen général : ici, ici, ici encore…

Du doigt, Buonaparte désigne des points précis sur la carte. Il faut poster une batterie à la tête du Pont-Royal, une autre sur le quai du Louvre et au Pont-Neuf, balayer la rive gauche et l'issue de la rue du Bac, d'autres encore dans les rues qui conduisent aux Tuileries.

— Et du côté des jardins ? demande Barras. Si la Convention est débordée elle se repliera sur Saint-Cloud où convergent des régiments de réserve.

— Nous disposerons des bouches à feu pour garantir le libre accès aux Champs-Elysées.

— Le tonnerre ? dit Barras.

Ils tendent l'oreille. Le grondement ressemble à celui du tonnerre mais il se prolonge. Buonaparte ouvre une fenêtre. Sur la terrasse des Feuillants, les volontaires de 89 poussent des vivats, les sentinelles du corps de garde mettent leurs chapeaux au bout des baïonnettes pour crier à l'unisson.

— Mes canons, dit Buonaparte.

Sur le gravier de l'esplanade roulent les canons des Sablons ; les chevaux de trait sont fourbus, luisants de pluie, ils remuent le col et soufflent de la vapeur. Le capitaine en habit vert monte le perron salué par les hommes du corps de garde, il passe la porte du Comité où Barras et Buonaparte l'attendent. Ce dernier taquine le cavalier :

— Tu as été bien long, capitaine.

— Devant Chaillot, il nous a fallu mettre en déroute un troupeau de rebelles, citoyens. Nous les avons chargés. Ils se sont enfuis en courant sous les arbres.

— Rappelle-moi ton nom ?

— Murat. Joachim Murat, de Cahors.

Le lundi 5 octobre, soit le 13 vendémiaire, la séance de l'Assemblée reprenait à midi dans les craintes, les imprécations, les disputes. Les uns insistaient pour négocier avec la rébellion ; d'ailleurs son général, Danican, envoyait des messages aux députés : désarmez les bataillons jacobins, ces buveurs de sang qui chantent encore Marat et Robespierre, entendons-nous. Les autres leur opposaient les vertus menacées de la République : si l'émeute l'emportait, le pays entier serait en flammes, les royalistes massacreraient les nombreux conventionnels qui avaient jadis voté la mort du roi ; l'Assemblée tomberait au profit de la réaction. Le représentant Delormel montrait du courage quand il sentait en péril ses maisons, son pot-au-feu, Rosalie et sa tête. Il intervint à la tribune avec sa grosse voix des heures difficiles, comme au printemps face aux ouvriers. Il avait redit à ses collègues que beaucoup de sections bourgeoises de la garde nationale refusaient l'affrontement, et que loin de vouloir abattre la Convention certaines voulaient la défendre. Un modéré lui cria :

— Puisque tu es sûr de ce que tu avances, Delormel, va les chercher, tes sections exemplaires !

— Donnez-moi un mandat et j'y vais de ce pas.

Il part recruter les sections raisonnables avec trente dragons aux uniformes fatigués que les Comités ont aussitôt mis à sa disposition. Il constate que le Pont-Neuf est fermé par le général Carteaux et deux pièces de quatre, mais déjà des bataillons rebelles stationnent devant le Louvre et montrent leurs armes. Delormel et ses hommes suivent le quai. Au Pont-au-Change, dégarni de troupes fidèles, ils sont immobilisés par une colonne venue de la rive droite.

— Dégagez le quai ! dit Delormel, le pistolet en l'air.

Voyant cette résolution, le pharmacien du quartier de l'Odéon qui commande ces insurgés le laisse aller son chemin avec ses dragons. Dans les deux camps, personne ne veut être responsable du premier coup de feu qui déclencherait la guerre civile. Delormel parvient donc sans souci jusqu'à la section de l'Indivisibilité, hostile à l'émeute ; elle campe sous les tilleuls de la place Royale et occupe les ateliers de fabrication d'armes installés par la Révolution. L'arrêté du gouvernement que montre le représentant est inutile : la section entend rester neutre. Notre homme râle et continue vers le faubourg. Dès qu'ils voient son écharpe tricolore, les bougres du bataillon de Montreuil lèvent leurs armes : « Vive la Convention ! » Delormel profite de cette heureuse disposition, descend de cheval, parle au charpentier qui sert de commandant :

— La Convention vous attend.

— Nous aussi on attend, dit le charpentier.

— Quoi ?

— Nos frères de la section Popincourt.

— Dis-moi si d'autres sont prêtes à sauver la République.

— Ceux des Quinze-Vingts ne demandent qu'à marcher avec toi.

— Combien sont-ils ?

— Deux cents.

Le représentant se porte aux Quinze-Vingts, près de la Bastille, y rencontre enfin des hommes décidés qu'il ramène au tambour, avec un piquet de dragons devant, un autre derrière, parce qu'un quart d'entre eux seulement sont armés. Il retrouve au retour le bataillon de Montreuil qui attend toujours ses frères et refuse de bouger sans un ordre écrit de Barras, ce qui met Delormel en fureur. Tant pis. On rentre aux Tuileries. Il n'y a personne au Pont-au-Change mais ce ne sont plus les cavaliers et les canons de Carteaux qui occupent le Pont-Neuf : des pompons rouges et verts, des centaines de baïonnettes indiquent l'avancée des sectionnaires royalistes de la rive droite. Delormel n'a pas le choix, il va donner l'ordre de marcher quand un émissaire court à sa rencontre :

— Monsieur le député, mon général veut vous voir.

Toujours pour éviter l'affrontement brutal, Delormel accepte, suit l'émissaire jusqu'au milieu du Pont-Neuf pour rencontrer Lafond, cet ancien garde de Louis XVI en perruque poudrée, habits de voyage, cravache en main.

— Je suppose, dit celui-ci, que j'entrave votre route.

— Je vais aux Tuileries.

— Mais nous aussi, figurez-vous.

— Le temps n'est pas à la plaisanterie.

— Sans doute, mais à la courtoisie. Vous laisser passer ? Pourquoi pas ? Je vous le dois puisque vos amis m'ont abandonné ce pont sans coup férir.

Une heure plus tôt, avec son faible contingent, Carteaux avait été débordé. Les insurgés étaient venus à lui avec des bouquets de fleurs. Il avait dû se retirer mais en bon ordre pour épargner le sang. Delormel demande à Lafond :

— Que prétendez-vous faire, général ?

— Moi ? dit l'autre en riant, je combats pour la République.

— Vous vous y prenez d'une drôle de manière.

— Drôle ? Ce sont les manières de vos Comités que nous ne trouvons pas drôles, mais vous avez du courage, Monsieur le député. Vos collègues n'iraient pas s'aventurer dans Paris si loin de leur nid. Passez donc, nous nous verrons plus tard.

— Où ça ?

— Aux Tuileries, quand nous attaquerons.

— Le château est bien défendu.

— Tsst ! vous serez battus, vos amis régicides et vous. Au revoir, Monsieur.

Puis Lafond de Soulé, toujours souriant, raccompagne Delormel et sa troupe hétéroclite jusqu'aux colonnades du Louvre. Là, il s'arrête, sort une tabatière marquée d'une fleur de lys, fourre dans son long nez une pincée de tabac, éternue, tire de sa manche un mouchoir en dentelles qu'il agite bien haut pour dire adieu à ces républicains qu'il tuera tout à l'heure, si Dieu le veut et pour le roi. Les insurgés arrivent maintenant de toutes parts et enveloppent le quartier des Tuileries. Voilà ce que raconte Delormel à Barras avant de regagner la longue salle des séances ; des orateurs fébriles se succèdent à la tribune dans le vacarme, ils parlent de capituler, ils parlent de résister, ils s'engueulent, les discours se ramassent en formules grossières. Delormel lève les yeux vers le fond de la salle, tout en haut, mais Rosalie et ses compagnes du matin ont disparu. Il secoue l'un des huissiers qui somnole malgré le bruit, en bas de la tribune, sur un tabouret carré à capitons :

— Nos familles ?

— En sécurité, citoyen représentant. Les dames s'occupent de l'infirmerie. Je sais que ça, moi.

Au rez-de-chaussée du château, la salle de la Liberté et celle des Victoires tapissée de drapeaux gagnés à la guerre ont été aménagées en hôpital d'urgence. Les députés chirurgiens ou médecins ont quitté les gradins pour organiser les secours avant l'affrontement. Ils disposent des bancs en guise de lits, jettent des matelas sur les parquets, entassent des flacons de vinaigre qui serviront à désinfecter les plaies, des bouteilles d'eau-de-vie pour que les plus atteints supportent l'amputation. Sous la statue en plâtre qui figure une déesse païenne montent en piles les linges récupérés aux étages, dans les chambres des employés de la Convention. Les femmes, les filles, les fils des représentants réfugiés auprès de l'Assemblée déchirent des draps pour en faire des bandes. C'est ainsi que Delormel retrouve Rosalie ; elle s'affaire à déchiqueter un tissu. Il s'arrête devant elle :

— Tes pansements ne serviront pas. Avec nos canons, les blessés seront dans l'autre camp.

— Il faudra bien qu'on les soigne aussi, non ?

Disant ceci d'une voix faible, elle pensait encore à ce fou de Saint-Aubin.

L'après-midi, plus de huit mille sectionnaires encerclent le palais à portée des canons. Vers quatre heures, les adversaires sont face à face. Les rebelles, fusil sous le bras, le chapeau à la main, essaient jusqu'au dernier instant de convaincre les soldats : « Frères, rejoignez-nous ! » Il y a des femmes avec dcs bouquets de feuilles et de fleurs. Barras pense que l'armée peut fléchir, alors il hausse le ton. Place du Carrousel, droit sur son cheval, il crie aux sectionnaires mutinés : « Bas les armes ! » Un garde national se détache de la masse des émeutiers. Il marche vers le vicomte, dégaine très vite et va lui asséner un coup de sabre. Auprès de Barras, deux aides de camp, Victor Grand et Poncelet, à pied, se jettent sur l'individu et détournent le coup. Le sectionnaire veut courir, se perdre dans les bataillons serrés et désormais silencieux des rebelles, mais un grenadier l'attrape par un bras, d'autres soldats le ceinturent et le traînent devant le général en chef qui lui crie :

— Tu ne mérites pas ton uniforme !

Terrifié, solidement tenu, le malheureux reste sans voix quand on le dépouille de son baudrier et de sa veste bleue qui tombe à terre comme un chiffon. Un soldat propose :

— Tuons-le !

Que va-t-il se passer, si on l'abat ? Les sectionnaires, en face, sont prêts à faire feu, on n'éviterait pas une fusillade meurtrière car il faudra riposter, or il n'est pas question de tirer les premiers. Et l'homme supplie, il pleurniche :

— Citoyen représentant, mon petit commerce ne me suffit qu'à peine, et j'ai six très jeunes enfants. Pour eux, laissez-moi vivre…

— Qu'il parte, dit Barras.

Penaud, sans armes, le garde repart dans son bataillon. Buonaparte pousse son cheval maigre contre celui de Barras, il chuchote :

— Maintenant ?

— Au premier incident, dis à Brune et aux autres de tirer mais au-dessus des têtes. Evitons les morts. Tes canons sont en place ? Allons reconnaître nos défenses.

Disposés autour du château, les canons des Sablons gouvernent les abords. Buonaparte a recruté ses canonniers chez les gendarmes et les volontaires de 89 qui ont l'expérience de la guerre des rues. Eux aussi sont prêts. Les bouches à feu chargées jusqu'à la gueule, les mèches allumées. Escortés de chasseurs, les deux généraux visitent ces dispositions jusqu'à la rue Saint-Honoré, vers les premières lignes des muscadins descendus du Palais-Royal, pour découvrir un vrai fortin sur les marches de l'église Saint-Roch : des demi-colonnes pour s'embusquer, des angles de ruelles, une petite guérite en bois près du portail où plusieurs hommes peuvent s'abriter pour tirailler. Barras grogne :

— Une montagne factice.

— Oui, dit Buonaparte, mais ces singes peuvent en débouler et bousculer nos soldats.

— Et même tourner contre nous ton unique canon de l'impasse du Dauphin…

L'impasse du Dauphin s'ouvre en face de l'église. Ce cul-de-sac aboutit directement au jardin des Tuileries près des ex-écuries royales ; il est facile de renverser les grilles pour y passer. Buonaparte le voit.

— Une seule pièce de huit, dit-il. Il m'en faudrait deux autres pour battre la rue.

— Reste ici, je te les envoie, mais par où ? La rue Saint-Honoré devient risquée.

— Par les jardins. Je vais faire ouvrir la grille.

Barras et ses chasseurs repartent en direction des Tuileries sous les moqueries des muscadins :

— Viens avec nous, général !

— Sinon on va te plumer comme ta République !

Buonaparte a rejoint Berruyer qui commande dans l'impasse des fantassins de la ligne et quelques artilleurs en bonnet phrygien.

— Fais charger les fusils, dit Buonaparte au vieux général.

— Ils sont chargés et mes bonshommes impatients.

— Qu'ils se calment.

— Pour l'instant ils résistent aussi bien à la séduction qu'aux quolibets de ces petits messieurs de l'église.

— Barras nous envoie d'autres canons. Fais ouvrir les grilles qui nous séparent des jardins.

— On peut tirer sur les serrures.

— Un coup de feu déclencherait tout, et nous ne sommes pas en force dans cette foutue ruelle !

— Tu vois le colosse ?

— Celui qui fume sa pipe adossé à la pyramide de boulets ?

— Il est serrurier.

Buonaparte saute à terre, s'approche de l'homme désigné, le regarde de haut :

— Je te connais, toi. Je t'ai vu chez le citoyen Fouché.

— Je gardais ses cochons, général.

— Il paraît que tu sais travailler les serrures.

— C'était mon métier.

— Ouvre ces grilles qui nous enferment. Et sans bruit.

Le serrurier Dupertois tapote le fourneau de sa longue pipe sur les pavés, il se déplie et fouille dans un sac qu'il porte en bandoulière :

— Je me sépare jamais de mes outils, t'as de la chance, général. Même avec les cochons, je les avais.

Les mains dans le dos sous les basques de son uniforme, Buonaparte observe Dupertois qui travaille la grosse serrure avec des tiges de fer et se plaint : « Rouillée salement, la mécanique, ça facilite pas… » Il lui faut de longues minutes pour déverrouiller la grille qui s'entr'ouvre en grinçant. Dupertois attend une félicitation du général, mais celui-ci parle d'autre chose :

— Je cherche un patriote qui connaît le quartier à la perfection.

— Je vois bien ça, répond le serrurier en rangeant ses outils.

— J'aurais besoin de cet homme tout de suite.

— Ça fait pas problème, général.

Son nom ?

— Moi. J'ai habité là et longtemps.

Du menton il montre l'entrée pouilleuse de l'hôtel Mirabeau, entre deux boutiques aux rideaux baissés qu'indiquent leurs enseignes de perruqier et de rôtisseur. Buonaparte réfléchit, très vite, et demande :

— Sans qu'on t'aperçoive, pourrais tu te glisser de l'autre côté de la rue Saint-Honoré ?

— Y'a des passages derrière l'hôtel Mirabeau, je peux contourner sur cent mètres, revenir par-derrière le restaurant Vénua, là, que tu peux voir à côté des marches de l'église.

— Tu pourrais monter aux étages, ouvrir une fenêtre ?
— Ça peut se faire. Et après ?
— Après tu tires dans notre direction.
— Sur qui ? Sur vous ?
— Sur personne de préférence, mais tu tires.
— Avec quoi ?
— Prends ce pistolet. Il est déjà chargé.

Dans un salon du café Vénua, à l'étage, un groupe de muscadins trompait l'ennui, l'attente et la fraîcheur du soir devant des flacons de vin médiocre mais coupé d'eau. Le combat final tardait. Chacun avait son idée :

— Les jacobins des Comités veulent nous user les nerfs pour nous décourager, et qu'on leur abandonne le terrain.

— Saint-Aubin, mon ami, vous nagez dans l'erreur.

— En quoi, Davenne ?

— Ils veulent au contraire nous exaspérer, nous forcer à tirer les premiers pour que nous endossions la responsabilité des morts.

— Peut-être, mais dans une heure la nuit sera tombée, la plupart des bourgeois des sections vont rentrer se coucher. Combien nous ont déjà quittés, dites ?

— Trois épiciers, un apprenti cuisinier…

— Il faudrait les provoquer, ces suppôts de la Convention, qu'ils commencent à nous tirer dessus, que nous puissions crier à l'agression.

A peine Saint-Aubin avait-il achevé sa phrase qu'ils entendirent une détonation et se mirent aux carreaux. Le coup de feu était parti de leur camp, ils en étaient sûrs, et de la maison même où ils se reposaient entre deux veilles. La riposte des républicains fut rapide. Les tirailleurs du vieux Berruyer, à l'entrée de l'impasse du

Dauphin qu'on voyait en plongée depuis les fenêtres de Vénua, envoyèrent une salve contre l'église et les maisons qui l'encadraient. Une balle alla se nicher dans un pastel du salon, plus précisément dans le dos nu d'une Aphrodite, puis la fusillade devint considérable, ça crépitait de partout, les tableaux oscillaient sur leurs crochets, les vitres tombaient en morceaux dans la rue et sur les tapis. Les balles pleuvaient sur les soldats depuis les toits, depuis les cheminées où des sectionnaires avaient patienté en embuscade, elles pleuvaient depuis le perron de Saint-Roch, à l'angle des passages qui bordaient l'église ; les soldats répondaient, l'odeur de la poudre raclait les gorges, la fumée piquait les yeux, on tiraillait à l'aveuglette mais des hommes étaient touchés. Les muscadins du salon se ruaient vers leurs fusils qu'ils avaient mis en tas à côté de la porte, contre un canapé rayé à la mode du jour ; ils descendirent en hâte dans la grande salle où d'autres muscadins mettaient leurs chapeaux excentriques et époussetaient leurs habits devant les miroirs épargnés, avant de saisir à leur tour les armes posées sur les tables d'hôtes ou les banquettes. Nul besoin de commentaire. L'affaire était engagée. Ils sortirent en même temps sous les tonnelles de l'ancien hôtel de Noailles où Vénua tenait son café. Deux d'entre eux partirent en guetteurs dans l'impasse Saint-Roch, signalèrent qu'ils pouvaient entrer à l'intérieur de l'église par un portail latéral.

Dans la cour, Dussault regarda par méfiance derrière lui ; il vit une sorte d'ouvrier en veste courte qui dévalait un escalier :

— Cette canaille est bien pressée !

Saint-Aubin et quelques autres de la section LePeletier se retournèrent à cette exclamation. L'homme avait des épaules carrées, une moustache fournie et un pistolet au poing. Saint-Aubin reconnut le révolutionnaire de la terrasse des Feuillants qui avait le dangereux regard du serrurier Dupertois :

— Attention ! le sanglier va charger !

L'homme rentrait les épaules, il se repliait, le pistolet empoigné comme une matraque pour frapper de la crosse, mais quand il bondit il se transperça sur un bouquet de baïonnettes ; les muscadins tenaient leurs fusils à deux mains comme des épieux. Eventré, saignant en abondance de dix blessures, le forcené hésitait à s'affaler, puis il s'écroula quand ses tueurs lâchèrent leurs armes. En tombant il enfonça encore les pointes de fer dans son ventre, sa poitrine et son cou. Les muscadins récupérèrent leurs fusils qu'ils essuyèrent sur le dos du cadavre tandis que Saint-Aubin ramassait son pistolet : c'était le jumeau du sien, même motif de nacre, même inscription gravée, alors il comprit, mais sans le dire, que le général Buonaparte avait lui-même armé le provocateur pour déclencher l'assaut. Le pistolet, cette preuve, Saint-Aubin le passa dans sa ceinture, puis il retourna le visage du jacobin de sa botte, le contempla un court instant, perplexe, avant de rejoindre ses compagnons en courant.

L'église était haute, profonde et très obscure. Dans le déambulatoire on marchait sur des brisures de vitraux avec, pour se guider, la lumière du porche grand ouvert sur une rue Saint-Honoré envahie par des nappes de fumée. Il y eut une accalmie. Saint-Aubin retrouva Dussault derrière le fortin en planches construit en haut des marches, où les émeutiers rechargeaient leurs armes à l'abri des balles.

— Plus un coup de feu, très cher, aurions-nous mis en débandade ces républicains de l'Enfer ?

— Ils ont reçu une raclée, répondit un garçon en collet noir et aux cadenettes tombantes, mais ils vont en subir une autre, et sévère. A la prochaine attaque nous les culbutons, nous forçons le passage, nous enfonçons les grilles, et allez ! aux Tuileries !

— Vous voyez ce que je vois ? demandait Dussault.

Saint-Aubin quitta comme lui leur cachette en bois. La fumée se dissipait. A l'entrée de l'impasse du Dauphin il y avait trois canons pointés sur l'église, et, derrière, la silhouette filiforme du général Buonaparte plantée sur son cheval blanc.

Les canons de Barras sitôt arrivés, des volontaires de 89 les avaient poussés jusqu'à la rue Saint-Honoré. Coincés depuis une heure à côté de leur unique pièce de huit, ces hommes avaient eu du mal à ajuster leurs tirs sous les balles des muscadins qui ricochaient contre les immeubles, sous le plâtre des murs éraflés, les tuiles et les volets arrachés qui leur tombaient dessus. Trois canonniers avaient été tués sur leur affût ; le tambour ne battait plus pour donner du courage, il avait reçu une balle en pleine tête. Lèvres serrées, pâle comme un suaire, Buonaparte lève son sabre et l'abaisse en criant :

— Feu !

Le premier canon balaie de mitraille les marches de l'église et fauche les rebelles les plus avancés. Les survivants n'ont pas le temps de se ressaisir.

— Feu !

Le deuxième canon fait voler en éclats la cabane où quelques moments auparavant s'étaient abrités Saint-Aubin et Dussault.

— Feu !

Le troisième canon fracasse le portail de droite et grêle les demi-colonnes de la façade. Buonaparte distingue dans un nuage de fumée les ombres des muscadins qui tourbillonnent et s'écroulent, ou d'autres qui s'affolent en prenant leurs blessés sous les bras, dérapent dans le sang.

— Feu !

Dans l'intervalle bref des tirs, le temps de recharger et de pointer les ruelles où des embusqués persistent à tirailler, le général entend tonner les canons postés sur les quais et les obusiers de Brune battre la rue Saint-Nicaise. Il appelle Berruyer dont le cheval a été abattu sous lui ; le vieil officier arrive en boitillant :

— Fais investir les immeubles qui nous entourent avec la moitié des hommes, que les autres s'apprêtent à charger à l'arme blanche pour nettoyer cette église.

Protégés par un épais brouillard de poudre, des pelotons longent les murs des maisons et y pénètrent en brisant les portes. Berruyer regroupe ses volontaires jacobins. Malgré sa jambe douloureuse il veut les emmener en personne à l'assaut de Saint-Roch. Ils se précipitent comme à l'abordage en poussant des cris de fauves, trébuchent sur des corps déchiquetés, grimpent les marches, écrasent de leurs croquenots des chapeaux biscornus, des escarpins pointus, des lunettes, des mouchoirs ; certains ramassent en fagots les fusils de chasse et de collection abandonnés, une montre en or piétinée à cinq heures moins le quart.

— Feu !

Pour effrayer, la mitraille gicle sur les pavés de la rue Saint-Honoré jusqu'aux premiers étages des maisons. Quand cesse le vacarme on ne perçoit plus que des cris de douleur ou d'effroi ; des blessés rampent, un muscadin bascule d'un toit, un autre est précipité d'une fenêtre en lâchant son fusil déchargé. Les jacobins de Berruyer ressortent sur le perron de Saint-Roch avec peu de prisonniers, dont un garçon secoué d'une crise nerveuse, surtout des estropiés qui n'ont pas eu les moyens de s'échapper par les portes entrebâillées de la sacristie.

Barras s'est exposé aux avant-postes et il a soutenu partout ses généraux avec énergie. Le voici, entouré de cavaliers, devant l'impasse du Dauphin où attend un Buonaparte immobile.

— Quelques centaines de morts, lui dit Barras, nous avons évité le pire.

— Leurs chefs ?

— En fuite, sauf Lafond : il a une cuisse transpercée.

— Il doit rester des excités, insiste Buonaparte.

— Eparpillés, les étourneaux.

— Montrons notre force aux Parisiens.

— Ce n'est pas ce que tu as fait avec tes canons ?

— Les canons, il faut les promener dans les rues toute la nuit.

— Pas de provocations inutiles…

— Une présence forte et lourde suffira.

— Agis comme tu l'entends, dit Barras, mais Paris est à nous : Duvigneau remonte les boulevards avec son détachement, Brune occupe le Palais-Royal, Carteaux a mis en déroute les émeutiers de la rive droite, nos soldats ratissent l'île Saint-Louis, le Théâtre-Français, le Panthéon…

Le soir est tombé. Avec les mèches encore allumées des servants de batterie, les volontaires de Berruyer enflamment des torches ; ils précèdent Buonaparte et Barras qui remontent côte à côte, au pas, en cortège vers la rue Vivienne. Ils ne rencontrent que des soldats. Barras interroge son protégé :

— Tu as vu d'où venait le premier coup de feu ?

— Comme au théâtre. C'était en face de moi. A peine tes deux canons nous étaient livrés qu'un muscadin, ou un agent de Londres, va savoir, nous a visés au petit bonheur mais sans toucher personne, alors nous avons répliqué.

— Selon les ordres.

— Selon tes ordres.

— On m'a rapporté que le tireur était à une fenêtre du café Vénua.

— Non. Il était au troisième étage de l'immeuble voisin. J'ai vu l'éclair.

— Pourquoi cet idiot a-t-il déclenché la foudre ?

— Il en avait peut-être assez d'attendre, comme nous, d'ailleurs, mais avec moins de discipline.

— J'aimerais connaître son nom.

— Le saurons-nous un jour ?

— Dommage. Il nous a servis en croyant servir sa cause.

Buonaparte ne répond pas. En haut de la rue Vivienne, après la barricade de la veille qui a été démantelée, explosée aux boulets, ils découvrent le portail béant du couvent des Filles-Saint-Thomas. Les jacobins y entrent avec leurs torches et leurs fusils, en alerte, mais non, rien, sinon trois chevaux qui mangent dans le noir les herbes folles du jardin, et un lampion qui se balance devant la chapelle où s'étaient tenues tant de réunions exaltées.

Sur la place du Carrousel, des charrettes se succédaient pour déposer leurs chargements de blessés. Grenadiers et députés les portaient jusqu'aux salles des Tuileries arrangées en infirmerie. Delormel montait donc le perron à double rampe avec sur le dos un hussard qui serrait les dents et laissait pendre sa jambe éclatée. Un chirurgien aida le représentant à se débarrasser du fardeau ; ils le couchèrent ensemble sur une banquette en velours vert. Au plus fort de l'émeute, une délégation de conventionnels était allée chercher des médecins et des aides à l'hôpital du Gros-Caillou ; ce personnel passait d'un moribond à l'autre, fermait des yeux d'une paume légère, entortillait les bras et les jambes ouvertes avec des linges que tachait immédiatement le sang. Un chirurgien extirpait avec des pinces la balle fichée dans une cuisse, versait sur la plaie une rasade d'eau-de-vie. On gémissait, on se plaignait, on demandait des nouvelles. Un canonnier à l'omoplate brisée, assis sous les drapeaux ennemis qui tapissaient en trophées la longue salle, racontait que les insurgés eux aussi avaient des canons, ceux de Belleville, et que la guerre des rues n'était pas terminée. Dans les lointains on entendait battre la générale ou chanter des *Marseillaise*. Quittant la salle des séances, des représentants bien informés venaient annoncer que les chefs rebelles étaient en fuite ; à cette nouvelle, un grenadier au ventre emmailloté mourut sur son matelas en souriant. Les femmes s'activaient, elles soulageaient d'un mot, faisaient des pansements, mais le linge manquait, un député donna son mouchoir, Rosalie ôta sa redingote masculine et déchira sa chemise pour bander le mollet ouvert d'un grand gendarme qui grimaçait. Voyant son épouse torse nu au milieu de la pagaille, Delormel s'approcha et lui dit à l'oreille :

— Tu es folle, ce n'est pas une tenue décente pour soigner ces pauvres diables.

— Ah, c'est toi… Tu crois que le spectacle de ces pauvres diables, comme tu dis, est décent ?

Il se baissa, ramassa la redingote qu'elle avait laissée par terre et l'aida à l'enfiler, puis il la boutonna lui-même jusqu'au col. Elle poussa un petit cri en remarquant des traces sanglantes à la hanche de Delormel :

— Tu as pris une balle ?

— Non.

— Et ça, sur ta hanche…

— C'est le sang d'un hussard que j'ai porté.

Il y avait un nouvel arrivage et Rosalie se précipita vers les blessés qu'on entassait n'importe où et n'importe comment. Elle courait de l'un à l'autre. Saint-Aubin n'était pas parmi eux, mais le ramasserait-on ? Elle n'avait pas vu un seul muscadin. On les laissait agoniser sur le pavé ? Elle imaginait son amant éventré dans une rue et profita du départ à vide de deux charrettes pour se glisser dans le groupe de gendarmes et d'infirmiers qui partaient ramasser les morts et les mourants ; ils tenaient des civières ou des lanternes, ne disaient pas un mot. Les voitures prirent la rue du Carrousel, puis la rue de l'Echelle, tournèrent à gauche dans la rue Saint-Honoré. Devant Saint-Roch, les volontaires de Berruyer avaient aligné des corps. L'arrière des charrettes s'ouvrit et les brancardiers descendirent sur la chaussée. Rosalie emprunta sa lanterne à un jacobin en bonnet, elle se pencha sur l'alignement de cadavres. A la troisième rangée elle laissa tomber sa lumière avec un geste de recul. Elle venait de reconnaître Dussault, l'inséparable ami de Saint-Aubin, criblé de mitraille. Saint-Aubin devait être avec lui, mais elle ne vit pas son corps ; s'était-il sauvé ? L'avait-on déjà fourré dans une macabre charrette ?

— Hé ! jeune homme, dit un vétéran, t'as des émotions ?

— J'ai cru reconnaître quelqu'un, bredouillait Rosalie.

— T'as fréquenté ce genre de poudré ?

— Il y en a d'autres dans l'église ?

— Sais pas, mon garçon. Vas-y voir.

Rosalie grimpa les marches en courant, avec sa lanterne, et entra par le portail cassé. Elle marchait le long des chapelles aux grilles fermées, fouillait l'obscurité ; ses pas crissaient sur des éclats de vitraux. L'église était vide. Quand elle ressortit les voitures et les cadavres avaient disparu mais un autre convoi débouchait de l'impasse du Dauphin. C'étaient des équipes d'ouvriers avec leurs outils, des paniers, du plâtre, des balais ; ils se mirent sans tarder à réparer les dégâts ; il fallait reboucher sur les colonnes les échancrures laissées par les canons, effacer des murs l'empreinte des balles, balayer le parvis, racler le sang déjà noirci, enlever les vitres cassées. Les curieux qui allaient affluer dès le jour pour visiter les lieux ne devaient trouver que des rues calmes, sans traces de bataille.

Pendant la mitraillade, Saint-Aubin avait eu à la fois beaucoup de chance et une grande peine. Dussault était par hasard devant lui, sur le perron de l'église. La première décharge lui avait été fatale et Saint-Aubin le reçut dans ses bras, le hissa jusqu'au portail en toussant à cause de la fumée. A l'intérieur il posa son ami contre les grilles d'une chapelle et resta un moment prostré, à genoux sur les dalles, indifférent aux déflagrations répétées des canons. Les muscadins couraient dans tous les sens, cherchaient une sortie ; un petit curé gras comme un asticot secoua Saint-Aubin à l'épaule :

— Ne restez pas ici, Monsieur, venez !

— C'est mon frère, dit Saint-Aubin qui tenait Dussault dans ses bras.

— Non, c'était votre frère, Monsieur.

— C'est mon frère…

— Il ne va pas ressusciter, sermonnait le petit curé. Vite, ils vont continuer à tirer et les vivants sont plus utiles au roi que les morts.

— Utile à quoi ?

— Ne faites pas le niais, Monsieur, allez !

Et Saint-Aubin se leva. Il fut égratigné par des vitraux qui dégringolaient sur le sol du déambulatoire. Quelques estafilades. Rien du tout.

— Par ici ! par ici !

Le petit curé s'époumonait à regrouper les rescapés et à les pousser vers la double porte de la sacristie.

Une fois dehors, les muscadins se dispersèrent dans les ruelles ; beaucoup s'étaient débarrassés des armes et des gibernes qui les auraient encombrés, beaucoup avaient perdu leurs chapeaux malcommodes, ils filaient vers le marché des Jacobins, vers la rue Gaillon, ils rentraient chez eux par des détours. Saint-Aubin prit le passage Saint-Guillaume avec une bande de royalistes déprimés, il marchait à longues enjambées, sans souffle, remonta la rue de la Loi, parallèle à la rue Vivienne que la troupe occupait ; dans le secteur du Palais-Royal on entendait des coups de feu, quelques détonations. La plupart de ses infortunés compagnons disparurent dans les nombreux hôtels meublés qui se succédaient jusqu'aux boulevards, l'hôtel de Londres, celui de Chartres, du Cirque, de Calais ; les combattants allaient changer de vêtements et se reposer dans leurs chambres louées. Saint-Aubin ne logeait plus nulle part. Il poursuivit son chemin avec deux muscadins voyants, qui tremblaient, un garçon perruquier et un commis de bureau dont il ignorait les noms. Il pensait à Dussault. S'il avait été tué, lui, qu'aurait fait son ami ? Se serait-il débrouillé pour emmener son corps à l'abri et lui éviter une fosse anonyme ? Saint-Aubin se sentait lâche. Il se détestait et se cherchait des excuses. La lutte allait prendre d'autres formes, il devait survivre. Il imaginait que le fantôme de Dussault l'approuvait, il imaginait sa voix. Ses pensées fabriquées ne le consolaient guère. Ce général Buonaparte qui l'intriguait et l'avait séduit, tout de même, avait tué son meilleur ami.

Les fuyards arrivèrent devant ce fameux restaurant de Mademoiselle Clarisse, la comédienne ; il hébergeait en temps normal les réunions discrètes des royalistes et des émissaires de Londres. Par les carreaux embués de la devanture, qu'éclairait du dedans un feu de bois, Saint-Aubin devinait des formes, mais dès qu'il poussa la porte, le bruit ordinaire des clients le surprit : l'émeute n'avait pas dissuadé les dîneurs, à cent mètres du couvent de la section LePeletier et du théâtre Feydeau où l'on jouait peut-être, ce soir, une farce. Les Parisiens vivaient les drames avec légèreté ; la mort, le tocsin, le tambour, le canon ne gênaient plus grand monde. Saint-Aubin entra le premier dans la salle, suivi par les deux muscadins aux chignons défaits. Personne ne se laissa distraire par leur apparition, personne ne les remarquait malgré leurs habits en désordre, leurs mines funèbres. Les clients parlaient fort. Une tablée porta un toast au dindon rôti qu'un serveur apportait découpé. A côté, un gros bourgeois qui sentait l'argent servait du vin à une friponne en tunique romaine, déjà gaie. D'autres riaient aux histoires cocasses ou aux potins grivois qu'ils juraient de ne pas répéter et que toute la ville saurait dès le lendemain. Ces bienheureux ronronnaient, se prélassaient, s'esclaffaient, terminaient des carafes aussitôt remplacées au cri des convives : « Hé ! ton vin, il s'est évaporé ! » Ils déboutonnaient leurs gilets, rotaient, certains et certaines s'embrassaient même au fond de la salle près de la cheminée géante où des volailles grillaient sur de longues broches.

Saint-Aubin avait le cœur serré. Les Parisiens s'amusaient quand l'armée tirait sur la jeunesse. A quoi servait la mort de Dussault ? Un maître d'hôtel en habit d'autrefois le fit monter à l'étage avec ses compagnons. Mademoiselle Clarisse était à ce moment sur scène, devant un public enjoué que les événements laissaient indifférent, mais elle avait donné des consignes. Dans les salons du premier, aux rideaux fermés, régnait la tristesse. Des muscadins déjà réfugiés dans ce lieu sûr étaient attablés devant des bouteilles et du gibier auxquels ils ne touchaient pas, l'estomac retourné par leurs malheurs, trop éprouvés pour échanger autre chose que les noms de leurs amis tués. Pastoret, un étudiant en médecine, le matin si fringant dans son gilet à pois, évoquait d'une voix lugubre la débandade des défenseurs de la section LePeletier, envolés au premier boulet qui avait fracassé cette barricade qu'ils jugeaient imprenable. Delalot, Batz, les plus royalistes avaient détalé sans tarder, pour se préserver, disaient-ils, et entrer en clandestinité. Saint-Aubin parla de Dussault haché par la mitraille sur les marches de Saint-Roch ; tous le connaissaient pour avoir entendu ses discours farouches, tous l'estimaient, désormais ils se voyaient vaincus, trahis, désabusés, inutiles. L'un d'eux se leva pour entrouvrir les rideaux. Un bruit de sabots et de roues les avait sortis de leur torpeur, de leurs plaintes. Rue de la Loi, sous les fenêtres, des cavaliers tiraient des canons sur les pavés, avec lenteur, presque avec majesté. Pastoret dit à Saint-Aubin :

— Quand cet engin sera passé, je rentre chez mes parents.

— Vous avez de la chance.

— Où habitez-vous donc ?

— Au couvent des Filles-Saint-Thomas.

— Ah… Cela doit être un camp militaire, maintenant. Vous savez où vous réfugier ?

— Non.

Saint-Aubin mentait. Il pensait retourner chez les Delormel. Au pire on le jetterait à la rue, au mieux on se moquerait de lui : ces jeunes extravagants croyaient-ils vraiment pouvoir renverser la Convention ? N'étiez-vous pas un peu niais, mon pauvre Saint-Aubin ? Vous vouliez ramener un roi ventripotent avec l'aide de l'armée anglaise ? Rétablir les privilèges ? Ah là là ! Vous avez confondu la Terreur et la République ! Rosalie ne le chasserait pas, même si leur dernière rencontre avait été distante, elle à ses mondanités, lui à ses rêvasseries politiques. Il se servit à ras bord un verre de vin rouge.

Le lendemain après-midi le temps était doux. Des promeneurs déçus cherchaient les traces de l'émeute entre Saint-Roch et la rue Vivienne, mais comme il n'y avait plus rien à voir, ils croyaient que les gazettes avaient exagéré et repartaient danser sur les boulevards ou dans la campagne. Deux guimbardes bâchées venaient de se ranger dans la cour de l'hôtel des Deux-Portes-Saint-Sauveur ; les domestiques du représentant Delormel déchargeaient des sacs et des caisses, sous le regard inquiet d'un artiste vêtu de noir avec un haut chapeau évasé au sommet. L'homme se nommait Petitot. Il organisait des spectacles où les Parisiens couraient en foule. Il avait eu récemment des jolis succès au bal de la Veillée, dans le jardin anglais de l'île de la Cité.

— Attention ! disait-il d'une voix perçante. Tout ce que vous manipulez est très fragile !

— C'est quoi, Monsieur, dans vos sacs ? On dirait que ça gigote.

— Ça gigote, en effet, ça gigote et c'est mon secret, mais attention, maladroits ! Portez mes sacs avec des précautions, ne brusquez pas mes petits chanteurs.

— Des chanteurs là-dedans ? Des nains, alors.

— Allez, allez, posez le matériel dans le vestibule et montrez-moi la salle de concert.

Dans le grand salon, Monsieur Petitot était en train d'ajuster pièce à pièce une sorte de grand clavecin en chêne ciré quand le représentant Delormel entra pour s'en faire expliquer le fonctionnement spécial ; une Rosalie pâlichonne et qui avait les yeux rougis à force de larmes se tenait à son bras, s'y cramponnait plutôt.

— Ces trous, au-dessus du clavier ? demanda le député.

— Ils correspondent aux notes.

— Votre explication ne m'éclaire pas…

— Il vous faut pour cela une démonstration. Je vais vous faire comprendre avec l'un de mes chanteurs.

Petitot s'accroupit près de ses sacs, rangés en file, et qui chacun portait une note inscrite à la poignée. Il ouvrit, en sortit un chat roux peu réveillé et alla le placer à l'intérieur du clavecin de façon à ce que sa tête ressorte par l'un des trous.

— Voyez, Monsieur le député, c'est le chat qui chante la note *fa*.

— Je ne vois toujours pas…

Avec un rire en coin, satisfait de lui, Petitot frappa la touche du clavier sous la tête du chat qui se mit à miauler une note.

— C'est un *fa* ?

— Absolument.

— Je n'ai entendu qu'un miaulement.

— Un mélomane vous confirmerait qu'il s'agit d'un *fa*.

— Et il suffit que vous frappiez du doigt une touche pour que l'animal miaule sa note ?

— Je l'y aide.

— Comment ?

— Par une astuce de mon invention, que je vais vous dévoiler. Approchez de l'appareil et regardez : les touches actionnent des lames pointues dont chacune frappe la queue d'un chat, lequel pousse un cri, et chaque cri correspond à une différente note de la gamme.

— Ils ne se sauvent pas, vos chats ?

— Impossible ! Voyez comme j'ai fixé celui-ci dans une sorte de gouttière en bois.

— J'ai hâte d'entendre votre concert.

— Le plus délicat, je vous l'avoue, ça a été de choisir avec exactitude l'animal qui chante une note juste. Il faut une oreille exercée, je vous jure, et un talent musical exceptionnel, sans me vanter.

— Bien bien, dit Delormel, réjoui par cette trouvaille. Tout sera prêt dans une heure ?

— Le temps de placer mes autres musiciens dans leurs boîtes et dans leurs trous. Le concert commencera quand vous le voudrez.

Les domestiques disposaient des chaises pour les invités qui allaient arriver, et dressaient les buffets dans le salon voisin. Delormel, ravi par ce que Petitot appelait un *concert miaulique*, sortit de la pièce avec Rosalie à son bras ; elle lui reprochait d'une petite voix :

— Comment peux-tu rire de ces sottises ? Et ce soir.

— Ce soir nous fêtons le retour au calme.

— Les morts inutiles, tu t'en moques ?

— Ils étaient au mauvais endroit, et c'est toi qui t'en moques. Tu as peur pour Saint-Aubin ? Je suis persuadé qu'il a réussi à se mettre à l'abri. Ce garçon est velléitaire mais prudent.

— Tes affirmations ne me rassurent pas. En fait, tu lui en veux.

— Pas le moins du monde.

Ils en avaient parlé cent fois depuis le matin. Rosalie n'avait trouvé que le corps de Dussault, devant Saint-Roch, or les deux amis étaient forcément ensemble pendant la fusillade. Un seul était tombé, l'autre s'était échappé. Les sectionnaires capturés se tassaient dans les caves des Tuileries en attendant qu'on les flanque dans de vraies prisons ; Delormel avait vérifié : Saint-Aubin n'avait pas été arrêté. Pour changer de sujet, il écarta les voilages d'une porte-fenêtre :

— Nos premiers invités. Fais bonne figure, Rosalie.

Les domestiques avaient allumé les lustres. A cinq heures du soir, une foule mondaine se retrouva devant les buffets. Delormel saluait, échangeait des phrases. Le général Carteaux causait avec un banquier belge de ce Buonaparte qu'il avait commandé à Toulon, et dont l'entourage de Barras vantait les talents d'artilleur :

— Du talent, oui, disait le prudent Carteaux que Buonaparte avait dénigré, mais je n'ai jamais vu un tel entêté. Il ne veut en faire qu'à sa guise.

— On le dit habile.

— Je le crois opiniâtre.

— Ce ne serait pas un vrai républicain ?

— Si, sans doute…

— Chers amis, dit Delormel, venez vous installer, notre concert va commencer.

En s'asseyant dans l'autre salon, les invités ouvraient de grands yeux devant l'étrange clavecin. Ils n'avaient encore jamais vu un instrument de cette taille, avec des têtes de chats vivants qui bâillaient au-dessus du clavier.

Monsieur Petitot se courba, une main sur son clavecin, puis il annonça :

— Concerto pour huit chats.

Il disposa un tabouret en face du clavier, s'y assit avec des gestes de maestro, se délia les doigts en faisant craquer ses articulations et ferma les yeux comme pour chercher une inspiration.

— Huit chats ? dit une vicomtesse à voix basse. J'en compte au moins vingt.

— Des chats de secours, peut-être, dit un finaud. Eh oui, si l'un d'eux est enroué à force de miauler…

Petitot tourna les pages de sa partition au dessus des têtes de chats. Il se lança enfin, *do, mi, ré*, et les miaulements aigus se mélangeaient dans une bouillie sonore qui provoqua des éclats de rire soutenus. Petitot frappait ses touches, les lames d'acier frappaient les chats, les chats hurlaient, la cacophonie s'installait, les invités applaudissaient entre deux fous rires. Nicolas, le maître d'hôtel, sans interrompre la représentation, vint prévenir Delormel que des gens demandaient à le voir. Il ajouta un mot que Rosalie saisit :

— Des soldats.

Les grenadiers avaient investi l'entrée de l'hôtel ; ils s'extasiaient sur les dorures. Leur lieutenant s'avança vers les Delormel mais ne s'adressa qu'au député :

— Citoyen, on ramène le jeune homme.

D'un geste il montra Saint-Aubin, inerte, que deux soldats portaient sous les bras et sous les jambes. Rosalie cria :

— Il est mort !

— Oh que non, dit le lieutenant, il est juste ivre mort.

Rosalie s'agenouilla auprès de Saint-Aubin endormi ; il balbutiait des mots incohérents. Delormel leva un sourcil :

— Comment savez-vous, lieutenant, que ce garçon habite ici ?

— Je l'ai déjà conduit chez vous il y a quelque temps. Je l'avais arrêté dans les jardins des Tuileries hein ? Il avait une carabine militaire et ressemblait à un péquin, alors il a prétendu connaître le citoyen Barras, et il a dit aussi qu'il travaillait dans une Commission du château. J'ai vérifié et c'était vrai. Là, quand on l'a ramassé par terre, je l'ai reconnu. Tenez, citoyen représentant, je vous rends les pistolets qu'il avait sur lui.

Delormel prit les deux pistolets d'arçon aux crosses ouvragées. Le lieutenant expliqua :

— C'est son général qui lui a donnés devant moi, un général italien ou quelque chose comme ça.

Nicolas et deux valets montaient le corps de Saint-Aubin dans la chambre de Rosalie ; elle les suivait avec soulagement.

— Nous vivons une époque bien compliquée, dit Delormel en empochant les pistolets.

CHAPITRE V

Le pouvoir

> « Il est bien évident que je ne fais pas un roman, puisque je néglige ce qu'un romancier ne manquerait pas d'employer. Celui qui prendrait ce que j'écris pour la vérité serait peut-être moins dans l'erreur que celui qui le prendrait pour une fable. »
>
> (Denis DIDEROT, *Jacques le Fataliste et son maître*)

Dans les semaines qui suivirent la canonnade de Saint-Roch, le général Buonaparte se transforma. Pourtant, après cette journée brutale dont personne n'était fier à la Convention, qui le connaissait ? Une poignée de députés, oui, des amis, quelques dames rencontrées dans les salons et qu'il avait amusées, les gendarmes qui avaient servi ses canons. Le peuple de Paris parlait surtout de Barras et de Danican, le chef des insurgés, parti chez le roi Louis XVIII à Blankenbourg, et plus encore du prix des haricots, trente-huit francs le plat, pensez donc, quand le mari gagne quarante francs par jour ; et le vin à quinze francs, le café à dix francs la tasse. Buonaparte ne passionnait pas les foules et il le savait, même ses proches écorchaient son nom italien, ignoraient son extravagant prénom ou ne pouvaient le prononcer sans sourire. Ses protecteurs étaient venus à sa rescousse. Fréron, parce qu'il soupirait toujours auprès de sa sœur Paoletta, qu'on appelait Pauline, parla de lui à la Convention : « N'oubliez pas que le général d'artillerie Buonaparte n'a eu qu'une matinée pour réussir les dispositions savantes dont vous avez vu les effets ! » Barras loua ensuite le courage de ce jeune officier corse et demanda qu'on le nomme général en second de l'armée de l'intérieur, ce qu'il obtint sur-le-champ; il poussa même Napoléon au centre de la salle pour qu'il entende son décret de nomination. Là, pour la première fois, sous la tribune où les grands orateurs de la Révolution avaient pris la parole, le général étonna l'Assemblée par sa mine décavée, ses bottes craquées, ses galons de tissu. Il faisait à la fois très noble et très peuple, plut ainsi aux représentants et mérita une ovation.

Sa vie en fut chamboulée.

Vers la fin du mois d'octobre, le général avait des valets, un équipage, sa loge au théâtre et des habits chargés d'or. Il s'installa au palais de l'Etat-Major, cet hôtel des Colonnades, rue Neuve-des-Capucines, avec une façade sur le boulevard, qui devint le premier monument historique habité par un Buonaparte : le gouverneur de l'Inde française, Dupleix, y était mort; un contrôleur des finances y avait installé un cabinet d'histoire naturelle. Barras, qui se préparait à devenir l'un des cinq Directeurs du nouveau pouvoir exécutif, lui abandonna bientôt sa charge de général en chef, un titre qui cachait mal celui de gouverneur militaire de Paris, responsable de la censure et des opérations de police. Après avoir changé d'aspect, Buonaparte changea de ton. Il devint méditatif et parfois cassant, ne parlait que par ordres, n'autorisait plus qu'on le tutoie. Son premier travail fut d'enrichir sa famille et ses fidèles. Il proposa son frère aîné Joseph comme consul, en Espagne ou en Italie, qu'importe ; son frère Louis, à dix-sept ans, devenait l'un de ses aides de camp aux côtés de Junot. L'oncle Fesch, qui se spécialisera par la suite dans le pillage des œuvres d'art, fut nommé secrétaire puis commissaire des guerres. L'oncle Ramolino se retrouva à l'inspection des charrois. Marmont, son ami de Toulon, revint de sa garnison de Mayence pour entrer au comité d'artillerie. Comme il descendait à Marseille avec Fréron, Buonaparte confia à son frère Lucien quatre mille francs en argent et en assignats pour leur mère.

Et puis il s'occupait de l'armée.

Il avait rappelé à Paris les troupes des banlieues, Sceaux, Saint-Cloud, Courbevoie, Vincennes, et centralisait désormais le moindre rapport dans son bureau. Sous ses ordres il comptait onze divisions, trente-deux mille hommes pour occuper la capitale et veiller à ce que rien ne bouge, avec l'appui de deux cents canons et près de sept mille chevaux. Les braillards du bataillon jacobin, si utiles le 13 vendémiaire contre les royalistes, formèrent une légion de police et le donjon de Vincennes devint une poudrière.

Dès neuf heures du soir, douze patrouilles de cavaliers sillonnaient Paris. Les rassemblements étaient à la fois interdits et impossibles, sauf au théâtre. Les pouvoirs issus d'une révolution ou d'un coup de main se méfient du théâtre, parce que les idées frondeuses s'y expriment mieux qu'ailleurs, plus directement, et que la salle y répond à la scène. Quand il sortait d'un dîner chez le traiteur Archambaud, puisqu'il délaissait la célèbre gargote des *Frères provençaux* qu'il ne trouvait plus digne de son rang, Buonaparte disait à ses officiers : « Si nous allions corriger les chouans ? » Il passait d'un théâtre à l'autre, de l'Opéra-Comique aux Variétés, et il obligeait le public à chanter *La Marseillaise*. Le général était très pointilleux : le théâtre devait être conforme, utile à la République et à sa morale affichée. Des dizaines de soldats étaient mobilisés pour intervenir, les parterres et les galeries surveillés par des agents en civil dont Buonaparte lisait les rapports, chaque matin, avant de les envoyer au ministre de la Police générale. En voici un échantillon, à propos d'une soirée au théâtre Feydeau :

> Avant le lever du rideau, un homme a été aperçu dans la première galerie, ayant les cheveux retroussés. On a crié : « A bas le chouan ! » Il a disparu. Entre les deux pièces, Gaveau s'est présenté pour chanter l'hymne des Marseillais. Plusieurs voix se sont élevées du parterre en criant : « A bas le chouan ! », faisant tous leurs efforts pour l'empêcher de chanter. Un grand désordre s'en est suivi. Cependant, Gaveau a continué. Le juge de paix a fait sortir trois des plus acharnés, lesquels ont été conduits par les adjudants de service au corps de garde, où le juge de paix les a interrogés.

Buonaparte avait un pouvoir. Il l'exerçait avec rudesse. Il courait Paris à cheval, entouré d'officiers moustachus, pour inspecter et pour se montrer. Il se sentait capable de rétablir l'ordre. Il voulait maintenant devenir populaire.

Ses idées de mariage profitable continuaient à tracasser le général. Parce qu'il estimait son nouvel état, il n'était plus question d'épouser une comédienne défraîchie, même riche, et il délaissa Mademoiselle de Montansier. Elle s'accrochait pourtant, croyait aux serments en l'air, espérait précipiter la cérémonie, parlait de son *foutour* car elle prononçait *ou* les *u*. Barras se plaisait en entremetteur ; allant visiter Buonaparte dans son palais, il annonça :

— Mademoiselle de Montansier nous invite à dîner.

— Ce soir ? répondit le général avec un sourire teint d'ironie.

— Ce soir.

— Impossible ! J'en suis très flatté, citoyen représentant, mais le temps me manque.

Il montrait la pile de rapports qu'il n'avait pas encore épluchés. Barras insista :

— Alors demain ?

Le lendemain, Buonaparte se fit à nouveau prier.

— Tu n'as même plus le temps de dîner ? lui demanda Barras que la situation amusait.

— Je suis tout à ma charge, je n'ai plus d'heures, je dors peu, je mange à peine et quand j'ai le temps.

— A cinq heures et demie ? dit encore Barras.

— Si c'est un ordre, j'obéis...

Le général se rendit donc en soupirant chez la Montansier, dans son grand appartement au-dessus du café de Chartres. Pendant le repas, il resta maussade. Barras le taquinait, la vieille comédienne minaudait :

— Vous n'aimez pas l'oie grillée, cher général ?

— Délicieuse…

— Mademoiselle ou l'oie ? disait Barras avec un sourire en se coupant une large bouchée de volaille.

— Les deux différemment, répondit Buonaparte qui se sentait tombé dans un traquenard et n'avait aucune envie de finasser.

Un valet arriva à son secours :

— Un capitaine de son état-major attend le général Buona-Parté dans le vestibule. Il dit que c'est important.

Le général se leva et enfila ses gants :

— Chère demoiselle, citoyen représentant, vous voyez que je ne mens pas. Il suffit que je m'éloigne pour qu'on me réclame.

— Paris me semble en paix, ce soir, dit Barras qui n'était pas dupe.

— Les sectionnaires s'agitent encore.

— Vraiment ? Ils ont été désarmés.

— J'en connais de récalcitrants, et pour être efficace je dois être partout.

— Le ventre vide ? se désolait la Montansier en regardant l'assiette du général.

— La priorité, c'est le travail que m'a confié la Convention, mais je reviendrai.

Dans le vestibule il retrouva Junot, et en endossant sa redingote lui dit à mi-voix :

— Tu en a mis, du temps.

— Il est six heures et demie du soir, général, comme nous étions convenus.

— J'ai l'impression que cet assommant repas a duré une éternité ! J'attendais que tu viennes me délivrer.

Ils montèrent dans l'une des voitures attribuées à Buonaparte et se firent déposer devant le restaurant

Archambaud où l'on savait cuisiner des macaronis comme les aimait le général, couverts de parmesan. Il n'y avait rien d'autre à faire, ce soir-là. La répression de l'émeute royaliste avait été indulgente ; les tribunaux militaires avaient siégé à Saint-Roch, au couvent des Filles-Saint-Thomas, au Théâtre-Français, mais presque toutes les condamnations à mort l'avaient été par contumace. Lafond de Soulé fut guillotiné en place de Grève puisqu'il avait insulté ses juges, comme Lemaître, ce journaliste qui correspondait avec les espions du comte d'Antraigues. Les autres étaient retournés chez eux, on savait leurs adresses, on ne les inquiétait pas. Le baron de Batz, conspirateur très connu, avait regagné sa chambre du 31, rue des Vieux-Augustin, premier étage au-dessus de l'entresol. La Convention songeait à abolir la peine de mort, elle travaillait sur un décret et encourageait la mansuétude. Le comte de Castellane, condamné en son absence, ne se cachait pas, il menait à Paris une vie normale ; à une patrouille de nuit qui l'arrêta pour lui demander son identité, il répondit d'un air enjoué : « Eh parbleu, c'est moi, Castellane le contumace ! » Et il poursuivit son chemin.

Au sortir du restaurant, Buonaparte et Junot passèrent par les boulevards. Un calme parfait y régnait. L'armée remplaçait partout la garde nationale et la fraîcheur de la nuit retenait les Parisiens de flâner sous les acacias aux feuilles roussies. Les vastes salles voûtées de l'hôtel de l'Etat-Major, au pied de l'escalier en marbre, ressemblaient à une armurerie ; les sections avaient été désarmées, les perquisitions continuaient chez les particuliers, dans toute la ville, pour confisquer les sabres, les fusils, les épées qui s'amoncelaient en vrac sur le carrelage, gardés par une grille et des sentinelles droites sous les flambeaux fixés au mur.

— Viens, Junot, il faut que tu te choisisses une épée de capitaine. Garde, ouvre la grille.

Le général prit un flambeau et ils entrèrent choisir des armes de qualité. Pendant que Junot fouillait dans un tas, sortait des épées, les comparait, un sergent se mit au garde-à-vous et dit à Buonaparte :

— Mon général, j'ai un paquet à vous remettre.

— De la part de qui ?

— Un jeune homme est venu dans la soirée, il m'a fait promettre de vous l'donner en personne.

— Montre.

— Voici, mon général.

Buonaparte confia son flambeau au sergent et prit le paquet.

— Il n'y a pas de lettre ? Pas de nom ? Aucune explication ?

— Non, mon général, le jeune homme a dit que vous sauriez comprendre.

Buonaparte déchira le paquet. Il reconnut les deux pistolets de luxe, celui qu'il avait offert à Saint-Aubin et celui qu'il avait confié à Dupertois.

Le Palais-Egalité, ci-devant Palais-Royal, avait repris sa routine. Les troupes y avaient campé quelques jours ; elles étaient rentrées dans leurs casernes. Les filles tourbillonnaient comme avant entre les piliers des galeries, leurs clients avaient le choix et la tête à mille fantaisies. Les restaurants refusaient des dîneurs faute de placc, les salles de jeux ne désemplissaient pas, les agioteurs vendaient de l'argent et de la camelote. Seule la physionomie du café de Chartres s'était modifiée.

Les muscadins ultraroyalistes n'y retournaient plus, ils laissaient les banquettes à ceux d'entre eux à qui suffisaient la mode et l'exagération pour se démarquer du vulgaire ; ils affectaient un langage précieux, ceux-là, qui imitait le zozotement du chanteur Garat ; on les appelait désormais les incroyables, qu'ils prononçaient inc'oyables car les consonnes comme le *r* écorchaient leurs gosiers fragiles. Ils avaient aggravé les panoplies outrées des muscadins, roucoulaient, le museau enseveli dans leurs cravates de mousseline, cheveux hérissés, basques sans mesure et culottes serrées à craquer ; les merveilleuses, elles, portaient des robes ouvertes, des chemises de linon, des pantalons roses comme leur peau, des perruques blondes que surmontaient des chapeaux à visières rondes et larges.

Revenu aux redingotes sobres, Saint-Aubin trouvait ridicule le nouveau penchant de ses anciens amis ; s'il allait les observer à travers la vitre du café de Chartres, il ne les fréquentait plus. Tant de légèreté l'écœurait après les événements sanglants de vendémiaire. Un soir qu'il se promenait dans ces parages au bras du muscadin Davenne, lui aussi rescapé de Saint-Roch, il lui expliqua que la mort injuste de Dussault l'avait éloigné de la politique, qu'il dérivait, que ses croyances de la veille n'étaient plus fortifiées par l'amitié. « Par rapport aux étoiles, disait-il, nos vies n'ont pas grande importance. » En route pour le théâtre Favart, ils discutaient, l'un désabusé et l'autre encore enflammé par la cause du roi :

Nous gagnerons, Saint-Aubin. Tous les royalistes n'ont pas été tués par les canons de Barras. Tiens, cette semaine, sur le coche d'eau qui arrivait d'Auxerre, les passagers ont dansé une ronde, et tu veux connaître le refrain ? Ils chantaient *Et bientôt nous verrons le règne des Bourbons…*

— Ton optimisme ne t'a pas empêché de recevoir un ordre de réquisition.

— Je ne me laisserai pas attraper par les soldats.

— Crois-tu ? Aujourd'hui ils ne plaisantent plus.

Si la Convention avait pendant des mois fourré en prison des muscadins, elle manquait de poigne ou de volonté, car ils étaient relâchés avant la caserne. Depuis l'installation de l'armée dans Paris, les réquisitions d'insoumis se multipliaient et le général Buonaparte veillait à ce qu'on les expédie dans les armées des frontières. Davenne le savait mais peu lui importait :

— Je n'irai pas dans leurs armées, Saint-Aubin. On dit que la désertion y progresse autant que la misère, que les Autrichiens ont chassé les troupes de la Convention en-deçà du Rhin…

— J'ai entendu le contraire.

— Propagande !

— Tu vas t'exiler ?

— Oui, en Vendée, chez les nôtres. Viens avec moi, j'ai des adresses.

Dans une maison garnie de la rue Saint-Dominique, un Anglais recrutait des jeunes insoumis en leur promettant un louis par jour. Davenne essayait de convaincre son ami :

— Et toi, si les soldats viennent te chercher ? Tu vas accepter leur uniforme bleu ?

— Ils ne viendront pas me chercher chez un député.

— Tu plaisantes ! Nous sommes tous inscrits sur leurs listes, ils nous ont déjà choisi un régiment, ils t'emmèneront de force.

— Eh bien je vais me cacher à la campagne. Delormel a des maisons.

— Tu lui fais confiance, à ton gros député ?

Saint-Aubin ne répondit pas mais pensait à Rosalie quand un chapelet d'explosions le fit sursauter. Sous l'œil rigolard de la sentinelle adossée aux grilles des arcades, Davenne leva sa canne pour rosser les polissons qui jetaient des pétards dans les jambes des promeneurs, mais les gamins s'étaient déjà faufilés dans la foule du jardin.

— Ce genre de bruit me rend nerveux, dit Davenne avec mauvaise humeur.

— En Vendée, tu vas être servi. Allez, on y va, nous allons manquer le lever du rideau.

Et Saint-Aubin lui reprit le bras.

Devant le théâtre de la rue Favart il y avait affluence. Ce n'était pas pour la pièce, un drame médiocre, *Philippe et Georgette*, mais parce que deux comédiens qui y jouaient, Elleviou et Gavaudon, réfractaires, devaient partir pour l'armée du Rhin ; ils avaient reçu leurs feuilles.

— Ma montre !

Malgré une garde renforcée, malgré les agents en civil, les voleurs profitaient de cette presse et fouillaient les poches ou les goussets, chipaient des portefeuilles, même le chapeau qu'un factionnaire avait sur la tête. Dans la salle, le public grondait et s'échauffait, commentait les réquisitions, maudissait la Convention. Lorsqu'un des deux fameux comédiens entrait en scène, on l'entendait à peine tant les applaudissements couvraient sa voix. La moindre réplique prenait un double sens :

— Et ce jeune Bonnefoy, qu'est-il devenu ?

— Il va chercher fortune ailleurs.

— En Vendée ? criait un spectateur sous les ovations.

— Gavaudon part avec moi demain matin par la diligence de Nantes, dit Davenne à son compagnon. Tu as quelques heures pour te décider. L'Agence royaliste paie le voyage.

Buonaparte commençait à soigner son image. Lorsqu'il retournait par fidélité chez Madame Permon qui, après la mort de son mari d'une fièvre cérébrale, habitait désormais une petite maison discrète de la chaussée d'Antin, il distribuait du bois et du pain de munition aux pauvres de la rue Saint-Nicolas dont elle s'occupait. Un jour, comme il descendait de sa voiture neuve aux armes de la République, avec son chapeau à plumes et des bottes cirées, une femme l'interpella : « Citoyen officier, je n'ai plus rien ! Je vais me noyer avec mes cinq autres enfants ! » Elle s'appelait Marianne Huvé et portait entre les bras un bébé mort d'inanition ; le mari, un couvreur, s'était tué en réparant la toiture du château des Tuileries. Buonaparte lui glissa dans la main une liasse d'assignats dévalués. Plus tard, dans le salon vert et blanc des Permon, il avait l'air soucieux :

— Cette femme, tout à l'heure, on va lui fournir une petite pension. Vous pouvez vous renseigner sur son cas ?

D'autres jours, Buonaparte retrouvait Madame Permon dans sa loge du théâtre Feydeau, où elle allait régulièrement sur ordre de son médecin : elle devait se distraire. Un samedi soir, alors qu'il dînait en compagnie des Permon, il ébaucha des projets de rapprochement entre leurs deux familles :

— Ne serait-il pas temps que votre fils se marie ?

— Ça dépend de lui et de lui seul, répondit Madame Permon.

— Il a un métier.

— Il n'est que l'élève d'Horace Vernet, il débute à peine dans la peinture…

— Mais il parle quatre langues, il joue très finement de la harpe, il versifie…

Buonaparte lui croyait surtout dix mille livres de rentes et proposa de le marier à Pauline :

— Ma sœur n'a rien, mais au poste que j'occupe, je peux obtenir pour votre fils une bonne place.

— Nous lui demanderons, Napoléon.

— Et votre fille Laure ? On pourrait la marier à Louis, ou même à Jérôme.

— Jérôme ? Votre frère est un enfant et Laure aussi. Vous mariez tout le monde, aujourd'hui !

Un peu gêné, Buonaparte se mit à rire. Il baisa la main de Madame Permon et ajouta :

— Et nous ?

— Nous quoi, Napoléon ?

— Si on se mariait ?

Etonnée, stupide, Madame Permon éclata de rire, s'essuya les yeux :

— Vous plaisantez ?

— Pas le moins du monde.

— Mon pauvre mari est mort il y a deux semaines…

— Commençons l'union de nos familles par notre mariage, dès que les convenances du deuil le permettront.

— Mon cher Napoléon, je pourrais être votre mère.

— Réfléchissez, au moins.

— C'est tout réfléchi !

Et elle éclata une nouvelle fois de rire.

Piqué au vif, très vexé, Buonaparte quitta la pièce. Restée seule avec sa fille, Madame Permon lui dit :

— Tu vois, Laurette, il a un gésier à la place du cœur, ton Chat botté.

Barras était généreux et Rose de Beauharnais très dépensière. Il finançait les études des grands enfants que la vicomtesse cachait pour se rajeunir, Eugène dans un collège irlandais de Saint-Germain, Hortense chez l'ancienne femme de chambre de la reine, Madame Campan. Par fourgon militaire il envoyait du gibier et des volailles dans la maison de Croissy qu'elle avait louée à des amis et où elle ne venait qu'une fois par semaine pour y recevoir Barras, justement, qui arrivait à cheval précédé de gendarmes. A chacune de ses visites elle se plaignait de manquer, partait emprunter aux voisins de la vaisselle ou des verres. Elle se sentait ici trop loin de Paris, et à l'étroit dans son petit appartement de la rue de l'Université. L'été précédent elle s'était donc installée à la lisière nord de la capitale. D'abord Chanterelle, cette allée récemment pavée se nommait Chantereine en souvenir des marais et du vacarme des grenouilles, car la ville avançait et mangeait la campagne alentour. C'était une villa à un étage, avec des mansardes sous les toits, une remise, une écurie pour les deux chevaux offerts par Barras, un jardinet. Rose avait loué cet hôtel à une danseuse de l'Opéra qui venait de quitter le comédien Talma. Avec quel argent ? Elle avait été à la banque Mathiesen et Sissen, à Hambourg, pour y tirer trois lettres de change sur sa mère restée à la Martinique malgré l'occupation anglaise ; elle avait aussi récupéré quelques biens grâce à ses nouvelles amitiés mondaines, des bijoux, des meubles, des vêtements. Cela ne pouvait suffire mais elle comptait sur Barras pour payer ses dettes, parce qu'elle voyait grand : sitôt rue Chantereine, Rose se lança dans des travaux ruineux, elle agrandit le perron en véranda, accrocha partout des miroirs et, dans sa chambre à coucher, entre les chaises de nankin bleu et la table en bois, posa un buste de Socrate.

Avec malice, Barras poussa Buonaparte dans les bras de Rose, pour se débarrasser d'elle ; il trouvait des arguments capables de convaincre le général :

— Tu sais, c'est la fille d'un riche planteur de cannes à sucre, Tascher de La Pageric.

— Un noble ?

— Un noble colon, oui. Il avait cent cinquante esclaves.

— Je n'y connais rien en esclaves…

— En outre elle est vicomtesse. Elle tient de l'ancien régime et du nouveau, tu devrais y songer, toi qui ne parles que de mariage profitable.

— Enfin ! citoyen représentant, c'est ta maîtresse.

— Une amie, tout au plus, une amie chère. Et puis il est temps que tu penses à toi, général. Elle a un titre, des relations, une jolie villa. Elle te donnerait une consistance.

— Tu le crois ?

— Je le sais.

La villa de la rue Chantereine acheva de persuader Buonaparte : elle avait les apparences d'une fortune. Il accepta donc les invitations de la veuve Beauharnais qu'il essaya de séduire par intérêt. Ces soirs-là, sortant de ses ordinaires opérations de police ou de ravitaillement, il devenait aimable et drôle. Les invités de Rose tombaient sous le charme, et lui, il se plaisait dans cette société d'ancien régime à la fois protégée et hostile au gouvernement, comme Madame de Lameth, la fille d'un planteur dominicain devenu négociant à Bayonne, ou une vraie duchesse, Madame d'Aiguillon, ou une Madame de Gallissonière dont le mari avait émigré, les marquis de Caulaincourt et de Ségur. Pour subjuguer les dames, plus émotives mais influentes, il leur racontait des histoires de revenants et soignait la mise en scène :

— Chère vicomtesse, disait-il à Rose, peut-on éteindre ce lustre, et ce bougeoir, et celui-ci, créer une pénombre ?

— Ah ! général, frémissait une marquise, vous allez encore nous terrifier !

— Parce que vous aimez, Madame, avoir peur. Je me trompe ? Il faut un peu d'obscurité, si vous voulez que je convoque les morts. Ils reviennent la nuit, la lumière les effraie.

Les messieurs souriaient, les dames frissonnaient, mais tous formaient un cercle attentif autour de Buonaparte, assis à califourchon sur une chaise dorée :

— En Corse où je suis né, beaucoup d'enfants sont doués de double vue…

— Comme vous, général ?

— Il m'a prédit que je serai princesse, un soir chez Thérésia, répondait Rose de Beauharnais.

— Rien n'est trop beau pour vous, très chère amie, disait Buonaparte avec une voix d'outre-tombe, mais mon île est plus rude que la vôtre. En Corse, il y a des fantômes dans les torrents, des esprits invisibles entrent dans les maisons et boivent le sang des nourrissons, d'autres fendent le crâne des voyageurs qui empruntent certains sentiers. Les enfants morts avant d'être baptisés reviennent sous la forme d'un petit chien…

Un chien se mit à japper. Les invités en furent glacés d'effroi, mais la vicomtesse les rassura en s'amusant de la coïncidence entre le récit et la réalité :

— Ce n'est que Fortuné, ne craignez rien.

Fortuné était un épouvantable roquet, un carlin rond comme une andouillette et court sur pattes, poil roux, museau noir, jaloux, grincheux, qui montrait ses vilains crocs quand sa maîtresse ne s'occupait pas assez de lui.

— Il mord tout le monde, disait-elle pour excuser l'animal, mais il n'est pas méchant et ce n'est pas un revenant.

A la demande de tous, le marquis de Ségur reçut la mission de pousser l'animal dans le jardinet, ce qu'il fit au détriment de ses bottes, dans lesquelles Fortuné planta les dents. Le chien aboyait maintenant derrière la porte-fenêtre de la véranda mais le cercle s'était reformé :

— La suite, général.

— Continuez votre affreuse histoire, dit la vicomtesse. Vous disiez que les morts reviennent la nuit…

Avec un air mystérieux, Buonaparte baissa la voix :

— Je me souviens d'un paysan qui avait couru le maquis toute la nuit. Il retrouva son village au petit matin. Tout le monde dormait. Alors il vit une procession du côté de l'église. Il regarda défiler ces gens et n'en connaissait aucun, il en était troublé mais son cheval, lui, piaffait, frappait la terre du sabot, refusait d'avancer.

— Qui était-ce donc ?

— Des morts qui revenaient dans leur village.

— Pour tuer les vivants ?

— Pour reprendre leurs places ?

— En Corse, continua le général, on sait comment s'en protéger.

— Comment ? comment ? répétaient les dames en chœur.

— Il faut s'adosser à un mur avec un couteau dans la bouche, la pointe tournée vers le fantôme, et pas question de s'évanouir ou de s'endormir, il faut tenir bon, les yeux ouverts.

— Sinon ?

— Sinon les fantômes vous mettent un cierge dans la poche, et le cierge se transforme en bras d'enfant, et vous-même devenez un sorcier.

— N'êtes-vous pas un peu sorcier, général ?

Il ferma les yeux, récita comme un tragédien :

— Deux mois avant ma naissance on a aperçu une comète près de la pointe de la Parata, au-dessus des îles Sanguinaires…

Sur un signe de Rose, un valet prêté par Barras ralluma les bougeoirs. Buonaparte se leva, très entouré, très admiré par les marquises et les duchesses qui raffolaient de l'au-delà, des devins et des châteaux hantés. Derrière un grand bougeoir de cuivre dont le valet avait ravivé les quinze chandelles, Buonaparte reconnut Rosalie Delormel et, à côté d'elle, la mine grave du jeune Saint-Aubin. Il parvint à échapper aux compliments de son auditoire, salua Rosalie, demanda des nouvelles de son mari le député, puis, sans écouter vraiment la réponse, se planta devant Saint-Aubin :

— Il ne fallait pas me rendre les pistolets que je t'avais donnés.

— Vous ne m'en avez offert qu'un seul.

— L'autre ?

— Je l'ai ramassé dans la cour du restaurant Vénua. Votre provocateur l'a laissé tomber au moment où nous l'avons tué.

— Parfait. Il ne risque plus de bavarder. Les morts ne reviennent pas tous empoisonner les vivants.

— Vous avouez ?

— Quoi donc ?

— C'était le soir de Saint-Roch.

— Saint-Roch ! la paroisse des écrivains et des artistes…

— L'église des canons. Vous y étiez en personne.

— Le fait est indéniable.

— Vous avez déclenché l'émeute en commandant le premier coup de feu.

— Oh, moi je m'en tiens à la version officielle. Un muscadin a tiré sur mes soldats, qui ont répliqué.

— C'est faux et vous le savez.

— Tu as éliminé le seul témoin, je n'y peux rien.

— Vous avez aussi tué mon meilleur ami.

— La mort, à notre époque, nous vivons avec depuis l'enfance.

— Je sais.

— Au régiment, tu apprendras l'endurance.

— Je refuse d'y aller !

— Nous verrons.

Vous avez épargné l'armée au comédien Elleviou.

— Parce qu'il fréquente le salon de Madame de Beauharnais.

— Moi aussi.

Rose jouait maintenant de la harpe devant des amis indulgents ; elle devait préférer sa guitare et les complaintes antillaises. Buonaparte la regardait. Elle avait une peau cuivrée, la douceur caraïbe.

Tandis que Buonaparte se rendait intéressant auprès de cette veuve Beauharnais qu'il croyait noble et riche, la Convention mourait de mort naturelle. La dernière séance avait permis d'expédier des décrets subalternes et les députés s'étaient quittés dans la bonne humeur, se disant au revoir plutôt qu'adieu, car ils allaient presque tous se retrouver sur les bancs des deux Conseils prévus par la nouvelle Constitution, celui des Anciens et celui des Cinq-Cents, qui s'empressa de former une liste de candidats au Directoire exécutif. Pour gouverner la France on parlait de Cambacérès, on parlait de Sieyès, mais ils se défilèrent. Cambacérès retourna méditer sur le Code civil, et Sieyès, qui égratignait déjà la Constitution, réservait sa réputation à des tâches plus sûres : mener un pays affamé et frondeur, sortir enfin sur le devant de la scène, cela ne lui convenait pas ; jouer en coulisse, manœuvrer, comploter sans trop de risques, cela lui allait mille fois mieux et il partit quelques mois à l'ambassade de Berlin pour prendre du recul. Lazare Carnot remplaça ce sournois. Il n'y avait guère de choix, et le Conseil des Cinq-Cents, à peine constitué, commença à s'en plaindre. Les autres candidats, sauf Barras, étaient de parfaits inconnus : le directeur de l'arsenal de Melun, un ancien juge de paix à Conches, un nouveau riche du Calvados… Barras et ses amis régicides, sur la défensive, avaient déjà forcé la main des élus, comme pour un prélude à d'autres coups d'éclat.

Gouverner la France en 1795. Il fallait du courage, tout de même, pour hériter de la Convention qui, après avoir régné plus de trois ans, venait de s'éteindre sans bruit. Assemblée redoutée, elle avait beaucoup tué et beaucoup bâti. Elle léguait à la Nation des lycées, des bibliothèques, l'Institut, l'Ecole normale, Polytechnique, le Conservatoire des Arts et Métiers, un Code civil en gestation, un Code pénal nettoyé des supplices barbares de l'ancien régime ; elle avait décidé la séparation de l'Eglise et de l'Etat, imposé la langue française dans les provinces, inventé le système métrique et permis le divorce. Sur le papier l'esclavage était aboli, mais les armateurs et les négriers de Saint-Malo, de Nantes ou de Bordeaux rechignaient à appliquer la loi, soutenus par les marchands de sucre et de café. Enfin, pour le symbole, la place de la Révolution dépouillée du rasoir national se nommait désormais place de la Concorde.

Tout restait à faire.

Par la volonté de Barras, Delormel figurait au nombre des Directeurs qui devaient redresser un pays démoralisé dont les caisses étaient vides. Les soldats désertaient en foule. Les contrées annexées commençaient à gronder contre des soudards qu'elles avaient d'abord pris pour des saints. Les provinces du Midi et de l'Ouest poursuivaient la rébellion. L'Autriche menaçait à l'est et en Italie en attendant de relancer l'offensive au printemps. Les armées de Kellermann et de Schérer, démunies, piétinaient devant les Alpes ; le général Pichegru trahissait au profit du comte de Provence dont il attendait de l'or, le gouvernement de l'Alsace et le château de Chambord. L'Angleterre de William Pitt continuait activement à financer la coalition contre la République, sans considérer les mauvaises récoltes et les cailloux jetés contre le carrosse de Sa Très Gracieuse Majesté George III aux cris de « Pas de guerre ! Pas de famine ! ».

Le 2 novembre, ci-devant Jour des Morts, Delormel monta au petit matin dans une calèche où il retrouva Barras emmitouflé dans son gros manteau. Ils rejoignirent vers le Châtelet une seconde calèche et traversèrent la Seine, escortés par des cavaliers aux bottes lépreuses.

— Maintenant il va falloir durer, dit Barras à son nouveau collègue.

— Et nous remplir les poches.

Le froid piquait, à l'intérieur de la voiture ; de la buée sortait de leurs bouches en même temps que leurs paroles. Ils s'arrêtèrent devant le Luxembourg, l'ancien château de Marie de Medicis, descendirent tous de leurs calèches ; sans se saluer, ils entrèrent ensemble dans le palais : plus un meuble, plus un carreau, plus une bougie, les dorures s'en allaient par plaques, les bois moisissaient ; en traversant ces longues salles désolantes qui avaient servi de prison pendant les jours noirs de la Terreur, ils devinaient les ombres des girondins, de Danton, de Robespierre. Au Petit-Luxembourg attenant, qui avait hébergé le comte de Provence avant son exil italien, ils ne trouvèrent que des appartements pareillement dévastés, mais un bonhomme au visage gris comme sa redingote accourut en trottinant :

— Citoyens Directeurs, je suis Dupont, le concierge.

— Tu vis seul, ici ? demanda Barras.

— Eh oui…

— Montre-nous un endroit où nous pouvons nous réunir tout de suite.

Le concierge solitaire conduisit ces messieurs dans l'une des rares pièces dont on pouvait fermer la porte, mais elle était dépourvue de mobilier et les cinq maîtres de la France, debout, se gelaient. Dupont jeta trois bûches dans la cheminée de pierre et voulut commencer l'installation en allumant un feu.

— Laisse, dit Delormel, je m'occupe de la flambée.

— Va plutôt nous dégotter une table et de quoi nous asseoir, dit Barras.

— Et du papier, et de l'encre, dit Carnot.

— J'y vais, citoyens, j'y cours. Du papier à lettre suffira ?

— Pour notre premier procès-verbal, nous saurons nous en contenter.

A quatre pattes devant l'âtre, le gros Delormel battait le briquet pour enflammer les bûches, il y réussit mais le bois était humide et fumait. Les Directeurs se regardaient par en dessous. Dupont revint en tirant une table, repartit, apporta des chaises de paille. Barras semblait le plus à l'aise. Lazare Carnot, blême, sec, autoritaire, marqué de petite vérole, paraissait impatient de se mettre au travail sans trop de préliminaires ; il avait une réputation de probité mais on le disait rêveur. L'homme était ambigu. Partisan de l'offensive à la baïonnette, organisateur des armées, simple capitaine du génie qui commandait aux généraux, il écrivait à ses heures des chansons pastorales inspirées de Rousseau : « Venez, venez, jeunes bergers… »

Le citoyen La Révellière-Lépeaux figurait un bucolique triste, que l'étude des plantes consolait de la fréquentation des hommes. Ce magistrat aux yeux globuleux et aux cheveux longs, avec un nez écrasé, ressemblait à un bouchon monté sur des épingles car il avait des jambes grêles et une bosse sur le dos. Cette difformité expliquait son aversion des prêtres : un abbé Perraudeau lui avait enseigné Virgile à coups de trique et il en gardait un corps de Polichinelle. Son frère, ses cousines, son premier amour avaient été guillotinés mais il demeurait un républicain fervent et rêvait à l'Etre suprême. Jean-François Rewbell, enfin, rougeaud et carré, un avocat de Colmar, homme d'affaires énergique, c'est-à-dire accusé de vols mais sans preuves, s'était hélas affublé d'adjoints dont les noms seuls définissaient un programme malencontreux : Rapinat, Forfait et Grugeon.

Ils se haïssaient les uns les autres.

Pour Carnot, Barras était un Caligula prêt à se vendre, le patron des nobles tarés, et il traitait La Révellière-Lépeaux, qu'on surnommait Laid-Peau, de puant, difforme, hypocrite, immoral. La Révellière de son côté voyait en Carnot un individu féroce et cruel, dissimulé, vaniteux, Delormel un parvenu ridicule, Barras un débauché. Rewbell ? Pour Carnot c'était un chapardeur… Ces braves gens allaient pourtant se retrouver chaque jour dans un salon du premier étage pour gouverner le pays, travaillant parfois seize heures d'affilée parmi les insultes et les menaces :

— Foutre gueux !

— Fichu coquin !

— Scélérat !

— Traître !

— Ivrogne !

Rose et le général s'invitaient. Elle venait dîner à l'Etat-Major et il la retrouvait rue Chantereine. Ils s'observaient, ils s'envoyaient des billets courtois, ils se jugeaient. Il la voyait intrigante, parfois agaçante mais agréable. Elle le trouvait grossier, avec des mots blessants quand il parlait des femmes, elle n'éprouvait pour lui que des sentiments tièdes. Bien sûr, Barras prédisait un bel avenir à cet officier déconcertant, il poussait même à un mariage. Rose hésitait. Sa tante, Madame de Renaudin, l'avait déjà jetée dans les bras d'un jeune officier mondain qui avait étudié à Paris et à Heidelberg, Alexandre de Beauharnais, et ce mariage mal préparé avait mal tourné, leur vie commune était devenue un désastre. Rose n'osait plus s'engager ; elle essayait cependant de mettre Buonaparte à l'aise.

Elle avait tressé des guirlandes de fleurs autour des flacons de vin, allumé un feu dans la cheminée. Dehors il neigeait sur les citronniers du jardin. Lorsque ses invités prirent congé et qu'elle eut écarté la comtesse Stéphanie, cousine et chaperon qui vivait chez elle, se voulait poétesse et répétait que l'Académie de Lyon et la Société bretonne lisaient ses vers avec ravissement, elle fit visiter sa maison au général. Les enfants ? En pension. Il n'y avait plus personne ? Plus personne. Et au-dessus de l'escalier qui montait en tournant, la chambre, l'alcôve et ses oiseaux peints, le lit. Rose babillait, elle feignait de s'intéresser à la famille Buonaparte et il l'assaillait à son tour de questions sur sa vie à la Martinique, son enfance aux Trois-Ilets, cinquante maisons de palissades ramassées au fond d'une baie, sous des montagnes vertes, près du moulin à sucre et des filets de pêcheurs qui séchaient sur la plage. Les créoles ont des longs cils et les cheveux fins, elles sont légères, distinguées, presque maladives d'aspect, molles comme le climat de leurs îles. Elles savent sourire à merveille, troubler d'un mouvement d'épaule. Là-bas, on s'excite ou on sommeille. Les femmes vivaient des journées élémentaires, couchées, avec leurs domestiques autour d'elles, des esclaves noires ou brunes accroupies sur des nattes. Quand elles ne somnolaient pas elles fumaient du tabac qu'elles crachaient, buvaient du muscat, commandaient les confidences d'une servante préférée ou s'amusaient qu'elle leur chatouille les pieds avec un bouquet de plumes.

Et Rose racontait de sa voix indolente.

Pas de musique, jamais aucun livre, aucune broderie, les bruits de l'eau, ceux des oiseaux, l'heure du chocolat ou des sucreries. Rose devait porter une *gaule*, ce drapé de mousseline blanche, et retenir ses cheveux par un madras de couleurs vives, elle somnolait dans son hamac de soie décoré de plumes d'oiseaux, soignait ses magnolias, ne s'aventurait pas trop le soir à cause des serpents. Sa nourrice, une grande Africaine qui fourrait des fleurs dans son corsage, n'avait dû manger que des légumes bouillis pour que son lait soit plus doux. La douceur était partout jusqu'à l'écœurement. Le luxe, c'était l'ombre. L'humidité du sol qui faisait percher les cabanes sur des pilotis, le vert cru, un soleil brutal poussaient à bénir le moindre courant d'air et cette brise venue de la mer. Les hommes s'habillaient quand même de velours noir pour marquer leur différence avec les indigènes nus, ils transpiraient, buvaient des alcools redoutables, subissaient les moustiques et les fièvres : il fallait deux générations pour s'habituer. Entre colons ils causaient de la santé des esclaves, de leur cheptel et de leur isolement. Les femmes ne portaient qu'une seule jupe, des fichus menteurs couvraient mal leurs poitrines. A table, les serviteurs mettaient des habits blancs et servaient pieds nus. On s'ennuyait. On comptait ses sous. On entassait le linge sale dans des armoires d'acajou. On sautait au cou des visiteurs même si on les connaissait peu : une distraction, quelle aubaine ! Les voisins se rencontraient le dimanche, portés dans leurs hamacs ou sur de petits chevaux alertes. La poussière et la pluie rentraient sous les vérandas. Cela sentait l'oranger. On se promenait parfois au bout du jardin, entre les haies de cocotiers et de bambous, jusqu'à la rivière fraîche. On grignotait des mangues, des bananes, ces goyaves abondantes au goût mélangé de poire et de figue verte. Chaque soir la brume descendait.

« J'ai dû quitter ma cour bordée de tamarins, disait Rose en plissant les yeux, près de la case à farine, du moulin à sucre et du cachot. Je suis entrée au couvent des Ursulines, je n'en suis sortie que pour me marier à Beauharnais. J'ai débarqué à Brest sous une pluie froide. Chez toi, en France, j'ai tout le temps froid. Réchauffe-moi… »

Elle déboutonna l'habit brodé du général.

Comme chaque matin, Buonaparte recevait ses agents un par un dans son vaste bureau de l'Etat-Major. Par les fenêtres il voyait la neige tomber avec une lenteur hypnotique sur le boulevard des Capucines ; il ne regardait pas le policier camouflé en bourgeois qui lui exposait la situation :

— A Paris comme aux environs, mon général, les vols se multiplient. A la Halle, tout à l'heure, une femme s'est fait choper les assignats qu'elle tendait à une marchande, et le fripon est parti en courant. Près de Créteil, une autre portait du grain aux moulins, des brigands l'ont attendue pour voler sa farine à son retour. J'ai cent exemples de ce genre

L'homme feuilletait son carnet.

— Les gendarmes ? lui demanda Buonaparte en pensant à autre chose.

— Ah ! ceux-là ! Ils s'amusent dans les cabarets, ils ne patrouillent jamais sur les routes de traverse, ils laissent les rôdeurs aller de ferme en ferme et rançonner, ils n'interviennent pas, et les filous s'organisent, mon général, ils marquent les maisons à dévaliser, ils établissent des listes. Il y va du ravitaillement de la ville.

— La légion de police ?

— Elle roupille dans ses casernes. Ces anciens jacobins que vous avez recrutés, mon général, les gens s'en méfient.

— Il n'y a qu'à les envoyer remplacer les gendarmes dans nos campagnes proches. Ils surveilleront les fermes, et, en plus, ils s'assureront que les paysans ne se dérobent pas aux réquisitions, que leurs greniers approvisionnent bien les marchés. Ce type d'espionnage a très bien fonctionné près de Lille, m'a-t-on dit…

— C'est à vous de décider, mon général.

Buonaparte mit la main devant sa bouche pour masquer un bâillement. Il congédia son agent, vite remplacé par un autre. Celui-ci expliqua que les équarrisseurs achetaient pour rien des vieux chevaux, hors de service, qu'ils revendaient à des prix honteux comme de la chair fraîche. Buonaparte regardait toujours la neige d'un air distrait. Un troisième agent vint lui parler du très grand nombre d'émigrés, sous le titre de négociants étrangers, qui s'installaient dans les auberges ou les maisons garnies :

— Mon général, les commissaires devraient visiter et surveiller ces maisons.

— Ils ne le font pas ?

— Hélas !

— Pourquoi ?

— Les propriétaires qui tiennent ces maisons les dissuadent.

— Comment ?

— En leur offrant à boire ou autre chose.

— Pourquoi ?

— Pour que les autres locataires ne s'en aillent pas loger ailleurs. Mais les royalistes, mon général, ils sont bien visibles, ils dépensent beaucoup dans les restaurants. Et pas qu'à Paris. Ils infectent le pays tout entier. Je sais qu'à Lyon ils assassinent tous les jours des patriotes, que les chouans sont chez eux à Laval, que des réfractaires vivent dans la forêt sur la route de Chartres, que…

— Merci.

Buonaparte, en même temps qu'il posait des questions machinales, gribouillait au crayon sur une feuille blanche.

— Junot !

Il se lève, froisse la feuille couverte de mots illisibles à l'orthographe fantaisiste, marche vers la porte dont les battants s'ouvrent à son approche, passe devant deux valets immobiles, crie dans les couloirs feutrés :

— Junot !

Il rentre dans le bureau de son aide de camp qui lisait *Le Moniteur*.

— Junot, prends ta plume et note.

L'autre obéit aussitôt. Le général précise :

— Je te dicte lentement, pour une fois, mais il faut que tu t'appliques. C'est une lettre. Je veux qu'elle soit jolie.

— Je suis prêt.

— *Je me réveille plein de toi. Ton portrait et le souvenir de l'enivrante soirée d'hier n'ont point laissé de repos à mes sens. Douce et incomparable Joséphine…*

— Joséphine ?

— Tu es devenu sourd ?

— Pardonnez, général, mais je ne vous connaissais pas cette relation.

— Mais si, grande bête ! c'est la vicomtesse de Beauharnais !

— Rose de Beauharnais ?

— Rose ? Non. Rose, d'autres l'ont prononcé avant moi, ce prénom, mais Joséphine, là, je suis le premier. Et puis j'ai décidé. Ne coupe plus ma pensée. Note. *Incomparable Joséphine*, donc, *quel effet bizarre faites-vous sur mon cœur !*

Et Junot s'applique à écrire cette lettre qui s'achève par *Mio dolce amor, reçois un millier de baisers ; mais ne m'en donne pas, car ils brûlent mon sang*.

Le nouveau régime s'installait. Les Directeurs s'étaient partagé les responsabilités pour se voir le moins possible et ne plus s'insulter au lieu de travailler. Carnot se retrouva naturellement à la Guerre, Barras à l'Intérieur, Rewbell aux Affaires étrangères, Delormel aux Finances, et comme ils se croisaient déjà trop à leur goût, ils s'étaient partagé les logis et les jardins. Si Delormel continuait à résider dans son hôtel des Deux-Portes-Saint-Sauveur, Barras s'était attribué d'office le premier étage du palais, avec la galerie de Rubens pour y recevoir sa cour. Les autres se débrouillèrent au Petit-Luxembourg où ils vécurent de façon plus austère. Carnot construisit un pavillon en forme de tente militaire, La Révellière une chaumière sous les arbres ;

il s'y retirait pour jouer de la flûte et enseigner l'italien à sa fille Clémentine, sinon il partait discuter botanique avec les frères Thouin qui organisaient le Jardin des Plantes ; le dimanche en famille, le plus frugal des Directeurs s'en allait cueillir des fleurs et des herbes à Andilly, et il revenait en charrette. Les Pentarques, ainsi surnommait-on les cinq Directeurs, s'ils s'évitaient désormais avec soin, se rencontraient encore aux dîners officiels, mais ils prenaient garde de ne rien dire, on n'entendait guère que la voix des maîtres d'hôtel qui présentaient les vins.

Les premières décisions concernèrent le décorum. Barras voulait frapper les esprits et que les nouveaux gouvernants aient de l'allure. Il chargea le peintre David d'inventer des costumes dans le genre antique pour bien désigner les attributions de chacun. Les Anciens allaient enfiler une longue toge bleue et se poser sur le crâne une toque en velours, mais ils échappèrent à cette panoplie : les fâcheuses robes furent saisies à Lyon parce que les étoffes provenaient de Londres. Les Cinq-Cents, également menacés d'un déguisement, attendaient surtout qu'on leur aménage la salle du Palais-Bourbon. Les mieux empanachés et les plus vite servis furent les Directeurs eux-mêmes ; le peintre David s'était surpassé en leur concoctant un costume d'apparat. Barras en était enchanté puisqu'il était capable d'endosser avec élégance des parures invraisemblables. Ses collègues rechignaient, sauf Delormel, ébloui quand il l'essaya la première fois devant les longs miroirs posés contre les murs de son salon d'honneur. Sur une tunique bleue il portait un manteau à l'espagnole orange, surchargé de broderies en or et de glands, un baudrier, un glaive romain, des bouffettes aux escarpins. Le tailleur et ses aides le complimentaient mais il souhaitait l'avis de ses proches et appela son majordome :

— Nicolas !

— Monsieur ? dit le larbin.

— Va chercher Madame.

— Il est bien tôt et elle doit dormir…

— Tu la réveilles, l'affaire est importante, tout de même ! Crois-tu que je vais l'impressionner ? Dépêche-toi, je veux son sentiment.

— Vous êtes à la fois sublime et majestueux, citoyen Directeur, dit le maître tailleur. N'est-ce pas, vous autres ?

— Sublime et majestueux, répétèrent les commis.

— Vraiment ? dit Delormel.

— Vraiment, répondirent-ils d'une même voix.

— Vous dites cela pour me flatter.

— Pas un instant, citoyen Directeur, et avec le chapeau vous serez au-dessus du commun.

— Donnez-le-moi.

Le tailleur tendit le chapeau de feutre noir à large ganse tricolore que surplombaient, comme un parasol, des plumes d'autruche peintes aux couleurs de la République. Ainsi coiffé, Delormel provoqua les exclamations des commis :

— Cela vous va à merveille !

— Imposant !

Rosalie entra dans le salon en frottant ses yeux ensommeillés ; elle s'était drapée à la va-vite dans un voile, sans souliers, sans bijoux, sans poudre sur le visage, les mèches noires en dispute. Saint-Aubin la suivait, lui aussi en chemise et la mine boudeuse.

— Admirez l'art de ce costume de Monsieur David, leur dit Delormel, les poings aux hanches.

Rosalie se mit à pouffer. Saint-Aubin dut la tenir dans ses bras pour qu'elle ne tombe pas de rire sur le tapis ; il la déposa dans un fauteuil où elle continua à s'esclaffer. Son mari était indisposé par l'insolence. Le tailleur et sa troupe, prudents, se retirèrent à reculons.

— Ma pauvre Rosalie ! voilà tout l'effet que ma nouvelle dignité t'inspire !

— Ouiiii ! eut-elle la force de répondre entre deux éclats, et elle se renversa, hilare, sur le dossier de son siège.

— Et toi ?

— Moi ? dit Saint-Aubin qui s'efforçait de garder un semblant de sérieux.

— Tu ne trouves pas cette mise assez noble ?

— Noble n'est peut-être pas le mot exact…

— Quel est-il, alors, ce mot exact ?

— Eh bien, euh, je dirais plutôt que le costume est théâtral.

— Fort bien, c'est le but. Je vais en effet jouer un rôle. Oui, théâtral, je suis en représentation, je représente le gouvernement, quand j'apparais aux citoyens je monte sur scène.

— Et le parterre siffle, dit Rosalie qui retrouvait son souffle et s'essuyait les yeux du dos de la main.

— Un peu de respect, sinon pour moi, du moins pour mon rang ! J'accepte théâtral comme Talma dans *Britannicus*, et cet habit souligne mon pouvoir.

— La meilleure preuve de votre pouvoir, dit Saint-Aubin, ce serait de m'éviter la conscription.

Tu as reçu des papiers de l'armée ?

— Pas encore mais je m'y attends.

— Ce n'est pas dans mes attributs.

— Eloignez-moi dans l'une de vos maisons.

— Cela se saurait.

— Il me semble mince, votre pouvoir.

— J'en parlerai à Barras.

Là-dessus, sourcils froncés sous le chapeau dont les plumes géantes voletaient à chaque pas, il sortit d'un air martial et se précipita dans sa calèche qui attendait devant le perron.

— Au palais, dit-il à son cocher.

Chacun à leur tour les Directeurs recevaient le matin en audience publique sous les lambris redorés, en haut de la rue de Tournon, quiconque avait un problème à soumettre. Dans sa voiture, Delormel se renfrognait. Rosalie n'était pas la seule à se moquer. Les Directeurs incitaient à la plaisanterie. Déjà. On les affublait de sobriquets moqueurs, les *Cinq-Sires* pour Saint-Cyr, *les mulets empanachés*, ou bien, sur des graffitis relevés près du Luxembourg contre les guérites des sentinelles : *Manufacture de Sires à frotter*. Des pamphlets couraient Paris. Les chalands s'arrêtaient devant des affiches injurieuses, s'en amusaient, applaudissaient, et les factions des deux extrêmes se reconstituaient contre ce gouvernement impuissant. Delormel y avait sa part ; le nombre des problèmes à résoudre le dépassait, et ils étaient de toutes dimensions, des plus mesquins aux plus graves. Comment imposer la taxe sur la viande, si impopulaire chez les bouchers et dans le peuple ? Comment empêcher les parfumeurs de spéculer sur les pommes de terre dont ils faisaient de la poudre ? Comment redonner de la valeur à la monnaie républicaine ? Fallait-il vendre les biens nationaux, brader le patrimoine pour un gain à court terme ? Voulant gagner du temps, Delormel avait établi une commission des finances sur les assignats, mais il n'en sortirait aucune idée efficace. Le seul problème se résumait en une phrase : où trouver de l'argent ?

Au Luxembourg, derrière sa table, il attendait le public, admis pour une heure, que des huissiers en pèlerines noires et plumes rouges canalisaient derrière une balustrade. Les gens lui apportaient un mémoire, des plaintes, des avis ; il les recevait avec des mots de réconfort ou un intérêt factice. Chacun était convaincu, eux comme lui, que ce genre de pétition n'avait aucune chance d'aboutir ; surtout, les Parisiens venaient regarder de plus près ces nouveaux maîtres qu'ils méprisaient. En faisant semblant de les écouter, Delormel pensait : comment trouver de l'argent ? Pour lui, il avait su et le savait encore, mais pour la France ? Comment trouver de l'argent ?

Comment trouver de l'argent ? se demandait Barras qui devait dénicher en urgence six cents millions de francs. Il voulait durer et c'en était le prix. Comment renflouer le Trésor ? Il se creusait la tête. L'emprunt forcé, lancé en catastrophe comme un remède, se révélait minable et dangereux ; en taxant les plus riches on désorganisait le commerce, des ateliers et des fabriques fermaient faute de clientèle, et les prix grimpaient toujours. Le vicomte ne croyait pas aux miracles et n'avait aucune solution à proposer. Il en était là de ses réflexions désabusées quand on cogna à la petite porte encastrée dans les boiseries, à droite de la cheminée. Ses espions passaient par cet escalier secret qui leur évitait de rencontrer des soldats ou des huissiers trop curieux. C'est ainsi que souvent Buonaparte venait lui rendre compte de l'état de Paris, à l'écart des indiscrétions car beaucoup ne l'aimaient pas ou se méfiaient de lui. Ce n'était pas au général que Barras ouvrit en tirant le loquet. Joseph Fouché entra dans le bureau, de la neige sur son manteau :

— Tu aurais pu te secouer avant, lui dit Barras, tu vas mouiller mon parquet !

Fouché était toujours aussi malingre, le nez et les joues rougis par le froid, mais il était mieux vêtu depuis qu'il travaillait pour le vicomte, et sa redingote noire était bien coupée. Il ne répondit pas mais tendit le dernier numéro du *Tribun du peuple* :

— Les ultrajacobins que je contrôle commencent peut-être à exagérer…

Barras alla s'asseoir pour feuilleter le journal. Fouché jeta son manteau sur l'accotoir d'un fauteuil et resta debout, si l'on peut dire, car il se tenait voûté. Ses yeux d'un gris terne fixaient le vicomte, agacé par sa lecture, qui reposa le journal sur sa table d'un geste brusque :

— Tu as raison, Fouché. Nous tombons d'un extrême dans l'autre, nous voguons entre deux écueils, l'aristocratie et la démagogie. Que fais-tu donc ?

— Je surveille et j'oriente les ultrajacobins. Tu remarqueras que si cette feuille s'en prend à toi, elle ne te nomme jamais.

— Ni toi, fripouille.

— Evidemment.

— Ils vont nous compliquer la vie, tes forcenés.

— Nous les arrêterons à temps.

— Par quel moyen ?

— En les éliminant, en supprimant leur meneur.

— La prison ?

— Oh non ! c'est en prison que Babeuf a monté sa réputation…

Gracchus Babeuf avait autrefois servi comme loufiat chez un Monsieur de Braquemont dont il avait épousé l'une des femmes de chambre, il s'engagea comme arpenteur, devint fonctionnaire, fila en prison pour des écrits excessifs, et, défendu par Jean-Paul Marat en personne, acquit une renommée chez les plus résolus. Principal rédacteur du *Tribun du peuple*, Gracchus était aussi naïf que généreux. Fouché se postait derrière lui et le manipulait. Au début, Barras n'était pas fâché d'un retour des jacobins durs pour équilibrer le pouvoir et ne pas laisser la contestation aux royalistes. Sur son ordre, Fouché essayait de subventionner Babeuf, qui prêchait l'égalité totale, des banques populaires, la disparition de la propriété, la réforme agraire la plus radicale. Il insultait le fantôme de Carrier, bourreau de Nantes, avec la même virulence que les corrompus ou les patriciennes qui se prostituaient au bras des députés. Il posait des bornes à la cupidité et à l'ambition des hommes politiques, exigeait l'éducation pour tous et la protection des déshérités. Il avait inventé un mot d'ordre simple et fort : *à chacun selon ses besoins*.

Un huissier cogna à la porte principale du bureau, Fouché s'éclipsa et Barras referma derrière lui l'entrée de l'escalier secret.

— Entrez !

— Une visite, citoyen Directeur, dit l'huissier en perruque qui passait la tête dans l'entrebâillement.

— De qui ?

— Une dame.

— C'est moi, Paul-François, dit Madame de Beauharnais en poussant l'huissier.

— Rose, qu'y a-t-il ?

— Je ne m'appelle plus Rose, tu n'es pas au courant ?

— Au courant de quoi ?

— Il me nomme Joséphine, voilà.

— Explique-toi, calme-toi, viens t'asseoir sur le canapé.

— Ton général corse m'a baptisée Joséphine. Il prétend que trop d'hommes m'ont appelée Rose dans leurs instants d'abandon.

— Je ne peux pas lui donner tort…

— Et il veut se marier avec moi.

— L'idée te déplaît ?

— Je ne sais pas, je ne sais plus…

Rose-Joséphine posa sa tête contre l'épaule de Barras qui lui demanda :

— Tu ne le crois pas sincère ?

— Ah si ! *(elle se redressa)* Il a même des poussées de tendresse, une tendresse violente qui m'effraie. Comment va-t-il réagir quand il apprendra que je n'ai pas un sou et que ma noblesse est usurpée ?

Buonaparte n'avait pas d'illusions sur les amours de Joséphine, quand elle s'appelait Rose. Il avait prêté l'oreille aux ragots des salons. Il savait que Hoche l'avait abandonnée parce qu'elle avait abandonné Hoche pour son aide de camp et son aide de camp pour Vanakre le palefrenier ; sa liaison avec Barras était connue de tout Paris. Peu importaient ses frasques au général, il la savait menteuse mais elle possédait un je-ne-sais-quoi qui le charmait. A ses élans amoureux très physiques se mêlaient des considérations pratiques. Par elle, il croyait entrer dans une famille française de bonne noblesse et fortunée. La noblesse de Joséphine était moindre que celle de Buonaparte. Son beau-père Beauharnais, le père d'Alexandre, son premier mari, gouverneur des îles du Vent, avait pris le titre de marquis sans y avoir droit. Il se nommait Monsieur Beauvit – il changea ce patronyme qui faisait rire les Martiniquais. Quant à La Pagerie, il s'agissait d'une terre que la grand-tante de Joséphine avait revendue depuis belle lurette. Il en était de même pour sa fortune. Joséphine n'avait que six jupons, des chemises usées, quelques meubles…

— Paul-François, dit-elle au vicomte, ne lui dis pas que ma fortune est imaginaire.

— Je ne veux pas tout faire manquer.

Barras ne voulait surtout pas faire manquer ce mariage qui le libérait, mais il sentait Joséphine rétive et cherchait à en connaître les raisons pour mieux les combattre ; il n'y avait pas que la supercherie sur sa fortune et sa prétendue noblesse :

— Tes enfants ne s'entendent pas avec le général ?

— Hortense le trouve sarcastique et grossier mais il a réussi à amadouer Eugène, bien sûr, à cause de son uniforme…

— Tes amis ?

— Oh, ils me conseillent tous de me remarier, ma tante me l'ordonne presque.

— Et tu résistes ?

— Le regard de Buonaparte me dérange. Parfois il est violent. Notre aventure ne peut pas durer.

— Qui te parle de durer ? De nos jours le mariage n'est qu'une formalité, un vernis, une convenance, une pratique, et puis on peut divorcer.

— Je ne l'aime pas, Paul-François !

Elle se mit à pleurnicher, reposa sa tête contre l'épaule de Barras, murmura entre deux sanglots très étudiés :

— C'est toi que j'aime mais tu ne m'aimes pas.

— Ma parole ! tu me chantes le grand air de la vertu ?

— Paul-François, je n'arriverai pas à me consoler.

— Tu t'es consolée de Hoche dans le lit de son aide de camp, et de son aide de camp dans celui de son palefrenier. Tu es une fière enjôleuse.

— Ton général ne pourra jamais satisfaire comme toi mes besoins…

— D'argent ?

— Entre autres choses…

— Avare ?

— Il m'offre de la soie, des diamants, mais…

— Mais je me chargerai de ta dot.

Les larmes redoublèrent. Barras en avait soupé. Des soucis plus dangereux le rendaient sombre : les extrémistes des deux bords menaçaient le Directoire, royalistes arrogants, révolutionnaires que Fouché maîtrisait mal. Il sonna. Un valet apparut. Devant ce témoin Joséphine arrêta de larmoyer, elle se prétendit indisposée et se laissa reconduire rue Chantereine. Buonaparte l'attendait sous la véranda.

Carnot était furieux. Il balança une lettre décachetée sur les genoux de Barras, qui conférait avec Delormel dans un salon du Luxembourg :

— Schérer démissionne !

— Tant mieux, dit Barras. Il ne tient aucun compte de nos avis, il préfère boire et jouer de l'argent à la toupie.

— Au lieu d'agir il se plaint, dit Delormel.

Entre les Alpes et la Méditerranée, le général Schérer se plaignait en effet du manque de moyens. Les soldats de l'armée d'Italie désertaient ou chapardaient des poulets dans les fermes pour subsister, inactifs, malades, pauvres. Schérer avait écrit à Delormel : « Les administrateurs volent impudemment la République ! » Pourquoi n'avait-il pas poursuivi le général piémontais Colli, et achevé ainsi les Austro-Sardes que Masséna avait défaits à Loano ? Le manque d'argent, de vivres, de vêtements, d'armes. Schérer réclamait six millions. « Nous n'avons que trois mille francs en caisse ! » avait répondu Delormel. Schérer avait alors pris ses quartiers d'hiver à Nice, et Kellermann, qui commandait maintenant l'armée des Alpes, l'avait imité. Ils n'avaient pas reçu un sou et boudaient. Lazare Carnot se grattait la tête :

— Il faut remplacer Schérer, mais par qui ?

— Buonaparte, proposa Barras.

— C'est à cause de lui, cette démission ! Ses plans d'offensive, Schérer en a été ulcéré, il les trouvait chimériques, l'œuvre d'un forcené.

— Et toi ?

— Ton général me serine dans les oreilles que Schérer est une vieille culotte de peau qui ne tient plus sur un cheval, que c'est un imbécile et un traître, que Kellermann est une nullité !

— Nommons-le. Nous verrons s'il réussit à appliquer ses foudroyantes théories.

— Ton Buonaparte se vante.

— Il est certain que si l'armée d'Italie laisse passer le mois de février sans rien faire, la campagne sera manquée. Il a une logique. Il croit que l'hiver est propice à l'attaque : la neige est dure, il n'y aura pas d'avalanches, l'ennemi ne se remettra pas de sa surprise quand les soldats français lui dégringoleront dessus.

Carnot réfléchissait :

— Les généraux autrichiens sont impotents, c'est vrai. Wurmser est sourd, Colli ne tient pas debout et on doit le porter, Beaulieu a soixante-douze ans…

Le plan de Buonaparte rejoignait en fait la stratégie plus vaste du ministre de la Guerre. Celui-ci rêvait à une attaque de diversion en Italie, et à une autre en Irlande avec Hoche qui venait enfin de mettre au pas la Vendée. Afin de négocier une paix, même provisoire, avec l'Autriche, on devait se trouver en position de force, frapper Vienne, prendre l'ennemi dans un étau, au nord avec les soldats de Jourdan et de Moreau, au sud, par le Tyrol, avec l'armée d'Italie. Jourdan avait emporté Francfort et Moreau était parvenu au Danube, mais le premier, battu par l'archiduc Charles, se repliait sur le Rhin, et le second se retirait à travers la Forêt-Noire. Ces offensives avaient par chance dégarni le front italien, et le moment paraissait idéal, en effet, pour y forcer les Autrichiens. Nommer Buonaparte ? Carnot pesait le pour et le contre :

— Ton général est trop ambitieux, Barras.

— Parfait !

— Il est cupide.

— Il est corse. Ces gens-là ont toujours leur fortune à faire.

— C'est un rapace, un chef de bande.

— Nous cherchons justement un rapace pour le lancer sur l'Italie.

— Et en ramener de l'or, dit Delormel.

— Il n'a aucun scrupule.

— Heureusement !

— Le butin de guerre, dit encore Delormel, voilà notre solution.

Carnot le savait. Depuis 1793, les gouvernements successifs songeaient à un raid alimentaire dans les plaines riches du Piémont et de la Lombardie. Carnot se laissa fléchir :

— Essayons votre petit général…

Quand Barras lui apprit sa nomination, Buonaparte n'eut aucune réaction, aucune émotion, pas le moindre remerciement : Carnot avait fini par reconnaître la justesse de ses plans, voilà tout, et voulait le mettre à l'épreuve sur le terrain. Il demanda juste qu'on hâte l'arrivée à Paris de son remplaçant, Hautry, qui commandait l'armée de Sambre-et-Meuse. En attendant, il occupait toujours les grands appartements de l'hôtel de l'Etat-Major ; il y déroulait ses cartes, les gribouillait, lisait des livres sur l'Italie empruntés à Barras, dictait à Junot quantité de billets ou de lettres aux ministres et aux officiers et aux fournisseurs concernés par son équipée :

— Au ministre de la Guerre… Lui expliquer que l'armée des Alpes a plusieurs corps de cavalerie… ils suffisent pour la police de Lyon et de Grenoble… Lui rappeler que l'armée d'Italie lui avait fourni son 5ᵉ régiment et le 9ᵉ de dragons… Il faut ordonner à Kellermann de les rendre… Tu y es, Junot ? Bon. Une lettre au chef de brigade Gassendi. Est-ce qu'il accepte de diriger mon parc d'artillerie ? S'il est d'accord, nous pouvons le prendre dans notre voiture en descendant à Nice. Il habite Chalon-sur-Saône… Tu ne t'embrouilles pas ?

— J'ai trop l'habitude de vous, général, pour être désorienté.

— Il te faudrait quand même un secrétaire.

— Pourquoi pas ce garçon qui travaillait sous vos ordres, à la Commission des Tuileries ?

— J'y ai songé. Il écrit bien. Je vais le voir ce matin. Il loge dans le lit de Madame Delormel, et comme je dois mendier des fournitures au mari, j'en profiterai pour recruter l'amant.

— S'il accepte.

— Il acceptera. Je l'impressionne. Expédie le courrier du matin, j'y vais de ce pas.

Avant de sortir, le général prit sur sa table l'un des pistolets que Saint-Aubin lui avait restitués et le passa dans l'écharpe tricolore qui ceinturait sa redingote. En bas, il monta dans l'une de ses calèches et partit rue des Deux-Portes-Saint-Sauveur avec une légère escorte, plus pour montrer son rang que pour se protéger. Un quart d'heure plus tard il entrait sans se faire annoncer dans le grand salon qui servait désormais de bureau au Directeur chargé des finances.

— Je ne vous attendais pas, général, lui dit Delormel.

— Nous avons mille détails à étudier ensemble.

— Si je peux vous exaucer…

— Vous le devez.

— Dites-moi…

— Il faut revigorer ma future armée qui végète à Nice. Payer les soldes.

— Houlà !

— Donner aux hommes de la viande salée, et de la fraîche tous les cinq jours.

— Vraiment ?

— Prévoir quarante mille quintaux de foin.

— Tant que ça ?

— C'est à peine un mois de fourrage. Et mon artillerie a besoin de mille six cents mulets.

— Exorbitant !

— Lancez un emprunt forcé pour approvisionner Nice.

— Je l'ai fait à Marseille et à Toulon…

— Débrouillez-vous, Delormel. Une fois en Italie je me paierai sur l'ennemi, vous n'aurez plus rien à débourser. Je vous enverrai même de l'or. C'est le but de cette campagne, si j'ai bien compris.

— Je ferai tout mon possible, général.

— J'espère bien ! Autre sujet. Je voudrais emmener le jeune homme que vous hébergez. Pour mon secrétariat.

— Voudra-t-il ?

— Faites-le venir.

— Nicolas !

— Monsieur ? dit le majordome en faction derrière la porte.

— Monsieur Saint-Aubin n'est pas sorti ?

— Il est à l'étage.

— Demandez-lui de nous rejoindre.

Delormel et Buonaparte restèrent face à face sans ajouter un mot. L'un regardait le lustre et l'autre le mur. Le général se retourna quand il entendit Saint-Aubin pousser la porte :

— Tu as remis ton costume d'olibrius ?

— En souvenir d'un ami dont je porte le deuil.

Il avait de nouveau les cheveux tressés en cadenettes, une cravate verte enroulée jusqu'au menton, une redingote à rayures roses et aux basques démesurées qui avait appartenu à Dussault. Sa voix tremblait :

— Que me voulez-vous ?

— Suis-moi en Italie. Tu sais écrire sous ma dictée.

— Non.

Buonaparte se leva, il se planta devant le jeune homme :

— Tu n'as pas le choix. Tu refuses ? Je t'envoie à l'armée du Rhin. Réfléchis. Demain matin mon aide de camp vient te chercher, ou les gendarmes. Je veux ta réponse dans la soirée.

— Non.

— Tu ne peux plus t'enfuir. Je vais laisser mon escorte surveiller cet hôtel.

— Je m'enfuirai quand même.

— Présomptueux ! Tiens, quand tu seras à l'armée du Rhin, tu te souviendras de Saint-Roch.

Buonaparte tendit le fameux pistolet, Saint-Aubin le prit et visa le général.

— Il n'est pas chargé.

— J'ai de quoi le charger.

— Réfléchis.

Saint-Aubin quitta le salon. Buonaparte et Delormel l'entendirent grimper l'escalier principal.

— Tête de bourrique !

Buonaparte mit son chapeau à plumes d'un geste rageur. Delormel l'accompagna en personne jusqu'à sa calèche. Comme ils traversaient la cour, il y eut un coup de feu à l'étage, puis un long cri désolant, un cri de femme, puis un remue-ménage dans tout l'hôtel.

— Rosalie… dit Delormel.

— Si elle crie c'est qu'elle vit.

— Saint-Aubin…

— Le jeune idiot s'est tué. Votre majordome arrive en courant pour vous l'apprendre.

Au moment où Nicolas, affolé, était à leur hauteur, Buonaparte rentra dans sa calèche en pestant :

— Petit imbécile !

Joséphine et Napoléon se marièrent un mercredi 9 mars. Il faisait froid. Il pleuvait. Les futurs époux avaient rendez-vous à huit heures du soir, après le dîner, dans un salon de la mairie du IIe arrondissement, 3, rue d'Antin, cet hôtel de Mondragon aux plafonds tarabiscotés, avec des miroirs, des angelots, des motifs mythologiques qui compliquaient le dessus des portes. Buonaparte n'arrivait pas. Barras et les témoins faisaient les cent pas. Joséphine s'assit devant le feu. Elle portait une robe de mousseline blanche semée de fleurs bleues, blanches et rouges, et une guirlande dans les cheveux. Elle avait obéi à Barras. La semaine précédente, son ami Etienne Calmelet, homme de loi, l'avait accompagnée chez le notaire pour affirmer sur l'honneur qu'elle était bien née à la Martinique, et qu'on ne pouvait récupérer un acte de baptême dans une île occupée par les Anglais. Le notaire en avait profité pour conseiller un mariage plus raisonnable, avec un fournisseur aux armées, par exemple, qui vaudrait son pesant de millions. Elle avait tenu bon.

Une heure passa. Une heure et demie. On s'inquiétait en silence. Avait-il oublié, le général ? L'officier d'état civil était parti se coucher, un commissaire du Directoire le remplaça ; il s'endormit sur sa chaise devant le registre ouvert. On changea les chandelles des bougeoirs. Buonaparte était-il en train de harceler Carnot ou Delormel pour obtenir des armes, des uniformes, un supplément de troupes ? Quand on lui refusait il criait : « Les ennemis seront plus généreux que vous ! » A dix heures du soir il arriva enfin à la mairie, presque en courant, suivi par le quatrième témoin, l'un de ses aides de camp, Lemarois, trop jeune pour remplir légalement cette fonction. Tant pis. Buonaparte secoua le commissaire par l'épaule : « Mariez-nous vite ! » L'autre lut les formules rituelles, les mariés et les témoins signèrent le registre que l'officier d'état civil contresigna le lendemain. Dans l'extrait des actes de mariage de ventôse an IV, on note que seuls les âges figurent et non les dates de naissance : Nabulione Buonaparte et Marie-Joséphine-Rose Detascher en avaient profité, elle s'était rajeunie de quatre ans et il se vieillissait de dix-huit mois. Puis chacun rentra de son côté. Rue Chantereine, le chien Fortuné dormait sur le lit. Il mordit Buonaparte à la jambe quand celui-ci voulut le chasser.

Le surlendemain une chaise de poste se rangeait dans l'allée, devant la maison. Junot et Chauvet, l'ordonnateur des guerres qui devait mourir à Gênes au début du mois suivant, venaient chercher le nouveau généralissime de l'armée d'Italie. Des livres, des cartes, des malles, quarante-huit mille francs en louis d'or et cent mille francs en traites, tout était prêt. Buonaparte avait envoyé un mot au citoyen Delormel qui présidait en mars le Directoire :

> J'avais chargé le citoyen Barras d'instruire le Directoire exécutif de mon mariage avec la citoyenne Tascher Beauharnais. La confiance que m'a montrée le Directoire dans toutes les circonstances me fait un devoir de l'instruire de toutes mes actions. C'est un nouveau lien qui m'attache à la patrie ; c'est un gage de plus de mes fermes résolutions de ne trouver de salut que dans la République.
>
> Salut et respect.

Les adieux à Joséphine sont brefs. Buonaparte s'en va. Il traverse Provins, Nogent, Troyes, s'arrête à Châtillon-sur-Seine chez les parents de son ami Marmont d'où il envoie une première lettre à sa femme. Le 14, dans une auberge de Chanceaux, il lui écrit une nouvelle lettre, encore adressée à la citoyenne Beauharnais :

> Je t'ai écrit de Châtillon et je t'ai envoyé une procuration pour que tu touches différentes sommes qui me reviennent. Ce doit être 70 louis en numéraire, 15 000 livres en assignats…

Ensuite il montre sa méfiance. Cet amoureux éperdu est un jaloux. Il craint de laisser Joséphine seule à Paris : « Ah ! ne sois pas gaie, mais un peu mélancolique… » Il l'imagine déjà en train de s'amuser et lui reproche par avance de danser sans lui : « Tu es légère et dès lors tu n'es affectée par aucun sentiment profond. » Il porte le médaillon qu'elle lui a offert après leur première nuit. Ce ne sont pas les élans et les doutes du général qui illuminent cette lettre, mais la signature. Pour la première fois il a francisé son nom. Il va dorénavant s'appeler Bonaparte.

Trouville, 11 mars 2006

Notes et propos

LE 9 THERMIDOR DE L'AN II
QUAND S'OUVRE CE ROMAN,

Kellermann a	59 ans	Joséphine	31 ans
Boissy d'Anglas	48 ans	Tallien	27 ans
Schérer	47 ans	Murat	27 ans
Aubry	47 ans	Saint-Just	27 ans
Menou	44 ans	Bonaparte	25 ans
Cambacérès	41 ans	Junot	23 ans
Fréron	40 ans	Thérésia Tallien	21 ans
Barras	39 ans	Pauline Bonaparte	14 ans
Couthon	39 ans	Eugène	13 ans
Robespierre	36 ans	Hortense	11 ans
Fouché	35 ans	Laure Permon	10 ans

QUELQUES PRÉCISIONS

• A propos des origines grecques de Napoléon, dans un numéro des *Etudes napoléoniennes* daté de 1924, René Puaux, un expert, cite entre autres preuves un extrait des mémoires d'Aspasie Calimeri, né en 1770 et morte presque centenaire à Athènes :

> Mon grand-père, Agésilas Calimeri, pirate du détroit de Messine jusqu'au cap Matapan, me disait souvent que, lorsque je serais grande, nous irions en Corse où nous avions des biens et nous nous y installerions, comme s'y était installé son neveu Charles Bonaparte.

• Le véritable Directeur, à la place de mon personnage fictif, Delormel, se nommait Letourneur. Je l'ai éliminé parce qu'il était nettement moins intéressant que les autres ; toutefois, cela m'a privé d'une anecdote. Très avare, quand il sortait des dîners offerts par Barras au Luxembourg, Letourneur pouvait récupérer un gigot entamé, un pâté, quelques bouteilles. Les Parisiens colportaient à son sujet une histoire amusante et grotesque. En Normandie, il fréquentait un autre radin de son espèce. Une nuit, comme ils bavardaient à la bougie, l'hôte proposa : « Mon cher Letourneur, soufflons la bougie, nous n'avons qu'à parler. » Sitôt leur conversation terminée, on ralluma pour se quitter, et voilà Letourneur qui remonte son pantalon. Il l'avait ôté, dans le noir, pour ne pas en user le fond.

• Comme à mon habitude, j'essaie de rester au plus près des témoignages d'époque, en les recoupant si possible. J'ai donc écarté ce qui relève de la fabrication, comme l'histoire de la rencontre avec Joséphine. Reclus à Sainte-Hélène pour y trépasser, « cette île anglaise chiée par le diable au milieu de l'océan », Napoléon a raconté une histoire enjolivée à cet opportuniste de Las Cases, tout en méditant sur la croupe de Madame de Montholon qu'il observait avec sa lorgnette de Waterloo. C'est la fameuse légende de l'épée, composée après coup car les contemporains n'en ont aucun souvenir, qu'on lit et relit partout, de Madelin jusqu'aux *Belles Histoires de l'oncle Paul* crayonnées par Vic Hubinon, cette bédé hebdomadaire et didactique du *Spirou* des années cinquante qui a su donner le goût de l'Histoire à une génération entière de marmots, dont moi.

Voici la fable.

Les sections parisiennes viennent d'être désarmées par la police de Buonaparte. Fusils, épées, sabres, pistolets, on en a entassé une pleine armurerie à l'hôtel de l'Etat-Major. Le jeune gouverneur militaire de la capitale voit alors arriver dans son bureau un gamin énergique, qui se campe devant lui : « Général, je t'en supplie, rends-moi l'épée de mon père ! » Très ému, ce qui est possible car il avait la larme facile, même en public, comme souvent les nerveux, Buonaparte tapote la joue rose du bambin courageux et lui demande :

— Comment t'appelles-tu ?

— Eugène de Beauharnais. Mon père a commandé l'armée du Rhin.

— Beauharnais… Beauharnais…

C'était le nom d'une amie de Thérésia Tallien qu'il avait dû apercevoir mais dont il se souvenait mal. Laquelle était-ce, parmi cette meute de jolies femmes déshabillées qui fréquentaient la Chaumière et les dîners de Barras ? En tout cas, elle ne devait pas porter le deuil récent de son mari. « Lemarois ! » L'ordonnance apparut. « Lemarois, va chercher l'épée du général Beauharnais et rends-la à cet enfant. » On imagine la tête de ce malheureux Lemarois : comment diable allait-il pouvoir dénicher une épée dans le fatras des armes saisies ? Et puis Eugène ne ressemblait plus à un enfant. Napoléon, dans son récit du *Mémorial*, le rajeunit pour attendrir le lecteur, car Eugène avait déjà quatorze ans à l'automne 1795. Dans ses propres *Mémoires*, Eugène déniaise un peu le récit impérial : il ne serait pas venu réclamer l'épée, mais l'autorisation de la conserver. Soit. Qui voulait la prendre ? Les rafles étaient achevées. Si les soldats n'étaient pas venus fouiller chez la vicomtesse de Beauharnais, ils n'avaient plus aucune chance de le faire. Et puis la troupe aurait-elle osé ouvrir les placards des amis de Barras et de Tallien ? Un proche de la future Joséphine, Monsieur Bailleul, dira : « Je n'ai point entendu parler de cette anecdote dans le temps. »

Repères bibliographiques

Certains noms de rues ont changé. La rue de la Loi, par exemple, est notre actuelle rue de Richelieu. La rue des Fossés-Montmartre (brièvement rue des Fossés-Montmarat) s'appelle aujourd'hui rue d'Aboukir, et l'hôtel où logea Bonaparte porte le nº 11. La villa de Joséphine, 6, rue Chantereine, se trouvait à l'emplacement du 44, rue de Châteaudun. Le couvent des Filles-Saint-Thomas recouvrait notre place de la Bourse. Pour le reste, on disait alors selon ses convictions ou ses goûts les anciens noms et les noms nouveaux, faubourg Saint-Antoine ou faubourg Antoine, rue Saint-Honoré ou rue Honoré, Palais-Egalité ou Palais-Royal. Notons que le café de Chartres est devenu le restaurant Véfour et que la Chaumière de Madame Tallien se trouverait aujourd'hui avenue Montaigne.

Pour reconstituer le Paris de 1795, j'ai eu recours aux livres très fouillés de G. Lenotre, notamment *Les Tuileries* ou *Paris révolutionnaire*, ainsi qu'aux tomes volumineux du *Dictionnaire historique des rues de Paris* de Hillairet, constamment réédité par les éditions de Minuit.

Puis bien d'autres ouvrages précis sur l'époque où j'ai placé ce roman. En voici les principaux.

- A. Aulard, *Paris pendant la réaction thermidorienne et sous le Directoire*, tome I (1898) et tome II (1899) publiés à Paris chez Cerf, Noblet et Quantin.
- Edmond et Jules de Goncourt, *Histoire de la société française pendant le Directoire*, Flammarion et Fasquelle, 1864.
- François Gendron, *La Jeunesse dorée*, Presses de l'Université du Québec, 1979.
- *Paris en 1794 et 1795, histoire de la rue, des clubs, de la famine*, présentée par C.A. Dauban, chez Plon, 1869.
- Taine, *Les Origines de la France contemporaine*, volume VIII, Hachette, 1907.
- Ludovic Sciout, *Le Directoire*, tome premier, Firmin-Didot, 1895.
- Jean Tulard, *Les Thermidoriens*, Fayard, 2005. La mise au point très claire d'une période compliquée.
- Louis Madelin, *La Contre-Révolution sous la Révolution*, Plon, 1935.
- P. Bessand-Massenet, *La France après la Terreur*, Plon, 1946.
- G. Duval, *Souvenirs thermidoriens*, Paris, Victor Magen éditeur, 1844. Deux volumes.
- Albert Mathiez, *La Réaction thermidorienne*, Slatkine-Megarietis reprints, Genève, 1975.
- Roger de Parnes, *Le Directoire. Portefeuille d'un Incroyable*, Paris, Edouard Rouveyre, 1880.
- P.F. Réal, *Essai sur les journées des treize et quatorze vendémiaire*. A Paris chez l'auteur, rue d'Orléans n° 17, Guyot imprimeur et Louvet libraire, 1796.
- Baron Fain, *Manuscrit de l'An Trois* (1794-1795), Paris, A. Dupont et Cie, libraires rue Vivienne, n° 16, 1828. C'est dans ce livre que j'ai appris, par une note, que le conventionnel Thibaudeau était certain que le premier coup de feu du 13 vendémiaire a été tiré sur ordre de Bonaparte.

• Jacques Godechot, *La Vie en France sous le Directoire*, Hachette, 1977.
• Duchesse d'Abrantès, *Mémoires*, tome premier, Garnier frères, sans date. Il s'agit des souvenirs de la petite Laure Permon, qui surnommait Bonaparte « Le Chat botté ». Elle épousa Junot et devint duchesse.

A propos des personnages :
• *Mémoires* de Barras chez Guy Le Prat, 1946.
• Henri d'Alméras, *Barras et son temps*, Albin Michel, 1930.
• Jean Bréhat, *Barras*, éditions Baudinière, 1935.
• Eric Le Nabour, *Barras : le vicomte rouge*, Lattès, 1982.
• Jean Savant, *Tel fut Barras*, Fasquelle, 1955.
• Joseph Turquan, *La Citoyenne Tallien*, Jules Tallandier éditeur, 1912.
• L. Gastine, *Reine du Directoire, la belle Tallien*, Albin Michel, sans date.
• Bernard Simiot, *De quoi vivait Bonaparte*, Albin Michel, 1992.

Et aussi…
• Guibert, *Ecrits militaires*, Copernic, 1977.
• Richer-Serisy, *L'Accusateur public*, nos II à XI, sans date.
• Hector Chaussier et Martainville, *Le Concert de la rue Feydeau*, vaudeville en un acte, chez Barba libraire, 1795.
• Eugène Cintilhac, *La Comédie de la Révolution au Second Empire*, Flammarion, 1910.

Table

Patrick Rambaud
dans Le Livre de Poche

L'Absent n° 30306

« Après *La Bataille*, après *Il neigeait*, voici le troisième volet de ma fin d'Empire. Je vous emmène cette fois en 1814. L'Europe envahit la France. Paris est assiégée et ses habitants voient apparaître des Cosaques entre les moulins de Montmartre. Replié à Fontainebleau, abandonné par ses maréchaux, Napoléon est bientôt obligé d'abdiquer. Il déprime, il cherche à se tuer, il se résout enfin à l'exil. Il traverse dangereusement la Provence et s'embarque sur un navire anglais pour son nouveau royaume, l'île d'Elbe, un rocher au large de la Toscane. Comment un homme qui a gouverné un continent va-t-il supporter de régenter une sous-préfecture ? Les quelques fidèles qui l'accompagnent ne brillent guère. Il est entouré d'espions et d'assassins, on vient le visiter de l'Europe entière comme un animal de zoo. Pour la première fois, et la seule de son existence, nous voyons l'Empereur de près. En France, ses anciens soldats se sentent humiliés par la monarchie revenue. Le soir, dans les casernes, ils trinquent à l'Absent. » P.R.

La Bataille n° 14646

« Là, j'entreprends de vous initier à toutes les horreurs, à toutes les beautés d'un champ de bataille… Des canons, des chevaux, deux armées, des uniformes ; à la première page, le canon gronde, il se tait à la dernière. » Ainsi Balzac évoque-t-il son projet de consacrer un roman à la bataille d'Essling, qui opposa en 1809, près de Vienne, les Autrichiens à la Grande Armée de Napoléon. Balzac mourut sans nous donner sa *Bataille*. La voici, racontée par Patrick Rambaud, dans un récit documenté et vivant, où se côtoient des grognards et de jeunes recrues, des chirurgiens, des actrices, des espions, Stendhal, les maréchaux Lannes et Masséna, autour d'un Napoléon que la Fortune, déjà, commence d'abandonner. Trente heures de combat, 40 000 morts, 11 000 mutilés : Essling, c'est la première grande hécatombe de la guerre moderne, sans gloire, sans illusions. Roman historique, roman à grand spectacle, roman vrai : chaleureusement accueilli par la critique, *La Bataille* a été couronné par le Grand Prix de l'Académie française, puis par le prix Goncourt 1997.

Chronique du règne de Nicolas Ier n° 31074

Récit au quotidien des coulisses des premiers mois du règne de l'empereur Nicolas Ier et de sa cour, *Chronique du règne de Nicolas Ier* est aussi un pastiche des mémoires de Saint-Simon…

Comme des rats n° 30021

« Ce livre est un roman de mœurs et d'aventures. Il raconte l'histoire vraie d'une lignée de rats d'égouts parisiens.

Pour l'écrire j'ai interrogé des experts, j'ai recueilli des témoignages, j'ai lu des livres, des articles et des dépêches d'agence. J'ai même rencontré quelques rats près de l'église Saint-Eustache, à l'époque du chantier géant des Halles. Passé la répulsion ordinaire aux Occidentaux, j'ai d'abord cru que l'existence courte et rude de ces animaux ressemblait à celle de nos grands ancêtres, des costauds un peu cannibales qui vivaient dans la peur et risquaient la mort pour un steak de mammouth. Regardant mieux, je me suis demandé combien d'entre nous vivaient autrement que des rats. L'homme et le rat sont les seuls animaux qui dévorent leurs semblables. » P.R.

L'Idiot du village n° 30835

Un jour, en parcourant le quotidien qu'il vient d'acheter, notre héros tombe avec surprise sur des informations de 1953. Il croit à une plaisanterie ou à un numéro spécial, mais d'autres hallucinations vont le replonger définitivement dans les années 1950. Ainsi largué dans le Paris de son enfance, il se sent étranger, puis se résout à accepter ce sort improbable. Il devient plongeur dans un restaurant des Halles, et il va vite savourer sa supériorité : il connaît l'avenir…

Il neigeait n° 15264

« Je vous emmène en septembre 1812. Épuisées par des combats et par la faim, les armées de Napoléon arrivent devant les minarets de Moscou. La ville est démesurée, mais où sont les habitants ? La ville est riche, mais où sont les vivres ? Les greniers sont vides, les Russes ont décampé. À peine rencontre-t-on des marchands étrangers, et des comédiens français cachés dans les caves du Kremlin. Soudain, le feu. Le quartier chinois s'embrase, l'incendie gagne vite les maisons de sapin. Les pompes à incendie ont disparu. C'est un piège. Moscou va flamber pendant plusieurs jours. Quand la pluie apaise le feu, l'empereur décide de s'installer dans les ruines, il croit que le tsar va négocier une paix, mais non, ses troupes refluent un mois plus tard, grossies par des milliers de civils. Commence alors la fameuse retraite de Bérésina. La neige tombe. Les Cosaques harcèlent les égarés. Le froid devient épouvantable. Les fugitifs dépècent leurs chevaux, ils s'entretuent pour une pomme de terre gelée, se grignotent les poignets. Trois cent trente mille d'entre eux vont périr dans les steppes. J'ai voulu raconter comment des femmes et des hommes ont supporté cette aventure extrême, civils et militaires mêlés. Ils étaient courageux ou lâches selon les moments, parfois profiteurs, voleurs, amoureux, rusés, endurcis ou faibles. Au-dessus d'eux, Napoléon planait. Il rêvait à l'Europe, à sa monnaie unique, à sa dynastie. Il ne voyait plus la réalité. » P.R.

Du même auteur :

LA SAIGNÉE, Belfond, 1970.
COMME DES RATS, Grasset, 1980 et 2002.
FRIC-FRAC, Grasset, 1984.
LA MORT D'UN MINISTRE, Grasset, 1985.
COMMENT SE TUER SANS EN AVOIR L'AIR, La Table Ronde, 1987.
VIRGINIE Q., parodie de Marguerite Duras, Balland, 1988. (Prix de l'Insolent.)
BERNARD PIVOT REÇOIT…, Balland, 1989. Grasset, 2001.
LE DERNIER VOYAGE DE SAN MARCO, Balland, 1990.
UBU PRÉSIDENT OU L'IMPOSTEUR, Bourin, 1990.
LES MIROBOLANTES AVENTURES DE FREGOLI, Bourin, 1991.
MURUROA MON AMOUR, parodie de Marguerite Duras, Lattès, 1996.
LE GROS SECRET, Calmann-Lévy, 1996.
LES AVENTURES DE MAI, Grasset/Le Monde, 1998.
LA BATAILLE, Grasset, 1997. (Grand Prix du roman de l'Académie française, prix Goncourt et Literary Award 2000 de la Napoleonic Society of America.)
IL NEIGEAIT, Grasset, 2000. (Prix Ciné roman-Carte Noire.)
L'ABSENT, Grasset, 2003.
L'IDIOT DU VILLAGE, Grasset, 2005. (Prix Rabelais.)
LA GRAMMAIRE EN S'AMUSANT, Grasset, 2007.
CHRONIQUE DU RÈGNE DE NICOLAS Ier, Grasset, 2008.

Avec Michel-Antoine Burnier

LES AVENTURES COMMUNAUTAIRES DE WAO-LE-LAID, Belfond, 1973.

LES COMPLOTS DE LA LIBERTÉ : 1832, Grasset, 1976. (Prix Alexandre-Dumas.)

PARODIES, Balland, 1977.

1848, Grasset, 1977. (Prix Lamartine.)

LE ROLAND BARTHES SANS PEINE, Balland, 1978.

LA FARCE DES CHOSES ET AUTRES PARODIES, Balland, 1982.

LE JOURNALISME SANS PEINE, Plon, 1997.

Avec Jean-Marie Stoerkel

FRONTIÈRE SUISSE, Orban, 1986.

Avec Bernard Haller

LE VISAGE PARLE, Balland, 1988.

FREGOLI, un spectacle de Jérôme Savary, *L'Avant-Scène Théâtre* n° 890, 1991.

Avec André Balland

ORAISONS FUNÈBRES DE DIGNITAIRES POLITIQUES QUI ONT FAIT LEUR TEMPS ET FEIGNENT DE L'IGNORER, Lattès, 1996.

Composition réalisée par ASIATYPE

Achevé d'imprimer en août 2008 en Allemagne par
GGP Media GmbH
Poessneck (07381)
Dépôt légal 1re publication : septembre 2008
LIBRAIRIE GÉNÉRALE FRANÇAISE – 31, rue de Fleurus – 75278 Paris Cedex 06
31/2116/7